和歌の黄昏　短歌の夜明け

島内景二
SHIMAUCHI Keiji

花鳥社

もくじ　和歌の黄昏　短歌の夜明け

II 短歌の夜明け

序章

早わかり「和歌・短歌史」

和歌・短歌には、およそ千四百年の歴史がある。「五七五七七の三十一音から成る短詩形文学」という形式面は一貫して変わらなかったが、「何を、どう詠むか」という内容面・技法面では、さまざまな変遷があった。その歩みを、十首の歌を例に挙げながら、わかりやすく辿ってみよう。文学史の流れを、思い切り早回ししてみたい。

和歌と短歌は、永く、日本文学、いや日本文化の玉座に君臨してきた。なぜ、和歌と短歌にはそれだけの力があったのか。その秘密を知りたければ、古い常識を捨てていただこう。

いわゆる「日本文化」は、『古今和歌集』（九〇五年）から始まる。これが、新常識である。

季節や恋や旅、つまり「人生」を美しく歌い上げ、秩序立てて配列して織り成した『古今和歌集』が、日本人の心の原郷（ふるさと）である。『古今和歌集』のほぼ百年後には、『伊勢物語』（十世紀前半）と『源氏物語』（一〇〇八年前後）も成立した。この三つを合わせた「古今＋伊勢＋源氏」の三位一体が、日本文化の「最強の原郷」と言ってもよい。

「日本文化＝和歌文化」は、『万葉集』から始まったのではない、ということだ。『万葉集』が歴史を動かす「文化的なエネルギー」を持ち始めるのは、江戸時代の中期以降である。つまり、『万葉集』

の流れは、平安時代以降は、ずっと日本文化の地下深くに伏流していた。日本人の美意識を成熟させたのは「中世」だったが、その時代に『万葉集』は日本文化の生成と展開とは縁の薄い存在として、文化の傍流に位置していた。正確には、地中深く埋蔵され、それを発掘し汲み上げてくれる「近代」を待ち続けていた。

『万葉集』の歌が、平安時代の『古今和歌六帖（こきんわかろくじょう）』や勅撰和歌集や『小倉（おぐら）百人一首』などに選入される場合には、表現が王朝和歌風に改変され、「王朝和歌」として読まれた。

それでは、いよいよ十首の早回しに入ろう。

❶　桜花散りぬる風の余波（なごり）には水なき空に波ぞ立ちける

『古今和歌集』の撰者の一人、紀貫之（きのつらゆき）（八六八頃〜九四五頃）の代表作である。この美しさ。この余韻。しかも、優雅なリズム。この歌の主題は、ずばり「平和」である。

風に吹かれて空を舞う花びらを、水の波間に漂う花びらに喩えるのは、知性の力である。この知性が、本来は決して美しくもない現実世界を一瞬にして文芸の世界へと変貌させた。世界を美しく作り変える魔法。言葉によって作り出された平和は、それを永遠に持続させたいと願わずにはいられない魅力に溢れている。この魔法の発見が、和歌を文化の玉座に登壇させたのである。

その『古今和歌集』から数えて八番目の勅撰和歌集が、『新古今和歌集』（一二〇五年）である。この『新古今和歌集』が、次なる和歌のピークとなった。武士が軍事的な覇権を握るだけでなく、天皇や公家に替わって、文化的にも覇権を得ようと野心を燃やす「中世」が開幕した。歴史の一大変革期が訪れたのである。

「古今＋伊勢＋源氏」が合体した三位一体の文化システムは、最大の危機を迎えた。この時、一人の天才が現れ、古典文化を守るだけでなく、最強の文化へと作り替えた。『新古今和歌集』の撰者の一人、藤原定家（一一六二〜一二四一）が採用した戦略は、「本歌取り」という画期的な方法論だった。

武力では敵わない公家が生きのびるには、貴族階級が凋落しつつある現実の上に、王朝盛時の文化を重ね合わせ、現実を上回る美が存在することを主張するしかなかったのである。

❷ 見渡せば花も紅葉もなかりけり浦の苫屋の秋の夕暮

この定家の代表作は、海浜風景の上に、『源氏物語』の明石巻を重ね合わせている。すると不思議や、荒涼とした海岸風景（源平争乱以来絶えることのない戦乱で無秩序になった現実の比喩）の上に、絢爛豪華な桜や紅葉（王朝文化のエッセンス）が、幻想的に浮かび上がってきたではないか。世界を作り変えるのではなく、世界を「積み重ねる」魔法が発見されたのだ。

この時から、日本文化は、いくつもの文化を縦に、つまり重層的に積み上げる「重ねの文化」を本格化させることになった。現実と虚構もまた、重ね合わされて、調和した。これが中世の誇る「幽玄」の思想である。異文化統合システムと言ってもよい。調和の別名を、平和と言う。戦乱の時代に、平和を求める魔法。それが、中世の和歌だった。

最大の危機を、「古今＋伊勢＋源氏」の融合した文化システムで乗り切った中世文化は、このシステムを維持しつつ、改良し続けた。その結果、「日本文化」は危機に陥るたびに、新しい時代の変化に合わせて再生・新生することに成功したのである。

和歌の三番目のピークは、鎌倉時代末期の『玉葉和歌集』（一三一二年）と、室町時代（南北朝時代）

の『風雅和歌集』（一三四八年頃）に見られるので、「玉葉・風雅調」と言う。天皇家は、持明院統（後の北朝）と大覚寺統（後の南朝）に別れて、対立していた。現在の天皇家は北朝の子孫だが、文化史的には南朝に心を寄せる日本人が多い。

「玉葉・風雅調」は、北朝側の伏見天皇（一二六五〜一三一七）と、その中宮だった永福門院（一二七一〜一三四二）を代表とする。南朝の後醍醐天皇（一二八八〜一三三九）に押され、政治的な屈辱に耐える日々の中で、叙景歌に特化した独自の歌風が花開いたのである。三島由紀夫（一九二五〜七〇）が最も愛し、心から恐れ、「豊饒の海」四部作で月修寺門跡（綾倉聡子）のモデルとした永福門院の歌を挙げよう。

❸　山本の鳥の声より明け初めて花も斑斑色ぞ見えゆく

三島は、この歌からは人間が排除されている、と感じた。人間には、誰しも権力欲や名誉力、さらには金銭欲がある。だからこそ、人間の欲望と欲望が衝突する政治の世界は、醜い。そのような醜悪な現実世界を一挙に氷結させて浄化する秘術、それが「人間を排除する叙景歌」の発見だった。これもまた、和歌の新しい魔法だった。

玉葉・風雅調は、中世和歌史の異端児である京極為兼（藤原定家の曾孫、一二五四〜一三三二）が主導した。その一方で、中世和歌史の正統は、同じく定家の血を引く二条家が担った。この二条家の学説を受け継ぎ、次の世代に伝える儀式が、「古今伝授」である。

古今伝授は、些末な知識を秘伝に仕立てることで、和歌の権威付けを狙ったと曲解されることもあるが、そうではない。平和と調和を祈る「古今＋伊勢＋源氏」の文化的エッセンスを、脈々と継承する儀式だったのである。
応仁の乱から戦国時代、関ヶ原の合戦へ至る戦乱期には、古今伝授が重視された。細川幽斎（一五三四〜一六一〇）も、古今伝授を受け継いだ一人だった。その幽斎の歌を挙げよう。

❹　古へも今も変はらぬ世の中に心の種を残す言の葉

関ヶ原の合戦（一六〇〇年）の直前に、東軍に付いた幽斎は、丹後の田辺城に五百人で籠城し、一万五千人もの西軍（石田三成方）の大軍に包囲された。風前のともしびの運命だった幽斎を救ったのは、後陽成天皇である。古今伝授の伝統が途絶えることを惜しんだ天皇の命令で和議が成立し、幽斎は智仁親王（一五七九〜一六二九）に古今伝授を行った。その時の歌が、④である。紀貫之が書いた『古今和歌集』の仮名序に、「大和歌は人の心を種として、万の言の葉とぞなれりける」と書かれていることを踏まえている。

古今伝授を継承した歌人が願ったのは、戦のない世の中の到来である。誰もが安らかな気持ちで和歌を詠める世の中こそが、平和だからである。誰もが、自分の生きている時代の平和をことほぐ。これが、和歌の理想である。皆は、その思いを、口々に歌った。だから、どうしても、和歌は類型的になる。類型性の中に、万民の共同理解が存在する。

「パックス・ロマーナ」や「パックス・トクガワーナ」という歴史用語をもじって言えば、「パックス・ワカーナ」（和歌による平和）が古今伝授によって誕生し、江戸時代の元禄文化に結実したのである。江戸時代には、徳川三百年の平和が謳歌された。

和歌は、勝利した。三位一体システムには『源氏物語』が重要な役割を果たしているので、「パックス・ゲンジーナ」（『源氏物語』による平和）と言っても過言ではない。

ところが、世の中は面白い。そして、世の中は恐ろしい。平和をもたらした古今伝授の和歌を、個性が欠如した凡庸な歌だと見なし、批判する人々が出現したのである。これが、江戸時代中期に興った「国学」の原点である。契沖（一六四〇～一七〇一）・賀茂真淵（一六九七～一七六九）を経て、本居宣長（一七三〇～一八〇一）が大成した国学は、平和をモットーとする「古今伝授」を真っ向から否定した。

当時は鎖国であるとはいえ、オランダの圧倒的な文化が流入しており、それが日本文化の脅威だと恐れられた。欧米列強に呑み込まれずに、日本文化を守る「戦い」が必要になったのである。時あたかも、ロシアなどの軍艦が開国を促し、「攘夷」の戦いが火蓋を切ろうとしていた。

宣長本人は『新古今和歌集』の歌風であったが、国学者たちは、『古今和歌集』以来の優美な歌では外国文化と戦えないと直感した。そこで、『古今和歌集』以前の『万葉集』を再発見した。『源氏物語』などの女性的な「手弱女振り」ではなく、『万葉集』の男性的な「益荒男振り」を武器として、西洋文明と対決しようとしたのである。『古今和歌集』の成立以来、日本文化の水面下を伏流し続けていた『万葉集』が、ここでやっと地上に姿を現し、大河となった。そして、『古今和歌集』以来の日本文化と、その水量の豊富さと、流れの速さを競い合った。

簡単に言えば、「古今＋伊勢＋源氏」の日本文化では、外来思想と戦えないという不信感が、『万葉集』を復活させたのである。彼らは、強力な外来文化に立ち向かう武器として『万葉集』や『古事記』を持ち出し、古代を復興した。あまつさえ、天才的な文化戦略家だった本居宣長は、「パックス・ゲンジーナ」を反転させ、『源氏物語』を外国文化と戦う最強の武器へと組み換えた。これが、「もののあはれ」の思想である。

だが、宣長の天才的な着眼の真意は、近代歌人には理解されなかった。『源氏物語』を完全に排除して、『万葉集』のみを近代文化の支柱に据えて、欧米文化と渡り合おうとする戦略が主流となったのである。

戦うために日本文化の表舞台に登場した和歌である『万葉集』からは、太平洋戦争中に選ばれた『愛国百人一首』にも、多数が入選した。それらの『万葉集』の中から、今奉部与曾布（生没年未詳、下野国の人、七五二年に防人として筑紫に派遣された）の歌を掲げよう。

❺ 今日よりは顧みなくて大君の醜の御楯と出で立つ我は

三島由紀夫が結成した組織「楯の会」の名称の由来となった『万葉集』の歌である。三島もまた、昭和元禄という、腐敗した平和と戦って、壮絶に散った文学者だった。

日本近代の扉を開いたのは、「平和の思想」（＝異文化統合）の「古今伝授」ではなく、「戦う思想」（＝異文化排除）の国学だった。この流れが、明治以後もしばらく続く。この文化路線の選択は、正しかったか。そして、日本の近代は、幸福だったか。

むろん、明治以降も、古今伝授の系譜が絶えたのではない。永く日本文化の本流だった和歌が、そう簡単に根絶やしになるはずがない。これらは、「旧派和歌」として、宮中の御歌所の歌人たちを中心として残った。その流れを汲むのが、樋口一葉（一八七二〜九六）である。

一葉は、中島歌子（一八四四〜一九〇三）の塾「萩の舎」で、和歌と古典、書道を学んだ。萩の舎には、小出粲（一八三三〜一九〇八）などの旧派歌人たちが、しばしば訪れて指導した。一葉が、数えの十七歳で詠んだ『恋百首』から、一首だけ挙げておこう。

❻稚けなき振分髪に契りつるその言の葉は変へじとぞ思ふ

『伊勢物語』第二十三段（筒井筒）を踏まえている。恋の体験がない少女でも、これだけの和歌が詠めた。和歌は本来、類型的なものだからである。これが、古今伝授の「旧派和歌」の力である。この和歌が小説となれば、一葉の『闇桜』や『たけくらべ』となる。

だが、正岡子規（一八六七〜一九〇二）は、西欧文学や西洋思想の偉容を知るにつけ、大和言葉だけで詠まれる旧派和歌では、近代国家にふさわしい日本文化が樹立できないという危機感を抱いた。そこで、『万葉集』を最大限に持ち上げて利用し、『古今和歌集』と紀貫之を徹底的にこき下ろすという、単純明快な戦術に打って出た。

子規は『歌よみに与ふる書』（一八九八年）で、「貫之は下手な歌よみにて『古今集』はくだらぬ集に有之候」という啖呵を切った。大和言葉に漢語と外来語を加えれば、「自分にしか詠めない、個性的な短歌」が生まれ落ちる、と考えたのだ。古今伝授が理想とした、「誰でも詠める穏やかで、没個性的な和歌」では、近代文化はもたらされないと危惧していた。

『万葉集』の逆襲。『万葉集』を基本とする近代短歌を、玉座へと登壇させること。これが、子規の野心だった。その子規の歌。

❼ガラス戸の外に据ゑたる鳥籠のブリキの屋根に月映る見ゆ

（『竹の里歌』）

「ガラス」や「ブリキ」などの洋語を用いつつ、「写生」という方法論によって切り出した世界の一断面をスケッチしている。子規の「根岸短歌会」は、後の短歌結社「アララギ」へと発展し、島木赤彦（一八七六〜一九二六）の「鍛錬道」、斎藤茂吉（一八八二〜一九五三）の「実相観入」などの方法論を武器として、写生概念は深化していった。この「アララギ」に、戦後の「未来」「塔」「歩道」などの結社が連なる。子規は、歌が「魔法」や「秘法」であることを否定し、現実をありのままに見ようとした。

一方、与謝野鉄幹（一八七三〜一九三五）・晶子（一八七八〜一九四二）の興した新詩社は、「明星」へと発展し、ロマン派精神に基づく感情の自由な解放を目指した。北原白秋（一八八五〜一九四二）・石川啄木（一八八六〜一九一二）なども、「明星」から出発した。戦後の「コスモス」「形成」も、白秋の系統である。「明星」は、恋の魔法を歌に持ち込もうとした。

森鷗外（一八六二〜一九二二）は、本質的には旧派歌人だったが、根岸短歌会の伊藤左千夫（一八六四〜一九一三）・斎藤茂吉、新詩社の与謝野鉄幹、石川啄木、そして旧派和歌の系統に属する「心の花」の佐佐木信綱（一八七二〜一九六三）たちを千駄木の自邸に招いて「観潮楼歌会」を催し、あるべき短歌の道を模索した。鉄幹と茂吉の代表作を、順に掲げる。

❽ 大空の塵とはいかが思ふべき熱き涙のながるるものを　（『相聞』）

❾ のど赤き玄鳥ふたつ屋梁にゐて足乳ねの母は死にたまふなり　（『赤光』）

ロマン精神と写実精神の融和が困難なのは、この二首の距離からもわかる。鷗外の「短歌統一」の野望は、未完に終わった。

この二大系統のほか、窪田空穂（一八七七〜一九六七）の系統（「まひる野」「かりん」「音」）、釈迢空（一八八七〜一九五三）の系統（「人」「炸」「白鳥」「笛」「玉ゆら」「滄」）、若山牧水（一八八五〜一九二八）の系統（「創作」）、太田水穂（一八七六～一九五五）の系統（「潮音」）などがあり、近代短歌の多様性が、そのまま現代歌壇にも持ち越された。

戦後は、桑原武夫が俳句形式を批判した「第二芸術論」の衝撃もあり、前衛短歌が出現した。塚本邦雄（一九二〇～二〇〇五）は幻想を中核理論とし、「五七五七七」の五句から構成されてきた歌の基本型をゆるがす「語割れ・句またがり」の技法で、歌壇だけでなく、社会に衝撃を与えた。抒情（ロマン）とも写生とも異なる、第三の道が示されたのである。それは、歌を文明批評の武器とすることで、世界を倒すという、新たなる魔法だった。

⑩ 聖母像ばかりならべてある美術館の出口につづく火薬庫

（『水葬物語』）

仮に五七五七七で区切ると、「聖母像／ばかりならべて／ある美術／館の出口に／つづく火薬庫」となる。これが、「語割れ・句またがり」である。塚本は古典和歌の評釈にも力を注ぎ、正岡子規が全面的に否定した『古今和歌集』以後の和歌を現代社会に復活させた。同時に、『茂吉秀歌』の執筆を通して、斎藤茂吉が写実精神のみの歌人ではないことを証明した。塚本は、『万葉集』の逆襲に対して、逆襲を試みたのだ。それが、戦後の現代短歌を開幕させた。

前衛短歌以後の歌壇と言えば、口語を活用したライト・ヴァースの出現があり、百家争鳴の時代に突入していることは、周知の通りである。

文語と口語、旧仮名と新仮名、縦書きと横書きが入り乱れる「何でもあり」の現代歌壇から抜け出して、二十一世紀の短歌の魁けとなるのは、「平和と調和の歌」の系統なのか、「戦いと闘争の歌」の系統なのか。それとも、第三、第四、第五の道なのか。ここ十年の動向が、未来の短歌を決定するだろう。

ただし、「ここ十年の動向」が、真に価値のある「未来の短歌」の礎になるためには、平安時代から江戸時代まで「日本文化」の別名であり続けた「古今＋伊勢＋源氏」の三位一体の文化システムを、どのように総括するかが、必要だと思う。全否定するか、全肯定するか、変型するか。その文化戦略が、問われることになる。

そして、もう一つ、大きな問題が残っている。歌は、二十一世紀でも「平和」を作りだし、維持する魔法や秘術たりうるのだろうか。

I

和歌の黄昏

I

和歌は、異文化統合のシステムだった

「近代」を問い直すために

王朝文学と現代短歌の両極から光を当てることで、「近代短歌」の志と限界をあぶりだしたい。それが、本書の目的である。

日本の「近代」とは、何だったのか。江戸幕府の瓦解と明治維新を境として、つまり、一八六八年の前と後で、「日本文化」はどう変わったのか。その地殻変動は、江戸時代のいつごろから胎動が兆していたのか。なぜ「近代日本」は、昭和二十年八月十五日に、瓦礫と灰燼の中で消滅したのか。敗北の最大の要因は、軍事力のみならず、近代短歌を含む近代文化の脆弱さにあったのではないか。日本の近代国家には、基本理念の初期設定にミスがあったのかもしれない。今こそ、「近代以前」の日本文化が、どのような長所と利点を持っていたかを、率直に顧みる必要があるのではないか。

さらに、言おう。近代の「短歌」とは、本当に、古典の「和歌」を、時代の変化に適応できるように革新したものだったのか。あるいは、近代短歌の否定した『古今和歌集』が、あらゆる文化を受け入れる柔軟構造を保有していたことの方が、近代短歌の直線的で剛直な構造よりも、西洋文化の衝撃をうまく緩衝できたのではなかったか。

一九四五年八月十五日の「近代の挫折」を見据えて、戦後、現代の日本文化が再建された。しかし、本当に「再建」できたのか。現代文化は、「近代」の敗北と正面から向かい合い、近代化路線の設計ミスに気づき、「近代以前」には有効に機能していた日本文化の再評価を行っただろうか。答えは、「否」である。

第二芸術論や前衛短歌、ライト・ヴァースなどを経て、現代短歌はかつてないほどに隆盛を誇っている。若者たちも、短歌という器に魅力を感じ始めている。スマホやSNSなどと短歌は適合性が高いようで、その点は何とも心強い。

だが、私には大きな不安がある。現代短歌は、「異文化」の概念が融けつつある現代において、グローバリゼーションに対応できていないのではないか。かつての和歌が持っていた水母（くらげ）のような柔軟構造があれば、次から次へと世界から押し寄せる変革の大波の衝撃を吸収しやすい。

二十一世紀の短歌が、新たなる開花と見事なる結実の季節に向かうためには、近代短歌がとっくの昔に乗り越えたと錯覚し、実のところはまったく乗り越えていなかった「和歌」の長所と短所を、今一度、再確認しておく必要があると思う。現代歌人は、古典和歌を生み出した日本の「伝統文化」(『古今和歌集』『源氏物語』『伊勢物語』の三位一体）の強靭さを見極めたうえで、「近代」や「現代」とは何か、「短歌」とは何かについて考えるべきだろう。

十世紀初頭（九〇五年）に成立した『古今和歌集』から、十九世紀の明治維新まで、和歌が長い間培ってきた伝統文化は、二十一世紀の今日でも、まだ超克されていない。ならば、和歌というジャンルは、永遠に敗れざるものなのか。そう言えば、散文の世界において、いまだに十一世紀初頭に書かれた『源氏物語』も乗り越えられてはいないではないか。

『古今和歌集』や『源氏物語』が作り上げた古典文化は、決して乗り越えるべきものではなくて、空気のように呼吸するもの、水のように摂取するもの、そして、歌人がそれぞれの時代を生きる栄養源だったのである。

和歌の「和」は、調和と平和の「和」

和歌とは、何だったのか。辞書類では、「漢詩」に対する「日本の詩歌」という意味が「和歌」にある、と説明されている。「和＝日本」という辞書の説明は、語源的には正しい。確かに、和歌は「大和歌（やまとうた）」とも言う。

だが、「和歌」には、「日本の詩歌」とは別の意味が新たに発生し、むしろ、そちらの方が和歌の作り出した「和歌文化」の本質になってゆく。その最初の転機が、『古今和歌集』の仮名序（かなじょ）だった。紀貫之は、こう書いた。

力をも入れずして天地（あめつち）を動かし、目に見えぬ鬼神（おにがみ）をもあはれと思はせ、男女（をとこをんな）の仲をも和（やは）らげ、猛（たけ）き武士（もののふ）の心をも慰むるは、歌なり。

ここに「和らげ」と書いてあるのが、ポイントである。和歌は、人間と天の神、地の神とを結びつける。すなわち、和らげる力がある。和歌は、恐ろしい鬼神を感動させ、人間の味方に付けてしまう力がある。和歌は、男と女の愛情を取り持つ力がある。和歌には、「もののあはれ」を理解しない武士ですらも泣かせる力がある。

和歌は、人間と神、男と女など、ありとあらゆる人間関係を発生させ、維持し、拡大させるエネルギー源である。すなわち、「和歌」の「和」は、調和・和解・融和・和合の「和」であり、最終的には平和の「和」なのだ。和歌が作り出す調和と平和の王国。それが、「和国」と呼ばれる日本という国の理想像である。……

これが、紀貫之の「和の王国」の樹立宣言だった。和歌だけではない。散文もまた、「和の王国」に招き寄せられ、組み入れられた。和歌を含む『伊勢物語』や『源氏物語』は、男女の陰陽和合だけでなく、和の思想の理論的支柱となったのだ。

聖徳太子の『十七条憲法』（六〇四年）に「和を以て貴しと為す」とあるように、古代から、和は日本の誇る最高の知恵だった。日本の固有文化は神道であったが、そこに大陸から仏教や儒教が流入してくる。ところが、精緻な教義や教典を持たない神道は、世界思想として圧倒的な優位にあるはずの仏教や儒教にも、決して呑み込まれなかった。

外来思想を受容し、吸収して、「神仏習合」を成し遂げることに成功したのである。この奇蹟は、新しい異文化を排斥せず、既に存在している文化と統合する「和」の文化システムが、十全に機能したからこそ可能なのであった。

新しい価値観のすべてを受け入れ、一つも残さずに上へと積み重ね、しかも、根幹にある自分を見失わない。それでいて、統一感のある文化秩序を作り上げる。これが、「和」の思想の真髄である。

このような「和の思想」は、戦乱と混乱が百五十年にわたって続いた中世に、具体的には室町時代後期（戦国時代）に、鍛えられた。最も平和から遠く、親と子、兄と弟が血で血を洗う闘争の時代にあって、平和と調和の思想が強く希求されたのだった。

そして、この乱世の時代こそが、和歌文化や源氏文化の最盛期だった。一条兼良（カネヨシとも、一四〇二〜八一）・宗祇（一四二一〜一五〇二）・三条西実隆（一四五五〜一五三七）・細川幽斎などの大文化人たちが、『源氏物語』の優れた注釈書を次々と書き著し、『源氏物語』を中世の同時代文学へと引き寄せることに成功した。

ここで重要なのは、源氏文化の優れた体現者だった彼らが、「古今伝授」という儀式と、深く結びついていた事実である。ここにおいて、『古今和歌集』の仮名序に書かれている「和の思想」と、人間関係の調和を探究した『源氏物語』の思想とが合体して、最強の「和の文化システム」が確立したのである。

応仁の乱の時代を生き、菅原道真（八四五～九〇三）以来の「五百年に一人の天才」と言われた一条兼良は、『花鳥余情』を著し、『源氏物語』の本質は、男女和合による平和の実現だと喝破した。『古今和歌集』の漢文で書かれた真名序に、男女の仲を取り持つ人物という意味で、「花鳥の使い」という言葉がある。和歌と『源氏物語』は、ここで完全に一つに解け合った。それが、「和の思想」の理念を確立させた。これこそが、「古今伝授」が日本文化に及ぼした最大の貢献だったと考えられる。

北村季吟と柳沢吉保の果たした文化的な役割

一六一五年に大坂夏の陣が終わり、待望久しい天下泰平の時代となった。武士たちが戦場で振りかざした武器は、蔵の中に収納された。平和な時代が訪れたのである。古今伝授の思想は、細川幽斎から松永貞徳（一五七一～一六五三）、そして北村季吟（一六二四～一七〇五）へと継承されていた。季吟は、『源氏物語湖月抄』（一六七三年）によって、中世源氏学の祈りを集大成して、近世の人々に手渡した。

この季吟を、京都から江戸に招いたのが、元禄文化を華麗に演出した柳沢吉保（一六五八～一七一四）だった。五代将軍・徳川綱吉の側用人として権力の中枢にあり、文化政策を仕切った人物

六義園
（東京都文京区）

である。吉保は、綱吉と共に早くから儒学を学び、また禅の教えにも親しんだ。その彼が季吟から古今伝授を授かり、「和の思想」の体現者ともなった。

柳沢吉保が、下屋敷のあった駒込の里に造営した天下の名園が、六義園（りくぎえん）（一七〇二年完成）である。園内には「八十八境（きょう）」と呼ばれる歌枕や名勝が設けられたが、それらは和歌・儒教・禅（仏教）を、立体化させた宇宙だった。

「和」の思想を接着剤とすることで、中国起源の儒教と、インド起源の禅とが融和した。インド（天竺）のことを梵（ぼん）というが、柳沢吉保は「和・漢・梵」の三層構造を調和させることに成功したのだ。その秘密は、「和の思想」である源氏文化が、異文化統合システムの要（かなめ）（接着剤）として有効に機能した点に存在する。

なぜ、源氏文化には、異文化を統合させる接着力があったのか。それは、紫式部の書いた『源氏物語』自体の中に、古代神話、古典和歌、漢詩、儒教、『史記』、仏典など、和・漢・梵からの多種多様な引用がありながら、「光源氏の一代記」として、すっきりした文学世界を構築し得ていることが、第一の理由である。

つまり、『源氏物語』それ自体が、異文化を統合させる「和の文化」の見事な結晶だった。紫式部は、『古今和歌集』の仮名序で紀貫之が高らかに宣言した、和歌による「和の王国」の樹立宣言に共鳴したのであろうか、和歌を効果的に用いて物語を書いた。

加えて、藤原定家から細川幽斎に至る「中世の源氏学」が、古今伝授の系譜を通して、「異文化統合システムとしての源氏文化」を磨き上げたことが、第二の、そして最大の要因である。

中世の源氏文化は、「和の思想」の別名となった。北村季吟と柳沢吉保によって、元禄時代に築き上げられた「和の文化の殿堂」こそが、近代短歌が乗り越えたと信じている「和歌文化＝旧派和歌」の正体だったのだ。

ちなみに、季吟の俳諧における弟子が、俳聖と称えられ、現代でも世界的な人気を集めている松尾芭蕉（一六四四〜九四）である。芭蕉もまた、「和の源氏文化」の系譜に連なることで、偉大な文学者となりえた人物だった。現代において、ハイクが世界文学としての地位を確立できたのは、「和歌文化＝源氏文化」の力であると言ったら、我田引水が過ぎるだろうか。

和の思想は、当然のことながら、明治時代にも生き続けた。今度は、和・漢・「洋」の異文化統合システムとして、機能し始めたのだ。江戸時代までの「和・漢・梵」が、近代では「和・漢梵・洋」となり、日本思想と東洋思想と西洋思想を調和させる「和魂洋才」、「和洋折衷」の文化秩序が可能となった。

正岡子規の親友で、俳句を愛した夏目漱石（一八六七〜一九一六）は、漢詩と英語をも総合した。和歌を愛する森鷗外は、漢文とドイツ語をも摂取し、その壮大な精神宇宙が、弟子の木下杢太郎によって、古代エジプトの「テーベス百門の大都」にも喩えられた。

鷗外は、江戸時代後期の国学者で、本居宣長を批判したことで知られる橘守部（一七八一〜一八四九）の歌論書『心の種』によって和歌を独習した。元勲・山県有朋（一八三八〜一九二二）を中心とする「常磐会」という歌会では、もっぱら古典和歌（旧派和歌）を詠んだ。その一方で、自ら主宰した観潮楼歌会では、ロマン派と新派、そして旧派の「三派」の調和を演出した。

ところが、漱石や鷗外たちの奮闘にもかかわらず、近代短歌の世界では、和の接着剤が十全には機能しなかった。それは、近代の歌人たちが、『源氏物語』とどのように対決してきたかを見れば、はっきりする。一言で言えば、無視してきたのだ。

その結果、近代短歌は、「和の思想」としての源氏文化を活用してもいないし、葬り去ってもいないという、まことに中途半端な地点に留まった。正岡子規の『歌よみに与ふる書』(一八九八年)が、和歌のどの側面を変革しようとしたのか、改めて問い直す必要があるだろう。

宣長という異端の天才

けれども、意外なことに、「和の思想」に対する最強の敵は、近代短歌でも現代短歌でもなかった、と私は考えている。その人は誰あろう、江戸時代の国学者・本居宣長だったのである。宣長の『玉の小櫛』を読むと、『源氏物語』の本文をめぐる解釈力の独創性には舌を巻く。彼は、『古事記』はもちろんのこと、『源氏物語』の最良の読者であった。

すべての学説を縦に積み重ねる「重層構造」の北村季吟のスタイルでさえも、宣長の天才的な学力の前にはやすやすと否定され、これまでに誰も気づかなかった新解釈が次から次へと繰り出される。宣長には、先人への敬意も、協調精神もない。個人の独力で、未曾有の精神領域を切り開いた。この宣長によって、「和・漢・梵」の異文化統合システムは、まるごと否認された。宣長が徹底的に排斥した「からごころ」には、儒教と仏教が含まれる。宣長以後の国学者は、西洋文明にも拒絶反応を示している。

宣長が「源氏文化」にトドメを刺そうとして繰り出した破壊兵器。それが「もののあはれ」である。「和の思想」としての源氏文化は衰亡に向かい、『源氏物語』は「もののあはれ」の文学として残った。

ただし、近代以降、『源氏物語』自体も地盤沈下を起こし、宣長の戦略は失敗した。『源氏物語』が「もののあはれ」を主題とする文学だと思い込んでいる現代人は、我知らず、仏教も、儒教も、道教も、西洋文化も、ＩＴ化も、グローバリゼーションも、否定していることになる。恐ろしいことではないかと、私は思う。

つまり、「もののあはれ」は、『源氏物語』から抽出された思想ではあるが、中世・近世を通して『源氏物語』解釈の主流であった「源氏文化」にとっては、「鬼子」なのだ。異文化を統合する思想システムとしての「調和の文化」ではなく、異文化を排斥する「和国単独の文化」が宣長の思想だからである。

幕末期には国学が高揚し、それが「尊皇攘夷」という異文化排斥の思想のバックボーンとなった。国学の思想は、『古今和歌集』仮名序のマニフェストと、真っ向から矛盾する。「目に見えぬ鬼神をもあはれと思はせ」、「猛き武士の心をも慰むる」のが、『古今和歌集』の和歌だった。異文化との対話と融和が、和歌の理念であり、源氏文化の祈りだったのである。

「本来の和歌文化」は、戦争遂行のスローガンとなった「撃ちてし止まむ」（『古事記』）という思想の対極にある。それでは、近代前夜の攘夷思想は、『源氏物語』や『古今和歌集』の作り上げた「和の文化」と、どのように関わるのだろうか。近代短歌の誕生の実態を見届けるために、次章からは幕末期の和歌の実態を見てゆこう。

2 皆殺しの短歌と、「四海兄弟」の和歌

皆殺しの歌

現代短歌のモチーフの一つとして、「皆殺し」がある。例えば、同じ一九二〇年生まれの二人の歌人が詠んだ歌がある。

五月來る硝子のかなた深閑と嬰兒みなころされたるみどり　塚本邦雄『綠色研究』

瓶内に群れゐる蟻をみなごろしせよと言はれてしたりきわれは　竹山広『葉桜の丘』

一九四五年八月六日、軍事徴用されていた呉市で、塚本（一九二〇～二〇〇五）は広島に落とされた原爆のキノコ雲を遠望した。その三日後、結核のため長崎市内の病院に入院中だった竹山広（一九二〇～二〇一〇）は、原爆投下直後の地獄絵を体験した。塚本と竹山は、天が人類を鏖殺しようとして口ずさんだ「皆殺しの歌」のメロディーを、確かに聞いたのだ。だから、二人の歌人の「皆殺しの歌」には、強烈なリアリティがある。

塚本は皆殺しが起きた世界の奇妙な美しさを逆説的に歌い、竹山は自分が皆殺しする側に立った際

に感じた困惑を歌う。「九・一一」や「三・一一」を歌う現代短歌も、この「皆殺し＝皆殺され」というモチーフに含まれるだろう。

私たちは、これらの「皆殺し」の歌を前にすると、どきりとする。その一方で、歌の中にみなぎっている危機意識と怒りの強さが、短歌というジャンルの存在価値だとも納得させられる。塚本の歌も、竹山の歌も、芸術の名に恥じない危機感と批評精神を持った文学作品である。

それでは、次の歌はどうだろうか。

水鳥の鴨部の神の霊得て夷がどもを皆殺してよ
通有の君の昔に立ちかへり世にかぐはしき功立つべし

伊予の今治には鴨部神社があり、越智益躬という古代の人物を祀っている。益躬は、推古天皇（在位五九二～六二八）の時代に、朝鮮半島から攻め込んできた「鉄人」を誅殺したとされる伝説上の武将である。平安時代の往生伝では、仏教に篤く帰依した人物だったとも記されている。この益躬の子孫とされるのが河野通有（?～一三一一）である。彼は、伊予水軍を率いて、鎌倉時代の元寇に際し、弘安の役（一二八一年）では大奮戦している。

越智益躬と河野通有を称える二首の和歌を詠んだのは、林桜園（一七九八～一八七〇）という熊本の思想家である。彼の生きた時代には、ペリーが浦賀に来航し、尊皇攘夷の嵐が吹き荒れていた。彼の思想は、太田黒伴雄や加屋霽堅など、明治時代に「神風連の乱」（一八七六年）を起こした敬神党のメンバーに強い影響を与えた。この反乱の鉾先は、明治新政府だけでなく、西洋文化を無批判に導入する文明開化路線へも向けられていた。

そういう時代背景を念頭に置いたとしても、林桜園の歌の「夷がどもを皆殺してよ」という表現には、現代人である私たちの多くは強烈な違和感を感じるだろう。和歌という「平和」を祈るジャンルに、「皆殺し」は似合わない。つまり、これは「和歌」ではないのだ。

新しい和歌史と短歌史の提唱

それでは、「和歌」とは、いったい何なのか。前章で指摘したように、「漢詩に対して日本の大和歌を意味する」という定義では、とうてい日本文化を理解できない。そこで、これまた前章で述べたことではあるが、「和の思想」を体現しているのが和歌である、という新しい定義から考え始めようではないか。

平安時代の『古今和歌集』という歌集、および『源氏物語』という文学作品を基にして、藤原定家以降の中世の文化人たちが総力を結集して築き上げ、江戸時代の北村季吟が集大成したのが、「和の思想」であるところの「源氏文化」だった。

だからこそ、正岡子規の『歌よみに与ふる書』の批判は、『古今和歌集』や桂園派(けいえんは)ではなく、「源氏文化」への異議申し立てだったと理解すべきだろう。子規の敵は、源氏文化だった。

子規の攻撃は、紀貫之でも香川景樹(かがわかげき)(一七六八〜一八四三)でもなく、藤原定家と古今伝授を最終ターゲットに据えていた。そして、源氏文化に汚染されていない「古代」に、近代短歌の直接の淵源を見出そうとした。古代までさかのぼらなければ、源氏文化は相対化できない。そう考えた子規の直感は、皮肉なことに、「日本文化」の起源が『古今和歌集』と『源氏物語』である事実を、正確に見抜いていた。

近現代短歌は皆殺しを歌えるが、源氏文化には皆殺しは似合わない。なぜならば、和の思想は、「平和＝四海兄弟（しかいけいてい）」がモットーだからである。一方、古代の『古事記』には、残虐な戦闘と殺害の描写がある。

歴史学の概念である「古代」は、「日本史では一般に奈良・平安時代を指し」（『広辞苑』）と説明されている。だが、奈良時代と平安時代を一くくりにする歴史学の時代区分は、『源氏物語』の成立によって日本文化が一変したという文学史上の大事件を、説明できない。

そのため、文学史の区分としては、古代を「上代＝奈良時代」と「中古（ちゅうこ）＝平安時代」とに二分するのが通例である。分けるのはよいが、次の時代である中世に源氏文化が最盛期を迎え、近世になっても源氏文化が強く残っていた事実が、はっきりとはわからない。さらには、近代短歌が、『源氏物語』以前の万葉語から力を借りた事実も、すぐには説明できない。

そこで、源氏文化という観点から新しい「日本文化史」を構築し、近代短歌の出発点を見極めるために、三十一音の短詩形文学に関しては、次のような三区分を提案したい。

第Ⅰ期＝奈良時代……古代短歌
第Ⅱ期＝平安時代から江戸時代まで……和歌
第Ⅲ期＝明治時代以降……近代短歌・現代短歌

第Ⅱ期は、「皆殺し」が似合わない、「和」の源氏文化が作り上げた「四海兄弟の和歌」の時代である。第Ⅰ期の「古代短歌」と第Ⅲ期の「近代短歌」が、世界と激しく戦い、時には異文化と斬り結び、あえて言えば、血を流すことも厭わない「皆殺しの短歌」の時代である。

林桜園の和歌と短歌

次々と来航する異国人たちを「皆殺してよ」と歌った林桜園は、幕末期の尊皇攘夷の時代を生きた。近代前夜を生きた彼は、古代日本を研究する国学者だった。ある意味で「道徳以前」である古代の力を借りて、崩壊の危機に瀕している江戸時代後期の現実を乗り切ろうとしたのが、桜園の思想だった。だが、興味深いことに、『桜園先生遺稿』（河島書店・昭和十八年、青潮社・昭和五十六年再刊）を通読すると、ほかならぬ平和な「和歌」を、数多く桜園は詠んでいる。

　春の野に一夜(ひとよ)宿らむ鶯の花のすみかをそこと知るべく
　厭(いと)ひつる昨日(きのふ)の雨も桜花(さくらばな)今日の紐解(ひもと)く縁(え)にこそありけれ

この二首は、どちらも『源氏物語』を踏まえている。一首目は「尋ね行(ゆ)く幻もがな伝(つて)にても魂(たま)のありかをそこと知るべく」（桐壺巻）、二首目は「夕露に紐解(ひもと)く花は玉鉾(たまぼこ)のたよりに見えし縁(え)にこそありけれ」（夕顔巻）という和歌を、それぞれ本歌取りしている。

つまり林桜園は、源氏文化の中に身を置き、優美な「和歌」を読みこなすこともできた歌人であった。もし平和な時代が永遠に続くことが信じられたのならば、彼も平和な「和歌」を生涯、詠み続けたことだろう。

だが、彼は、危機と混乱の時代を生きねばならなかった。そこで、林桜園は自らの歌人としての本質を変化させ、外敵と戦う気概が充溢した「和歌にあらざる、皆殺しの短歌」を、自らの魂の本拠地として定めるしかなかった。彼の口からほとばしり出た三十一音形式の歌は、古代短歌の隔世遺伝でもあり、近現代短歌の露払いでもあった。

古代が、近代へと直結している。まさに、ルネッサンス運動が、起きたのである。日本では、平和な時代に、古代復興は起きなかった。戦乱と戦争の時代である近代の開幕直前になって初めて、古代復興のルネッサンスが、西洋に遅れること数百年で始まった。

ヨーロッパではルネッサンス運動は中世に起こったが、源氏文化が全盛を極めた日本では、近世の後期まで、『源氏物語』以前の古代に回帰する必要はなかった。

桜園が神風連の乱の指導者たちに与えた最大の影響は、「宇気比＝うけい」の思想だった。人間が神に祈って、神意を占う儀式である。桜園には、夢で神意を授かったというモチーフの歌が多い。すなわち、桜園短歌のキーワードは「夢」である。

暁の夢に、若き男どもの、遠きより来る来る、無礼しげなる言を言ひつれば、刀を抜きて待ちたるに、近く寄りて、「己一人、力有りと思へるか。我が輩も、刀は持てるものを」と、嘲笑み笑へれば、「我が太刀は、尋常には非ず。これ見よ」とて、打ち振れば、太刀の長さ、数十丈になれるを以て、高き木の梢の枝を斬りて見せつれば、男ども、大いに畏れ合へり、と見たり。己、常に天地の神々に祈りまつる筋もあれば、覚めて後

皇神の奇に奇しき生太刀を給ふ験の夢に見えけむ

この「若き男ども」は、異国人なのであろう。孫悟空の如意棒ではないが、太刀が三十メートル以上の長さにまで伸び、無礼な男たちをひれ伏せさせた、という夢である。「生太刀」は『古事記』に見られる古代語である（「生弓矢」という古代語もある）。古代に立ち返ることで神意に適い、外敵を退け

る手段を得た、という夢を見たのである。

夢と言えば、『源氏物語』でも、明石入道の夢が語られている。巨大な須弥山（しゅみせん）を右手に捧げ持ち、その須弥山の左右から太陽と月の光が射してきた、という夢だった。この夢を信じた入道は、子孫の繁栄を手に入れた。

しかし、自らの夢告を歌うことには熱心な桜園も、明石入道の見た霊夢には一切触れない。彼にとっての「夢」は、神聖な古代の神事であり、源氏文化とは無縁なのである。すなわち、古代短歌の世界を、彼は生きていた。

皇神（すめがみ）の夢の御諭（みさと）しそのままにあめりかのこきし取りて持ち来（こ）む

文久元年（一八六一）の元旦の詠である。桜園は、こういう夢を実際に見たのだろう。「あめりか」に対する敵愾心と攻撃心の強さは、「和」の思想の埒外にある。「こきし」は、「たくさん」という意味もあるが、ここでは「国王」を意味する古代語である。「こにきし」とも言う。アメリカの国王（大統領）を生け捕りにして引き据えるのではなく、その首級（しゅきゅう）を挙げたい、というのだろう。まさに、殲滅と皆殺しの思想である。

林桜園は、国学の大成者である本居宣長の学問に共感した。宣長の『古事記伝』は、彼の愛読書だったと言う。桜園は、古代短歌によってヨーロッパやアメリカの近代と戦おうとした。

幕末期の大混乱は、長く日本人の心を支配してきた源氏文化への信頼感を急激に薄めた。平和は、尊い。限り無く尊い。できることならば、自分が生きている間は、平和な時代を生き、平和な和歌を詠んで、楽しく生きていきたい。だが、人間は、戦乱の時代に生まれ合わせた運命から、逃れられない。だから、平和な和歌をも詠み得た桜園すらも、古代短歌の世界へと回帰した。

　彼の怒りと勝利祈願の結晶である短歌は、古代短歌そのままの世界観と言語体系だった。この古代短歌が、例えば『愛国百人一首』の愛国歌であり、太平洋戦争の戦時下での戦意高揚短歌であり、三島由紀夫の遺した辞世なのでもある。なおかつ、近代短歌の主流を形成した「アララギ」が『万葉集』の古代語を必要とした理由とも、深く関わっている。

3 中島広足と神風思想

茂吉の「愛国歌小観」

斎藤茂吉に、「愛国歌小観」という評論がある（一九四二年）。茂吉がこのエッセイの最初で賀茂真淵と本居宣長の和歌を掲げているのは、国学の先駆者である二人に敬意を表したものだろう。言わば「挨拶」の二首を除いた、「愛国歌小観」の実質的な冒頭は、三首目の中島広足（一七九二〜一八六四）の歌である。

千万のえみしが船を沈めけむ神の息吹ぞあやに畏き

中島広足は、元寇のありさまを描いた『蒙古襲来絵詞』を見て、長歌と反歌を作った。そのうちの反歌が、この「千万の……」の歌である。「神の息吹」は、直訳すれば、神の吐く息のことで、神風のこと。神風が吹いて、元の大船団が海底に沈んだのである。

茂吉の「愛国歌小観」には、神風を詠んだ歌が、何首も挙げられている。

神風(かむかぜ)の畏(かしこ)き事を知らずかもたはれ言(ごと)いふたはれ亜米利加(あめりか)　（鹿持雅澄(かもちまさずみ)）
あなあはれ鈍(おぞ)や亜米利加神風(かむかぜ)の恐(かしこ)きことを汝(な)は知らずやも　（同）
えみしらが寇(あた)せむ舟を払ひすて大海原(おほうなばら)に息吹(いぶ)きすててむ　（大国隆正(おおくにたかまさ)）

鹿持雅澄（一七九一～一八五八）は土佐藩の国学者、大国隆正（一七九二～一八七一）は津和野(つわの)藩出身の国学者。大国の思想は、津和野藩の福羽美静(ふくばよししず)（一八三一～一九〇七）や森鷗外にも受け継がれた。

茂吉の考える「愛国歌」の典型は、中島広足の歌であり、神風思想に基づくものだった。その茂吉は長崎医専の教授として、長崎に滞在していた期間がある（一九一七～二一年）。歌集で言えば、『あらたま』と『つゆじも』の時代である。

一方の中島広足も、熊本藩士ではあったが、長崎に三十年も長期滞在することを許されていた（一八二七～五七）。茂吉が長崎滞在中に、中島広足の事績を知った確証はないが、二人の接点として「長崎」という舞台が浮上してくる。

江戸時代の長崎は、世界に対して開かれた唯一の港として栄え、オランダからはヨーロッパ文化、清からは中国文化が流れ込んだ。それらが、日本古来の文化と出会い、交じり合って、「和華蘭(わからん)文化」という、異色の混合文化が醸成された。多くの文化人が長崎を訪れては、異国の文化に触れた。ある者は、異文化を吸収しようとし、ある者は異文化と戦おうとした。

その長崎で、国学を基盤とした攘夷思想の先頭に立っていたのが、中島広足だった。西洋医学を深く学んだ斎藤茂吉が、西洋文化を神風で退治しようという神風思想に共感したのは、郷里・山形の風土だけでなく、長崎で暮らした体験も関与していたかもしれない。

『源氏物語』の言葉は、弱いか

中島広足は、国語学の研究に優れた業績を残した国学者である。彼の主要な作品は、弥富破摩雄（やとみはまお）・横山重（しげる）校訂『中島広足全集』全二巻（大岡山書店、一九三三年）で読める。

古代語だけでなく、『源氏物語』の王朝語についても、実証的な研究を重ねた広足は、幕末期では屈指の、『源氏物語』という古典作品の読み手であった。だが、彼は『源氏物語』を母胎として中世に作り上げられた「源氏文化」の信奉者ではなかった。むしろ、源氏文化に対する不満と危機感を強く抱いていた。

「源氏文化」とは、和歌（日本文化）をベースに据えることで、外国文化（中国起源の儒教や道教、インド起源の仏教）が立体化でき、「三層構造」の文化体系を確立できるという、異文化統合システムだった。だから、西洋文化をも取り込み、調和させた「四層構造」の文化システムへと発展できるのが、源氏文化のシステムとしての長所である。

ところが、幕末期に『源氏物語』の文体とボキャブラリーを研究した広足は、『源氏物語』では時代の激動に適応できないという確信を持つに到った。それが、「物語文論」（一八二六年）である。

広足は、言う。『源氏物語』は、現代（広足の生きている時代）でも、文章を書く際の手本となっているくらいの名文である。だから、この物語の言葉を借用すれば、優れた表現を生み出すことができる。ただし『源氏物語』は、紫式部という女性の書いた物語であるから、もしも男性の書き手が『源氏物語』の語彙と文体を用いれば、「男にして女詞（をんなことば）をつかひ、かつ、女の心向け」に染まってしまう。つまり、『源氏物語』の文体を男が会得すれば、彼は男であるにもかかわらず、「男のたましひ」を喪失してしまうのだ。……

広足神社
（長崎市諏訪神社境内）

それでは、「男のたましひ」は、どういう言葉と、どういう文体に宿るのか。広足によれば、王朝の物語文の対極にあるのが、「上代の祝詞・宣命」などの文章である。ここに、幕末期の国学の本質がある。

中島広足は本居宣長を尊敬し、自分の屋敷の中に、柿本人麻呂と宣長を祀る祠を作っていたほどである。その宣長は、『玉の小櫛』を読めば明らかなように、日本文化史上、屈指の『源氏物語』の読み手であった。あるいは、日本文化史上で最強の『源氏物語』の読み手だったと言ってもよい。

その宣長の国学が、『源氏物語』の文体を否定する広足の国学を生み出した。広足は、長崎で三十年間を過ごし、西洋文化の強大さを、身に沁みて痛感していた。西洋文化が日本文化を消滅させる恐れを、彼は誰よりも敏感に察知していた。だから、日本文化の未曾有の危機に立ち向かう際には、『源氏物語』の言葉、いわゆる「物語文」では戦いにならないと主張したのである。どうしても、力強い「男の文体」と「男の言葉」、すなわち、古代語を復活させねばならぬ。

宣長は、『源氏物語』という作品を愛しつつも、『源氏物語』から平和と調和を主題として抽出した中世の「源氏文化」を否定した。広足は、『源氏物語』の言葉も源氏文化も否定した。その潮流が、近代へ流れ込んでゆく。

中島広足が唱えた「反・源氏物語」の思想と、「古代への回帰」という主張は、『歌よみに与ふる書』で正岡子規が述べた危機感と、基本的に同じ性格のものだろう。なぜ、子規は『古今和歌集』を全否定したのか。どうして、子規は古代の万葉語の力を利用しようとしたのか。すべては、源氏文化への反逆だったのである。『源氏物語』と『古今和歌集』と『伊勢物語』だけでは、日本文化の牙城を守れないという恐怖感と絶望感が、広足や子規の出発点だった。

中島広足の神風思想

中島広足は、熊本で、国学を長瀬真幸（一七六五～一八三五）に学んだ。同門には、前章で紹介した林桜園がいる。桜園の思想が、明治九年に敬神党が起こした「神風連の乱」の精神的支柱となった。この広足に、斎藤茂吉が称揚した「神風」の歌があることは、もはや必然だろう。

『樺島浪風記』は、長崎から船に乗って郷里の熊本へ向かった広足が、大暴風雨に遭遇した顛末を記している。一八二八年（文政十一）八月のことである。

『樺島浪風記』の冒頭には、半田公麿という人物の序文が載る。かつて、鎌倉時代の蒙古襲来に際しては神風が吹き、襲来した元の船の多数を波の水屑となした。今般、中島広足の乗った船は、暴風雨と遭遇したが、この暴風によって、シーボルト（一七九六～一八六六）が国禁の日本地図を海外に持ち出そうとしていた船も座礁した。まさに、これは第二の「神風」であったのだ。そのように、半田は宣言している。

それに引き続いて、中島広足の書いた『樺島浪風記』の本文が記される。広足本人が体験した暴風雨であるので、叙述に迫真力があるのは当然である。自分の命は死の一歩手前まで近づいたし、多くの人命が失われた。だが、その事実を記す広足の文体は、はたして「男の文体」になりきっているだろうか。「古代の文体」に、なりおおせているだろうか。

私に言わせれば、否である。ここには、『源氏物語』の須磨巻の最後の部分、明石巻の冒頭の部分、そして野分巻の暴風雨表現が利用されているように感じられる。むろん、これらは『源氏物語』の中では力強い表現なのではあるが、女が書いた女の文体であり、女の言葉であることは、論を俟たない。さらに言えば、中世文学である鴨長明『方丈記』の災害描写の影響も感じられる。現実問題として、『源氏物語』と『方丈記』の文体を用いれば、どんな暴風雨も表現できるのである。現に、谷崎潤一郎が『細雪』で試みた阪神大水害一九三八年（昭和十三）の描写にも、『源氏物語』の痕跡が顕著である。

かろうじて命が助かった広足は、感謝の歌を詠んだ。

かけて祈る神のちはひしなかりせば海の水屑と成るべかりけり

「ちはひ」は、動詞「ちはふ」（発音は「チワウ」）の連用形が名詞化したもの。だから、「幸ふ」は、霊力を授かる、幸福を受ける、神の加護を蒙る、という意味の古代語である。『万葉集』などに用例がある。だが、ここに「ちはひ」という古代語があるだけでは、広足が『源氏物語』の文体を葬り去ったとは言えないだろう。

この暴風雨では、日本人にも三十四人の死者が出たし、長崎の神社仏閣にも被害が出た。しかし、広足はシーボルト事件を発覚させることに、今回の暴風雨の最大の意義があったと認定する。日本側の被害は、オランダという巨悪と戦うための掛け替えのない犠牲だった、と広足は考える。『樺島浪風記』は、次のように結ばれている。

かの蒙古が船を吹き破りし昔の神風も、そのあまりには、近きわたりの国々浦々なる、こなたの人ども、船どもも、損なひつらめど、大きなるところより見る時は、そは、物の数ならぬ事になむありける。

蒙古の大軍を海に沈めた神風の時にも、その大風の余波（巻き添え）で、日本側にも多数の被害は出たに相違ない。しかし、大所高所から見るならば、神の日本人への加護であると断言してよいのだ。このように、『樺島浪風記』は、西洋文化を排斥する最大の武器として、「神風」を位置づける。それが、斎藤茂吉「愛国歌小観」に掲げられた中島広足の「千万のえみしが船を沈めけむ神の息吹ぞあやに畏き」という歌に込められた思想なのだった。

私が強調したいことは、二つある。第一点は、異国文化との調和を目指す「源氏文化」を否定し、古代語を宣揚した広足ですら、異国文化の撃退を描いた『樺島浪風記』を、『源氏物語』の文体で書くしかなかったこと。第二点は、前章でも触れたが、異人を「皆殺し」にするタイプの神風思想は、「四海兄弟」を理想とする源氏文化と無関係であること。

開国を求めたロシアのラクスマンと交渉に当たった石川忠房（一七五五～一八三六）は、「異国の船吹き送れ日本のめぐみあまねきあまつ神風」と詠んでいる。神風が、ロシアの使節を無事に彼らの故国へと吹き送ってくれる。これぞ、人間関係を重視し、異文化と日本文化の調和をめざす「源氏文化＝和歌文化」の真髄である。

石川忠房の歌は「和歌」である。けれども、中島広足の歌は「和歌」ではない。では、何なのか。これが、近代短歌の源であるならば、なるほど、近代短歌は和歌と無縁なのかもしれない。

4 三島由紀夫は、和歌文化を護ろうとした

神風は、なぜ吹かなかったのか

前章では、幕末の神風思想の形成に関わった中島広足が、『源氏物語』の言葉の弱さを嫌い、古代語の強靭さを欲したことを述べた。それは、『古今和歌集』から始まる王朝和歌への根源的な異議申し立てなのでもあった。

今回は、熊本で起きた神風連の乱にヒントを得た小説『奔馬』を書いた三島由紀夫（一九二五〜七〇）が、源氏文化と和歌文化を心の底から愛し、その弱さを外敵から護(まも)るために、自らを荒ぶる神風と化そうとしたことを述べる。中島広足と三島由紀夫は、神風と和歌に関して、似て非なる文化観を持っていた。

三島の日本文化論を語る前提として、「和魂(にぎみたま)」と「荒魂(あらみたま)」の違いを説明しておこう。神には、穏やかな側面と激しい側面とがある。人間を幸福にする一方では、恐ろしい祟(たた)りをなすこともある。穏やかな側面が和魂、恐ろしい側面が荒魂である。このほか、「幸魂(さきみたま)」（サチミタマ、とも）と「奇魂(くしみたま)」があり、それぞれ愛と知を象徴していると言われる。

神は善良な人間たちを温かく見守り、彼らに幸福と平和を与える。ところが、穏やかなだけの神で

は、襲いかかってくる外敵や疾病を退治できない。また、庇護されている側の人間が心得違いを起こして、神に対する不敬の振る舞いなどがあった時には、彼らに断固たる処罰を与える峻厳さがなければならない。

三島は、宗教概念である和魂を、女性的な秩序である和歌や王朝物語という文学概念（＝文化意志）へと組み替えた。ここが、三島の文化観の独創的な点である。すると必然的に、「和魂」の反対概念である「荒魂」は、文学作品に登場し、秩序の破壊や無秩序をもたらす人物、ないし運命と対応することになる。

ここでやっと、三島の評論『日本文学小史』に入ることができる。三島の自決で、惜しくも中絶した日本文学史である。日本文学のヒーローには「政治的敗者」としての怨念を持つこと、ヒロインには「裏切られた女の嫉妬」という怨念を持つことが必要だった、と三島は言う。そうであるならば、父に忌避されて不遇の死を遂げたヤマトタケルが「政治的敗者」の典型だろう。それに、『万葉集』の頃から、女たちは別れの苦しさや、遠方にいる男を偲ぶ歌を詠んできた。

だが、『古今和歌集』が成立するや、古代文学で確立していた文学観が一変した、と三島は言う。日本文化の最大のターニング・ポイントは、九〇五年の『古今和歌集』の成立だった。この時から、確実に、そして顕著に、古代は後退していった。

実際、古代の不羈（ふき）な荒魂は、どちらの側に（引用者注、秩序と無秩序のこと）より強い投影を揺らしていたのだろうか。それは秩序の担い手として新たに復活したのか？　いや、古今和歌集の成立と共に、日本の文化史の正統たる「みやび」からは荒魂が完全に排除され、男性的特色はひたすら知的方法論と統治的性格に限定されたのであった。

『古今和歌集』の成立によって方向づけられた「荒魂の追放」を象徴するのが、四年前の九〇一年に起きた菅原道真の失脚と左遷だった。その約一世紀後には『源氏物語』が書かれ、都には、荒魂を完璧に払拭した和魂としての「みやび」の文化が絢爛と咲き誇った。ここに、中世になって確立する「源氏文化」の濫觴（らんしょう）がある。

男性的な無秩序である荒魂を排除した和歌文化や源氏文化は、その代償として、外敵と戦うための武器を喪失した。外部から侵略し、襲いかかる暴力には、こちら側も暴力で対抗するしかないのだが、文化秩序の中から、無秩序としての荒魂を排出してしまっている。それなのに、『古今和歌集』の仮名序で、紀貫之は「力をも入れずして、天地（あめつち）を動かし」と、和歌の力を宣言した。まことに、奇妙と言うか、不可解千万なことである。

三島は、「古今集と新古今集」という論文を、旧制学習院高校時代の恩師・清水文雄（ふみお）（一九〇三～九八）からの需（もと）めで書いた。清水は、熊本県の生まれである。その清水が広島大学教授を定年する記念の論文集である。その三島論文は、太平洋戦争に際して、なぜ神風が吹かなかったのかという、痛切な問題提起から筆を起こしている。「力をも入れずして、天地（あめつち）を動かし」と言うからには、和歌の力が神を感動させて、必ずや神風が吹くはずだからである。

けれども、神風特攻隊に命を捧げた青年たちの心からの至誠にもかかわらず、神風は吹かずに、日本は戦争に敗れた。紀貫之の高らかな和歌マニフェストは、詩的な秩序の範囲内での理想を述べただけのものでしかなかった。そのように、三島は結論する。だから、和歌によっては神風を吹かせることができない。

三島の認識は、中島広足が女性的で繊細・柔弱な王朝和歌や『源氏物語』を信じていなかったことと似ている。しかし、三島と広足の違いは、三島が『古今和歌集』や『源氏物語』を心の底から愛していた、という一点にあった。では、三島はどうするのか。

そのような究極の無力の力というものを護るためならば、そのような脆い絶対の美を護るためならば、もののふが命を捨てる行動も当然であり、そこに私も命を賭けることができるような気がする。

ここに、「究極の無力の力」とか「脆い絶対の美」などとあるのは、女性的な「源氏文化」を指している。優美なる和魂は、暴力的で野蛮な荒魂を忌み嫌い、自分の身近から遠ざけた。けれども荒魂の側は、自分を排除し、辺境の地へと追いやった「源氏文化」を憎んでなどはおらず、都から遠い場所にあってなおも、都の優雅な文化を追慕し続ける、というのだ。大宰府の菅原道真が、都の天皇を思うのと同じように。

そして、その愛情の強さゆえに、都で美的秩序や正しい政治を妨げている「敵」を取り除くための「荒魂（あらみたま）」として、都へ駆け上り、悪を懲らしめ、か弱い女性文化を護る。そのために、荒ぶる男たちが命を捨てるのは当然だ、と三島は言う。

荒魂は、和魂（にぎみたま）から遠ざけられるだけでなく、自ら進んで、優雅な源氏文化の埒外へと離れてゆく。そのうえで、優雅さと敵対する悪を退治するために、思う存分に暴れ回るのだ。爆発的な行動を終えた荒魂は、一転して和魂へと変貌し、「源氏文化」の守護神となって鎮座する。祟（たた）り神となった道真が、猛威を振るった後に、北野天神として都に祀（まつ）られたように。次なる源氏文化の危機に際しては、新たな荒魂が出現し、大暴れして外敵を倒し、戦いの勝利の後に、心安らかに和魂へと昇華してゆく。

このサイクルの繰り返しが、源氏文化と日本文化をこれまで守ってきたのである。

死後の魂は、源氏文化に抱かれる

これが、三島の和歌文化や源氏文化、ひいては天皇制に対する理解だった。和歌は本来、そして、どこまでも無力なものである。古代短歌ならばまだしも、『古今和歌集』以後の和歌には、神風を吹かせる力は備わっていない。

神風を吹かせる一つの方法は、『古今和歌集』や『源氏物語』以前の古代語の体系に回帰して、古代短歌を詠むことである。中島広足の戦略が、そうだった。『樺島浪風記』では、確かに神風が吹いて、シーボルトの野望を粉砕している。

けれども、広足の古代語への回帰も、前章で見たように不徹底なものだった。なぜならば、源氏文化には数百年も我が国の文化を支配してきた実績があるからである。そして、日本人は、『古今和歌集』の和歌と『源氏物語』の物語を空気のように呼吸し、その呪縛から逃れようとしても逃れられないほどに、固い絆で結ばれているからである。

中島広足や正岡子規とは違って、三島由紀夫は「和歌」と「物語」を心の底から愛していた。そこで、三島は、男性的な無秩序である荒魂が発動した行動によって神風を吹かせ、無力そのものである和歌文化や源氏文化を護るという方法を、戦略として採用した。優雅を心から愛するがゆえに、優雅さから最も遠い蛮勇を奮おうとしたのである。

保田與重郎（やすだよじゅうろう）（一九一〇～八一）や伊東静雄（いとうしずお）（一九〇六～五三）などの日本浪曼派の影響を受けた三島には、ロマン主義的な傾向が強い。「ロマン主義」という概念を定義すれば、魂の原郷（ふるさと）から最も遠い所

三島由紀夫の文学碑
（奈良県桜井市狭井神社境内）

まで旅をして、そこから原郷を激しく恋い焦がれる心情、ということになるだろう。本当の自分を知るためには、一番自分らしくないこと、一番自分がしたくない作業に従事しなくてはならない。だから三島は、最も三島らしくない、野蛮で粗野な政治行動に打って出た。自ら進んで「荒魂」に変貌したのだ。

和歌と『源氏物語』を護るために「楯の会」を結成し、「猛き武士」の役割を買って出た三島の魂は、死後はどうなったのだろうか。昭和四十五年十一月二十五日の自決後に、三島の心は和魂となって休らっているのだろうか。

おそらく、三島の和魂の奥津城は、彼が「アントワアヌ・ワトオの絵」に喩えた『源氏物語』胡蝶巻の世界ではないだろうか。「そこは『艶なる宴』に充ち、快楽は空中に漂って、いかなる帰結をも怖れずに、絶対の現在のなかを胡蝶のように羽搏いている」（『日本文学小史』）。最高度の純粋形態の文化意志の中へと、三島は吸収されていった。そのような奥津城が、『源氏物語』という作品の内部以外にも、もう一つある。

三島作品の中で最も荒魂が猛威を奮ったのは、「豊饒の海」四部作の第二作『奔馬』である。荒魂の化身として、飯沼勲が最初に登場した場面では、桜井市の三輪山と、奈良市内の率川神社の三枝祭とで、「笹百合」の花が重要な役割を果たしている。

私は「玲瓏」所属の歌人である小黒世茂から、毎年のように笹百合の花束を贈ってもらっている。ある時、家中に充満した官能的な匂いに噎せ返りながら、私は『奔馬』の本質に到達した。この笹百合こそが、女性的な和魂のシンボル

美智子上皇后歌碑
（桜井市狭井神社境内）

だったのではないか、と。

三輪山そのものを御神体とする三輪神社には、大神神社と狭井神社とがある。大神神社は、大物主神の「和魂」、狭井神社は同じ大物主神の「荒魂」を祀っている。

「花鎮め」の祭で知られる狭井神社の本殿の横には、御神体である三輪山に入山するための登山道がある。霊水の湧く井戸や「鎮めの池」もある。男性的な荒魂が引き起こした混乱や病気を、女性的な水の力が鎮めるのだ。

鎮めの池のほとりに、二つの碑が建っている。一つは、昭和四十一年六月に『奔馬』取材のためにここを訪れた三島由紀夫が揮毫した「清明」という字を刻んだ碑。

もう一つには、美智子上皇后が皇太子妃だった頃に、昭和五十年の歌会始のお題「祭り」で詠んだ和歌が記されている。

三輪の里狭井のわたりに今日もかも花鎮めすと祭りてあらむ

この和歌自体が、日本各地で猛威を奮っている文明悪を鎮め和らげる「水」の役割を果たしている。昭和四十五年に衝撃的な自決を遂げた三島由紀夫と、現代日本で繊細優美な和歌を詠み続けた美智子上皇后の組み合わせこそ、荒魂と和魂の好一対と言えるのかもしれない。

三島は、「清明」と揮毫した時に、自決後の自分の荒魂が、「鎮めの池」のほとりに終の奥津城を見つけ、上皇后の和歌に癒されて和魂となる日が来ることを、知っていただろうか。美智子上皇后の歌碑は昭和六十二年に建立され、三島の碑は、遅れて平成十八年に建立されている。
荒魂となって死んだ三島由紀夫の辞世は、次の二首である。

益荒男（ますらを）がたばさむ太刀の鞘鳴りに幾とせ耐へて今日の初霜
散るをいとふ世にも人にもさきがけて散るこそ花と吹く小夜嵐（さよあらし）

この二首は、まだ荒魂であった状態で、三島の喉からほとばしり出た歌である。だから、美しい世界をあるがままに肯定する「和歌」ではない。「初霜」や「小夜嵐」は、三島が愛した『新古今和歌集』で好まれた体言止めだが、「幾とせ耐へて」爆発し、「散るこそ花」と勇んで散ってゆく荒魂の絶叫であることに変わりはない。これらは和歌ではなく、「おらび歌」である。次章では、若き日の三島に影響を与え、その名も『おらびうた』という歌集を残した思想家・蓮田善明を取り上げる。

5 蓮田善明の「反近代」、そして「反アララギ」

「反近代」の血を受けて

蓮田善明（一九〇四～四五）は、まだ旧制学習院高校の学生だった平岡公威、こと三島由紀夫の才能をいちはやく見抜いた慧眼の持ち主だった。蓮田の遺児は、「こうのとりのゆりかご」で知られる熊本の慈恵病院の名誉院長や院長（理事長）を務めた。終戦直後に、マレー半島のジョホールバルで、天皇に対して不敬の発言あった上司を拳銃で射殺し、蓮田は自らも自決した。

蓮田の主要著作は、『蓮田善明全集』（島津書房・一九八九年）で読める。だが、三島の初期作品も掲載されている雑誌『文藝文化』（一九三八～四四）の復刻版（雄松堂書店）を通読すれば、この文芸雑誌の発行人だった蓮田善明の志が理解できる。若き日に『文藝文化』に寄稿していた詩人・小高根二郎の評伝『蓮田善明とその死』（筑摩書房・一九七〇年）は労作であり、そこに三島が寄せた「序」も感動的である。

蓮田善明は、熊本に生まれた。熊本には、神風連の乱の思想的支柱だった林桜園や、神風思想の確立者である中島広足を生んだ精神的な風土がある。蓮田は、旧制の済々黌中学で石原醜男に学んだが、醜男は神風連の中堅幹部だった石原運四郎の遺児であった。醜男には、『神風連血涙史』（一九三五年）

神風連の烈士たちの墓域
（熊本市桜山神社境内）

という著書がある。

広島高等師範と広島文理科大学を卒業した蓮田は、旧制中学や旧制高校で教壇に立ちながら、国文学の研究を志す。ここに、文学研究者と思想家が一つに混ざり合った、まことに不思議な文明批評家が誕生した。

蓮田は、古代の『古事記』も、王朝の『古今和歌集』や『源氏物語』も、中世の鴨長明も、幕末の和歌も、近代の森鷗外や永井荷風も、熱く論じた。その日本文学史観を一言で要約すれば、「反近代」ということになるだろう。つまり、文明開化を拒否した、熊本の神風連の血である。

蓮田の「反近代」は、近代文学の主流となった自然主義的な文学手法、つまり、リアリズムへの嫌悪を出発点とする。さらに進んで、近代日本の政治構造への反発ともなった。尊皇攘夷を高唱して、武力で江戸幕府を倒した明治政府が、権力を握った途端に「やまとごころ」を捨ててしまい、欧米文化という「からごころ」に走り、国民の思想的自由を束縛したことが、蓮田には許せなかったのである、

『蓮田善明全集』は、二重函に入っている。外函には、蓮田とゆかりのある人物五人の推薦文が載る。筆頭は、『文藝文化』の同人だった清水文雄の回想である。清水は、学習院時代の三島由紀夫の恩師でもある。清水は、「みやびが敵を撃つ」という言葉に、蓮田善明の思想の本質を見ている。

蓮田善明の「敵」は、太平洋戦争の敵国であるアメリカだけではなかった。蓮田は、近代日本の文学状況と統治機構をも、「反近代」という武器を用いて撃とうとした。彼が武器とした「反近代」の別名が、古代から近世までの「古典」である。鷗外や荷風は、「反近代」の体現者、すなわち、古典の精神であ

る「みやび」の継承者として、蓮田から高く評価されたのだ。

「アララギ」は、万葉調にあらず

蓮田善明が嫌ったのは、古典精神と繋がっていない近代である。その悪しき「近代文学」の一翼を担ったのが、「アララギ」の短歌運動だった。「アララギ」は、『万葉集』を理想に掲げていたが、「アララギ」の歌人たちの念頭にある『万葉集』は、真実の『万葉集』ではない。幻想の『万葉集』である。その事実を、蓮田は痛烈に指弾していた。品田悦一『万葉集の発明』（二〇〇一年）よりも六十年も前である。

蓮田は、『作者類別年代順万葉集』（新潮社・一九三二年）という、高名な万葉学者が著した書物の「凡例」に猛反発する。この本は、澤瀉久孝（一八九〇〜一九六八）と森本治吉（一九〇〇〜七七）の共著である。澤瀉は京都帝国大学教授で、「訓詁学」の大家。森本は東京帝国大学国文学科を卒業した万葉学者であり、旧制第五高等学校の学生時代から「アララギ」に入会していた歌人でもあった。ちなみに、森本と蓮田は同郷である。

その『作者類別年代順万葉集』の「凡例」には、「いはゆるアララギ風の観方から書かれてゐると、御承知願ひ度いと思ひます」とある。これに蓮田は、「歌壇が何か道を過つてもそれは仕方ないとして、学者がこれを過つてはならない」と論駁する。

蓮田の目には、「アララギ」が真性の「万葉調」ではなく、「自称万葉調」だと見えた。なぜならば、「アララギ」の短歌では、『万葉集』の生命とも言うべき長歌や枕詞が軽視されているからである。だからこそ、「アララギ」の「自称万葉調」に、学者が正統のお墨付きを与えるのを許しがたく感じ、

石原運四郎の墓
（熊本市桜山神社境内）

憤ったのである。

蓮田の「アララギ批判」と「学者歌人」批判は、なおも続く。『万葉集』の歌には、相手を卑しむ場合を除き、「漢字音」、つまり、音読みする熟語を交えないのが原則である。だが、近代日本で、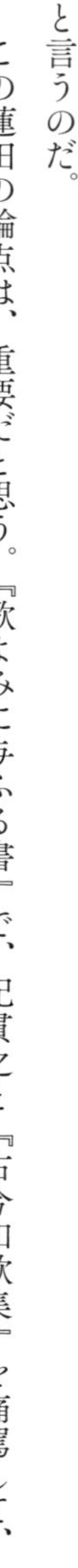「自称万葉調」の短歌を詠む「学者歌人」の作品に、無反省に漢字音が交じっているのはおかしい、と言うのだ。

この蓮田の論点は、重要だと思う。『歌よみに与ふる書』で、紀貫之と『古今和歌集』を痛罵して、『万葉集』への回帰を唱えた正岡子規の論法の矛盾を、鋭く衝いているからである。子規は、「漢語にても洋語にても、文学的に用ゐられなば皆歌の詞と可申候」と断言し、大和言葉のみで歌う旧派和歌の弱点を、漢語や外来語の積極的な導入で打破すべきだと主張した。この主張と、子規が『古今和歌集』を罵倒し、『万葉集』を称揚したことが矛盾していると、蓮田は見たのだろう。思想は『万葉集』で、言語は『万葉集』以外というのでは、自己撞着と言わざるを得ない。

ここに、子規と「アララギ」を攻撃する蓮田の文学史観が顕著である。蓮田によれば、『万葉集』と『古今和歌集』は、用語的にも思想的にも連続している。だから、子規が『古今和歌集』を斥け、『万葉集』を絶賛するのは、古典文化の連続性を見失った結果だ、ということになる。

さらに、「アララギ」歌人の「類型＝典型」軽視にも、蓮田は批判の矢を放つ。『万葉集』と『古今和歌集』には膨大な類想歌があり、類型的な表現が満ちあふれている。なぜならば、「類型」にこそ、人間と神が一体となった和歌の喜びが内在するからである。「アララギ」は人間の個性を重視するあまりに、類型表現を物まねとして忌避した。この点でも、『万葉集』の歌の真実から遠い。

ここまでは、蓮田の「アララギ」批判を紹介してきた。正直なところ、「アララギ」に致命傷を与えるには至っていないと、私は判定する。蓮田の論点には、致命的な欠陥がある。それは、蓮田の文学史観が、『万葉集』と『古今和歌集』を連続していると把握している点にある。本書で、これまで見てきたように、中島広足や三島由紀夫は、王朝の『古今和歌集』と『源氏物語』の成立で、日本文化が古代とは一変したという観点に立っていた。正岡子規も、同じである。

だから子規は、江戸時代まで全盛を誇り、明治時代になっても宮中の「御歌所（おうたどころ）」などで生き延びている「源氏文化」という名の和歌を攻撃した。極言すれば、子規の目には『古今和歌集』から始まった「源氏文化」がヤマタノオロチに見えたのであり、『万葉集』がスサノオに見えたのだ。そして、『万葉集』と漢語と洋語（外来語）を合体させて、「近代短歌」という無敵の文化英雄を創りあげ、その宝刀で源氏文化をめった切りにした。

なぜ蓮田は、『万葉集』と源氏文化とが連続しているなどと錯覚したのだろうか。それは、蓮田の学問のキーワードが「みやび」だったからである。「みやび」という言葉自体は、『万葉集』にも『伊勢物語』にも『源氏物語』にも見られる。だから、日本文化の断層が隠れてしまう。「みやび」を日本文化のキーワードとして設定したのが、蓮田の戦略ミスだった。

「みやび」では、敵を撃てない

本居宣長の文学史のキーワード「もののあはれ」に対抗して、蓮田は「みやび」の文学史を構想した。だが悲しいかな、蓮田の視界には、源氏文化を育み、大きく成長させた「中世の古今伝授」の流れが入っていなかった。一流の文学者の名前や、名作を綴り合わせて作られる文学史の観点からは、時として凡庸とも見られかねない源氏文化の生命力が、こぼれ落ちてしまいがちである。古今伝授も、その一つである。

蓮田の考える「みやび」とは、どのようなものだったか。たとえば在原業平（ありわらのなりひら）（八二五～八八〇）が、藤原氏の専横を憤る政治状況を思い浮かべれば理解しやすいだろう。業平が親しんだ惟喬（これたか）親王（八四四～八九七）は、文徳（もんとく）天皇の第一皇子でありながら、母親が紀氏の出身であったために、藤原氏出身の母を持つ第四皇子の惟仁（これひと）親王（清和（せいわ）天皇）に皇位継承を攫（さら）われた。そのことに対する鬱屈と悲憤慷慨が、業平の和歌の数々を生み出した。

蓮田の「みやび」は、正しい政道への憧れと、悪しき政道への怒りの別名である。よこしまな覇道によって政権を簒奪（さんだつ）した政敵に対して、命懸けで抗議することが蓮田の「みやび」の本質だった。和歌とは、「みやび」に敵対する者を打ち倒す最強の武器である。だから蓮田は、『古今和歌集』の、「力をも入れずして天地（あめつち）を動かし」という仮名序の宣言を字句の通りに信じ、和歌によって神風が吹かせられると信じた。

蓮田が選んだアンソロジー『興国百首』には、中島広足の「神風」の歌は当然として、それ以外にも林桜園以下、熊本の敬神党に連なる人々の和歌が五首も選ばれている。

二度も応召した蓮田には、『陣中（じんちゅう）詩集』と『をらびうた』という二つの歌集がある。「をらぶ」は、現在の歴史的仮名づかいでは「おらぶ」で、声を上げて泣き叫ぶこと。『陣中詩集』から二首。

にげまろぶ便衣（べんい）を着たる敵の奴（やつこ）手に銃持（つつも）てるぞ勿（な）射ち洩らしそ
坂を転（ころ）び松の林の麓べをにげ隠れゆく射ち倒しけり

蓮田にとっては、これが「和歌」であり、「みやび」であり、敵と戦う唯一の武器であった。この歌の後で、『蓮田善明全集』に収録された『源氏物語』夢浮橋巻の繊細な口語訳を読めば、どうして蓮田が別の「みやび」を構想しえなかったのか、惜しまれてならない。

蓮田は、『古今和歌集』の仮名序で、スサノオが「地上における和歌の始祖」とされることを根拠にして、スサノオの荒ぶる暴力を「みやび」だと論じている。そうではなかろう。荒魂となって爆発するだけ爆発した後で、憑き物が落ちたスサノオは和魂に変じた。だからこそ、みやびな心で「和歌」を詠めたのだ。「みやび」は敵を撃つ力ではなく、敵を倒した後に得られる平和と安寧を意味するのではないか。

『をらびうた』は、「アララギ」を猛批判した蓮田が、渾身の長歌を詠み集めた「正調」の万葉調である。さすがに、蓮田も「勿射ち浅らしそ」では駄目だと思ったのだろう。柿本人麻呂ばりの荘重・荘厳な長歌が、さまざまに試みられている。だが長歌だけでなく、短歌も交じっている。

わが軍千人死せばえみしらをよろづはきりて道連れとせむ

蓮田善明の最期は、本章の冒頭で記したように、壮絶なものだった。荒魂として生き、荒魂として死んだ蓮田は、和魂を知らなかった。蓮田の「みやび」は敗北したのである。

だが、蓮田の反近代、反アララギの路線が敗北したのではない。蓮田の志を継承し、改変すれば、「反近代」の新たな意義が見出せるに違いない。『万葉集』と『古今和歌集』、『万葉集』と源氏文化の間に横たわる巨大な文化的な断層の意味を考えること、そして「みやび」に替わる「反近代」のキーワード（たとえば「和」）を提唱すること。そこから、近代日本と近代短歌の問題点が、今もなお、あぶりだせるだろう。本書は、蓮田善明に献じる鎮魂の書である。

6 「もののあはれ」という暴力装置

改めて、本書の企図を述べる

近代短歌は、なぜ「和歌」と袂を分かったのか。近代短歌は、『古今和歌集』と『源氏物語』が体現していた「和歌」とは絶縁した。すなわち、「和歌文化」との訣別を決断し、「和歌文化」が成立する以前の『万葉集』を理念的支柱に据えた。ただし、『万葉集』とは無関係なはずの俗語や漢語や洋語をも、「万葉調」という名の下に取り込んだ。

つまり、正岡子規の近代短歌の戦略は、「反・和歌文化」であり、「和歌文化」憎し、ということにあった。ここでの「和歌文化」とは、五七五七七の短詩形文学のことではなく、『古今和歌集』『伊勢物語』『源氏物語』の王朝文学が、三位一体となって作り上げた「平和と調和」の文化理念だった。この和歌文化の別名を、「源氏文化」と言う。

子規の短歌は、「戦いと排斥」を目指していた。そういう子規の戦いの先蹤として、幕末期の国学者たちの源氏文化批判があったことを、これまで辿ってきたのである。

子規が唱えた近代短歌の戦略が、文学史全体の中でどのような意義を持つのか、そして、どのような限界があるのかを、文化史や思想史的な観点を加味して問い直す。それが、本書の最大にして窮極の執筆目的である。

『古今和歌集』と『源氏物語』、そして『伊勢物語』を融合して作り出された和歌文化は、何度も述べてきたように、別名を「源氏文化」とも言う。異文化を重層的に取り込みつつ、日本文化を絶えず更新（アップデート）してきた源氏文化は、平和と調和と和合の思想だった。この源氏文化を継承する象徴的な儀式が、中世後期の「古今伝授」なのだった。

だが江戸時代の後半には、源氏文化の弱さを嫌い、源氏文化に替わって、強力な「戦う思想」を求める国学者たちが続出した。彼らは、源氏文化が発生する以前の「古代文化」を理想とした。彼らが好んだ「神風」というモチーフは、「和歌＝源氏文化」の限界を打ち破ることを狙っていた。源氏文化が平和の異称であるのは、「無風」、すなわち波風もない状態が理想だからである。

江戸時代の後期には、日本の開国を迫る欧米列強が、圧倒的な科学力と軍事力を見せつけ始めた。だから、危機感が高まり、「平和」をモットーとする「和歌文化＝源氏文化」への信頼が揺らいだ、ということだけではない、と私は思う。なぜならば、古今伝授は、一四七一年に始まっている。これは、応仁の乱が開始し、我が国が永い戦国時代に突入するきっかけとなった一四六七年の四年後である。混乱と下克上の時代だからこそ、人々は安定と平和を求め、それを『古今和歌集』と『源氏物語』、さらには『伊勢物語』に託したのである。戦国時代の危機を乗り切った源氏文化が、江戸時代後期の危機を乗り切れないはずはなかろう。

とはいえ、現実問題として、江戸時代の後期に、異文化との調和による平和な社会秩序の維持を目指す和歌文化が、最大の危機に直面したのは事実である。その後にさまざまな経緯があって、「近代短歌」の主流は源氏文化と訣別する道を歩み、「古代短歌」と合従連衡（がっしょうれんこう）した。短歌は、平和ではなく「戦い」と「皆殺し」のために機能し始めた。異文化とだけではなく、社会構造、さらには自分自身の内なる敵と戦うための武器として、近代短歌は生誕したのである。

こういう文化史的な見通しのもとで、これからの章は書き継がれる。旧派和歌と近代短歌を何とか繋ごうと努力した森鷗外や佐佐木信綱たちの試み、明星派の位置づけ、さらには国学とアララギとの関係、アララギの文学運動の評価など、書きたいテーマはたくさんある。現代短歌の世界に、再び源氏文化の「理念」が蘇ることを祈って、書き続けたい。

だが、近代短歌の世界に分け入る前に、もう少し、江戸時代における「和歌＝源氏文化」と「反・源氏文化」とが死闘を展開したドラマを、振り返っておきたい。

『源氏物語』と源氏文化とは、別物である

『源氏物語』を最も深く理解し、最も強く愛した国学者である本居宣長は、「源氏文化」を最も憎んだ人物でもあった。この点を理解してもらうために、『源氏物語』それ自体と、「源氏文化」とが別物である、という大前提から説き始めたい。

『源氏物語』は、十一世紀の初めに紫式部が書いた文学作品である。それに対して源氏文化とは、平安時代に成立した『古今和歌集』『源氏物語』『伊勢物語』の解釈を中核として、中世前期に藤原俊成（一一一四〜一二〇四）・定家父子によって樹立され、中世後期は「古今伝授」によって継承され、江戸時代初期の北村季吟で集大成され、元禄期の最高権力者である柳沢吉保に手渡された「和の思想」のことである。

ところが、『源氏物語』という作品を深く愛した本居宣長は、自分なら『源氏物語』という文学作品を中核として、全く別の文化を作ることができると考えた。おそらく、宣長は、源氏文化が「古代

文化」と深く断絶している点に気づいたのだと思う。そして、『源氏物語』それ自体と古代文化を結びつけ、新しい文学史と文化史を構築すべく、『古事記伝』の研究へと分け入っていった。

『源氏物語』という作品を母胎として、どのような日本文化を作るか。その構想力の戦いだったのである。本居宣長は、『源氏物語』から抽出した「もののあはれ」というキーワードを日本文化全体の根幹に据えた。そのことで、中世から近世中期まで猛威を奮った「源氏文化」を退治できると考えた。そのうえで、『源氏物語』に基づいた新しい日本文化の樹立を願った。

宣長は、『源氏物語』という作品を大切にしたかったのだと思うし、なぜ『源氏物語』という傑作が誕生したのかという秘密を、『源氏物語』以前にさかのぼって説明したかったのだろう。

その結果は、どうなったか。調和と異文化摂取を本質とする「(旧来の)源氏文化」は、「源氏文化」を全否定した「もののあはれ」すらも吸収し、消化し、調和させ、「(旧来の)源氏文化」のアップデート版として、新たに完成させてしまったのである。「もののあはれ」という言葉は宣長の提唱として残ったが、源氏文化は負けなかった。天才宣長は勝てなかった、と私は見る。なぜならば、平和と調和に勝る文化的な価値は、この世に存在しないからである。

現在、『源氏物語』の主題は「もののあはれ」であり、本居宣長が発見し提唱した文化理念だということは、おそらく中学生でも知っているだろう。これは、宣長の勝利なのだろうか。違うと思う。源氏文化は、名よりも実を取った。「もののあはれ」を、平和の理念に変えることで、宣長が企図した「もののあはれ」の破壊力を押さえ込むことに成功したのではないか。一方、戦いの理念である「もののあはれ＝大和心・大和魂」路線は、近代日本の対外拡張戦争の理論的支柱として用いられ、太平洋戦争の敗戦で挫折した。

「もののあはれ」と同じように、近代短歌も、源氏文化や古今伝授の伝統を払拭できていない。

「もののあはれ」の「もの」とは何か

それでは、宣長が唱えた「もののあはれ」とは、何だったのだろうか。これは、「あはれなり」と「ものあはれなり」の区別は何か、という問題にも置き換えられる。接頭語の「もの」には、どのような意味と役割があるのだろうか。

今から四十年以上も前、私が大学生として初めて国文学の専門科目を学んだ時の思い出である。ある先生から、「サビシと、モノサビシは、どちらが、より寂しいと、君は感じるかね」と質問された私は、「サビシの方が、寂しさの度合いが強いと思います」と、自信を持って答えた。「どういう理由で？」と問われて、「モノサビシの意味は、何となく寂しいと、辞書に書いてあります。何となく寂しいよりは、単刀直入に『寂しい』と訴えるサビシの方が、寂しさの純度と強度が高いと思います」と答えた。

それに対する先生の答えが、忘れられない。「もの」は、「何となく」ではない。「無性に」というのが正しいニュアンスであり、「わけもなく」が最適の口語訳である。サビシは、理由のわかっている寂しさのことで、そんなものは真の寂しさではない。ゆえもなく、はらわたの底から突き上げてきて、自分ではどうしても抑制できない寂しさが、モノサビシである。理由がないから、消滅させることも、抑制することもできない。「ものがなし」も同じである。その「もの」が、「もののあはれ」の「もの」なのだ。……

えっと思って、「もの心細し」という形容詞を『源氏物語』の索引で拾ってみた。「もの心細し」と感じる人間は、主要人物に限られ、その多くは、「もの心細し」という言葉が出てきて間もなく、死去してしまう。「もの」は、本当に「デス・ワード」だった。確かに、「もの心細し」は、自らの命が残り少なくなった人間の心に、わけもなくこみ上げてくる、根源的な寂寥感のことだった。「もの」は、死の世界と深く繋がっている。

『伊勢物語』第九段に、在原業平が東下りの途中で、駿河の国の宇津の山を越える場面がある。

我が入らむとする道は、いと暗う細きに、蔦・楓は茂り、もの心細く、すずろなる目を見ることと思ふに、……

この時、業平は迫り来る死の到来を直感し、心の底から脅えていたのだろう。都を追われた業平にとって、「ここを過ぎれば、そこから先は冥府」という地獄の門が、宇津の山の真っ暗な「蔦の細道」なのだった。

「もの」に、「鬼」という漢字を宛てた用例がある。「もの」は、鬼のように正体不明で、人知を超えた存在を意味する。すなわち、「もののけ」の「もの」である。

「物語」という言葉の語源は今でも明らかではなく、学問的に万人が納得する決着は、いつまで経ってもつかないと思われる。いかんせん、用例が少ないのである。だが「物語」の「物」を、霊魂・魂・怨霊などという意味で解釈する折口信夫（歌人としては釈迢空、一八八七～一九五三）の学説は、魅力的である。

確かに、アイヌのユーカラは、神の魂の「一人語り」である。謡曲の舞台でも、この世に執着を留めて死んだ、浮かばれない霊魂が、自らの生と死を語り、自分の語りを聞く者に向かって、助けてほしいと訴える。また王朝物語でも、「霊が語る」場面がある。『源氏物語』の六条御息所の死霊が、「いとつらし、つらし」（＝恨めしい）と泣き叫ぶ若菜下巻は、凄絶である。

霊が一人称で語るだけでなく、人間が霊について語ることもある。さらに、この世に恨みを残して死んだ霊魂について語り、その鎮まらぬ怒りをなだめるのが物語だと定義すれば、「鎮魂」という大きなテーマが浮かび上がる。『平家物語』などは、まさに鎮魂のための物語だと言える。

理性も秩序も破壊する「もの」

「もの」には、すべてを破壊する力がある。まさに、荒魂である。その荒魂の怒りを慰藉・鎮魂し、和魂へと転換させようとするのが、物語なのかもしれない。

人間の悲哀、絶望、憤怒が最大限に高まるのは、心からの願いが叶えられなかった瞬間である。すなわち、愛する人との別離や死別などと遭遇した時である。この時、心の中で吹き荒れる怒りを慰撫するために、宗教や科学や道徳などが発達した。

病気で苦しむ人に向かって、「すべては前世から決まっていた因縁なので、どうしようもないのだ」と諭すのが宗教であり、「人間の病気はこのようにして起きる」という因果関係を提示するのが科学である。さらには、「どんなに長生きしたくても、不自然なまでの不老長壽を望んではならない」などと教えるのが道徳である。

すぐれた文学は、「人間には願ってよいことと、絶対に願ってはいけないこととがある」というメッセージを、読者に教える。たとえば、不老不死などは、人間の運命に逆らうことであり、願ってはいけないことである。『竹取物語』で、帝が不死の薬を燃やしたのは、そのためだった。『源氏物語』も、「苦悩に満ちた人生であっても納得し、受け入れよ」というのが、窮極の主題であろう。

だが、『源氏物語』の解釈は、一つではない。読者が自由に読んでよいのが、物語だからだ。光源氏は、父である桐壺帝の女御である藤壺と二度も過ちを犯し、不義の子をもうける。ところが、その事実を隠し通し、罪の子を父帝の子だと信じさせ、天皇に即位させることに成功した。「義理の母を愛してはならない」という道徳でも抑制できなかった、愛の爆発が起きたのである。このように、どうしようもない荒魂の噴出が、「もののあはれ」の正体である。

また柏木は、好色な老人と堕した光源氏が、不幸な檻に幽閉している若い女三の宮に同情するあまり、一線を越えて結ばれ、罪の子をもうけてしまう。ここでも、柏木の心の奥底から突き上げてきた「もののあはれ」が、炸裂している。世界が毀れるか、自分が毀れるかのどちらかしかない、究極の二者択一である。密通が露見した柏木が死ぬ場面を読んで、柏木に同情しない読者がいれば、その人は「人間の心」を持たない人間以下の存在だ、と本居宣長は主張している。

宣長の「もののあはれ」は、荒魂の怒りが爆発する破壊衝動を肯定する、ある種の「革命思想＝過激思想」だった。その反対に、『源氏物語』は、荒魂の発動を抑え、「主従関係」「男女関係」「親子関係」「友人関係」「師弟関係」などの人間関係のネットワークの維持と拡大を目指すものである。そう考えるのが「和歌文化＝源氏文化」の根本理念である。だからこそ、徳川幕府の永続を願う柳沢吉保という為政者に「古今伝授」の思想が必要とされたのだ。

「和歌文化＝源氏文化」は、たとえ乱世にあっても、秩序の維持を願う。だからこそ、応仁の乱以後の戦国時代に、古今伝授が継承され、『源氏物語』研究や『古今和歌集』研究が飛躍的に深化したのである。それに対して、「もののあはれ」は、たとえ平和な時代にあっても、秩序の破壊を願う。ここに、幕末期の政治的な動乱が、呼び込まれてくる。

元禄時代に、和歌文化と源氏文化の最大の体現者となった柳沢吉保を、大きな試練が襲った。それは、巨大な「もの」が、しかも大量に、集団で襲来する大事件だった。元禄十五年に起きた、赤穂浪士の討ち入りが、それである。江戸城内での勅使饗応の晴れの場を、血で汚した咎で切腹させられた主君（浅野内匠頭）の恨みを晴らすべく、大石内蔵助は「もののあはれ＝荒魂」の化身となって、吉良上野介の屋敷を襲い、首級を挙げた。

この凄まじい破壊行為が「武士道の華」と称えられたのは、平和と秩序をモットーとする源氏文化の土台が、一瞬ではあるが、揺らいだ事実を示している。源氏文化の体現者である柳沢吉保のイメージも、「悪臣＝佞臣」として決定的に低下した。次章では、この赤穂浪士事件を、和歌文化への挑戦という観点から読み解く。

7 赤穂浪士たちの仇敵は、源氏文化だった

源氏文化への三大挑戦

『古今和歌集』と『源氏物語』、そして『伊勢物語』を「三位一体」として、中世に作られ、近世初期に完成した「源氏文化」は、日本文化の本流であり、正統であった。平和と調和の二つが、源氏文化の旗印だった。北村季吟の『湖月抄』が、その最大の成果である。けれども、その直後から、源氏文化は、さまざまな挑戦と反撃を受け始めた。

中でも、三つの大きな反撃が挙げられる。

・北村季吟が中世の『源氏物語』研究史を集大成した『湖月抄』（一六七三年）を著す
　……源氏文化の完成
・赤穂浪士たちが討ち入りを敢行して切腹（一七〇三年）
　……北村季吟から「古今伝授」を授かった柳沢吉保への挑戦
・本居宣長が『玉の小櫛』で「もののあはれ」を提唱（一七九六年）
　……季吟の学説、および源氏文化を根底から覆そうとした

・正岡子規が『歌よみに与ふる書』で、和歌文化と古今伝授を攻撃（一八九八年）
……源氏文化を完全に否定し、『万葉集』への回帰を主張

このように、討ち入り以降およそ百年ごとに、強力な批判を受け、そのつど耐え、批判を吸収することで成長し続けたのが、「源氏文化」だった。

本章では、源氏文化の完成期に、「平和」と「天下泰平」の意味を真っ向から問いかけた赤穂浪士の討ち入りについて考える。

似て非なる二首の辞世

ほぼ同時期に没した二人の人物がいる。彼らは、一見しただけでは、大変によく似た発想の辞世を残した。

花も見つ時鳥（ほととぎす）をも待ち出（い）でつこの世後（のち）の世思ふことなし
北村季吟（一七〇五年没、享年八十二）

あら楽し思ひは晴るる身は捨つる浮世（うきよ）の月にかかる雲なし
大石内蔵助（くらのすけ）（良雄、一七〇三年没、享年四十五）

北村季吟は『湖月抄』の著者で、古今伝授を継承した源氏文化の体現者である。徳川綱吉の側用人（そばようにん）・柳沢吉保が、元禄文化を華麗に演出した際のブレーンだった。

季吟は、京都から江戸に下り、源氏文化を新開地である江戸へと移植した。幕府歌学方（かがくかた）に任じられ、

正慶寺の北村季吟の墓
（東京都台東区）

五百石の幕臣にもなった。数えの八十二歳で天寿を全うした心境を、辞世で歌っている。時鳥は、現世と来世を自由に往還できるとされる鳥である。

季吟は、源氏文化という大輪の花を江戸に咲かせた満足感を胸に、時鳥に道案内され、死出の山を越えて、この世から旅立とうとしている。源氏文化の発展に大きく寄与した自分の名前が、未来永劫にわたって語り伝えられるであろうことを、確信していた。

大石良雄（またはヨシタカ）は、言わずと知れた赤穂四十七士のリーダーである。吉良上野介（義央、またはヨシナカ、一六四一～一七〇二）を討ち、前の年に切腹させられた主君・浅野内匠頭長矩（一六六七～一七〇一）の無念を晴らした。その満足感が、「あら楽し」という辞世には溢れている。

大石の辞世の歌は、「月」「雲」「かかる」「晴る」という縁語仕立てである。隈なく輝く天上の満月に、自分たち四十七士の名声は永遠だという確信が託されている。

四十七士（実際に切腹したのは四十六人）は「義士」と呼ばれ、彼らの行為は「義挙」とされ、「武士道の華」とまで称えられた。北村季吟と大石内蔵助との間で火花を散らした「永遠くらべ」は、表面的には大石の側の圧勝に終わったかのように見える。

二十一世紀の現在、季吟は、博識ではあるが凡庸な古典学者だと貶められ、同時代の国学者・契沖や、次世代の天才・本居宣長の影に隠れている。対する大石は、数々の「忠臣蔵」物で、民衆の圧倒的な共感を維持し続けている。

季吟と大石の辞世は、表面上は酷似するが、思想的には対極にある。何よりも、二人の生き方そのものが違っている。季吟は、平和と調和と和解をもたらす「和歌文化＝源氏文化」の理論的支柱として、人間関係の維持と発展に努めた。江戸幕府の秩序を支えるのが、季吟の「和」の思想だった。「花も見つ」という辞世から窺われる温和さは、季吟の人柄であり、源氏文化の醸し出す抱擁力だった。

大石は、「主君の無念を晴らした」と言えば聞こえはよいが、六十二歳の老人・吉良上野介を容赦なく殺害している。大石は、季吟や柳沢吉保がわざわざ設置した「和歌文化＝源氏文化」という、平和な社会を維持するための「安全装置」を取り払い、「暴力装置」としての武士道を爆発させた。荒魂（あらみたま）と化して暴れ回った大石が、台風一過の青空のように、一転して和魂（にぎみたま）となった心境が、「あら楽し」という辞世である。大石は、一旦は自ら解除した「和歌文化＝源氏文化」という安全装置を、今度は自分たちの名声を不朽のものとする維持装置として装塡した。これによって、赤穂義士たちの物語は、源氏文化の中へと吸引され、取り込まれるという皮肉な結果をもたらした。

浅野内匠頭の辞世

大石の主君である赤穂藩主・浅野内匠頭長矩は、京都から江戸に下ってきた勅使を饗応する役目を仰せつかっていた。勅使たちを丁重にもてなすことは、綱吉の生母（桂昌院（けいしょういん））が生前に従一位を朝廷から授かるためには、まことに大切な場であった。だが、指南役の吉良上野介の陰湿な指導に耐えかねた。ついに、江戸城内の松の廊下で、刀を抜き、斬りつけるという、常識では考えられない愚挙に出た。この時の内匠頭は理性を完全に失っており、怨念の塊としての「もの」となっていた。

将軍綱吉は、生母である桂昌院が官位を授かるように、柳沢吉保たちに朝廷と交渉させていた。その交渉が進捗し、実現まであと一歩のところまで漕ぎ着けたという時点で、こともあろうに勅使饗応の当日に、江戸城内で内匠頭の刃傷沙汰が起きた。母親思いの綱吉の怒りは凄まじく、内匠頭は即日の切腹を命じられた。

その時の浅野内匠頭の辞世が、次の一首である。

風誘ふ花よりもなほ我はまた春の名残を如何にとやせむ（「如何にとかせむ」とも）

まさに、「心余りて、言葉足らず」の典型的な例である。それで、言葉を補って解釈しよう。

風【が力づくで、散れ散れと】誘ふ花よりもなほ【、無念な思ひを胸に、命の花を散らすのが、今の私である。風に散らされる花は、まだ春の名残を味はつてゐたいことだらう。散つてゆく花と同じ運命の】我はまた【、最後まで、自分の目で見届けることのできない】春の名残を、如何にとやせむ【。後に残る者たちよ。我の替はりに、春の名残をしつかりと見届けてくれ】。

内匠頭は、この辞世で、「無念だ、仇を討て」と、訴えている。「吉良上野介の命の花を、強引に散らす嵐となれ」と、家臣たちに命じている。「あいつを殺せ」、という強烈なメッセージは、和歌とは無縁の「神風短歌」（皆殺し）の思想である。

浅野内匠頭は、切腹に際して「荒魂」となった。モーツァルトのオペラ『魔笛』で、夜の女王が歌う「復讐のアリア」を連想させるものがある。「わが胸は、怒りの炎で焼け焦げた。家臣よ、吉良を討て。吉良を討たねば、お前たちは、もはや家臣ではないぞ」という、荒魂の叫びである。この荒魂の別名が、「御霊」である。私はこれを、人々が優美なものだと誤解している「もののあはれ」の真実の姿であり、恐るべき暴力性の現れだと見なす。

御霊信仰と源氏文化

忠臣蔵をテーマとする文学の最高峰は、『仮名手本忠臣蔵』である。この作品を、「御霊信仰」の観点から解釈したのが、丸谷才一（一九二五〜二〇一二）の『忠臣蔵とは何か』（一九八四年）だった。それに先立つ『日本文学史早わかり』（一九七八年）で、丸谷が提唱した日本文学史の大胆な新区分に対しては、私に異論がある。

丸谷も本居宣長と同じく、『源氏物語』という作品を偏愛する一方で、異文化統合システムとしての「源氏文化」を評価していないからだ。その証拠に、丸谷の数々の著作には、中世の「古今伝授」が果たした意義への言及が、ほとんど見られない。

さて、「御霊」とは、この世に無念の恨みを残して死んだ者の魂のことであり、飢饉や悪疫などの祟りをもたらす。「荒魂」と限りなく近い概念である。

その祟りを収束させ、怨霊を守護神へと転換させる儀式が、「魂鎮め」の祭り（鎮魂祭）である。ちなみに、「魂鎮め」と対をなす発想が「魂振り」であり、沈滞した魂を活性化し、エネルギーを補充するための儀式である。

本来、魂振りと魂鎮めは、二つで一セットの儀式である。だから、大石内蔵助たち四十七士が、荒魂となって吉良上野介を討ち果たした後で、見事なまでに潔い切腹をして和魂となり、「義士」としての美名に包まれ、「武士道の権化」として称えられたのは、信仰形態としては自然なプロセスである。彼らの出身地である赤穂と、大石が隠栖していた京都山科には、大石神社がある。創建は、それぞれ大正元年と昭和十年だが、義士たちが神性を帯びて信仰される現象は、近代以前から起きていた。『源氏物語』の登場人物の中では、六条御息所が祟りと守護の相反する作用を、光源氏に対して及ぼしている。だが、『源氏物語』と「源氏文化」とは別のものである。中世から始まった源氏文化は、一貫して「魂鎮め」の役割を果たしたと言ってよい。茨城県の鹿島神宮と千葉県の香取神宮には、地震を鎮めるための「要石」がある。他の神社にも、悪霊を封じ籠める「鎮め石」がある。源氏文化は、さしずめ日本文化の要石だったのだと思う。

なぜか。藤原俊成と定家の父子を源流とする源氏文化が、流れ始めたのは、源平争乱の時代だった。京都と吉野とで二人の天皇が並び立つ南北朝期に、四辻善成（一三二六～一四〇二）は『源氏物語』研究の最初の金字塔『河海抄』を著した。そして、応仁の乱から戦国時代にかけての大混乱期には、一条兼良・宗祇・三条西実隆・細川幽斎などの、源氏文化の一大山脈が形成された。我が国における源氏研究の黄金時代であった。

源氏文化は、「混乱と内戦」という魑魅魍魎が跋扈する中世に、平和を祈る文化人たちの手で、流血を鎮めるための「要石」としてプログラムが設計され、試作され、改良され、バージョンアップしてきた文化システムである。それが、大坂夏の陣（一六一五年）の後の「元和偃武」で実現した天下泰平の徳川時代に、しっかりと手渡されたのだ。

ところが意外なことに、平和を手に入れた人々は、平和な暮らしに物足りなさと沈滞、マンネリを感じ始めた。平和と秩序を、上から目線で一方的に押しつける権力に対して、人々は違和感を抱いたのである。ここに、「魂振り」としての戦闘と混乱が、必要とされた。丸谷才一は、それを「祝祭＝カーニバル」という言葉で説明している。

「忠臣蔵は御霊信仰と祝祭に基づく」とする丸谷説に、私は基本的に同意する。けれども、舞台で演じられた忠臣蔵は、スポーツと同じく祝祭劇だったかもしれないが、現実に起きた赤穂浪士の討ち入り事件は、源氏文化を根底から覆し、日本文化に新たな激動と変化を呼び込もうとする破壊衝動（＝もののあはれ）だった、と考える。

伝統の権威としての吉良邸は、源氏文化のシンボルであり、大石たちにとっての「窮極の仇＝ラスボス」は源氏文化だった。三島由紀夫は、自らを荒魂と化して源氏文化を護ろうとしたが、赤穂浪士たちは、野分のごとき荒魂と化して、源氏文化の花々を蹂躙した。

『松陰日記』と忠臣蔵

柳沢吉保の側室の一人で、京都の公家の出身である正親町町子（一六七六頃～一七二四）は、『松陰日記』を書き残した。『源氏物語』そのものの文体で、柳沢吉保を元禄時代に再現した光源氏だと称える作品である。源氏文化の新たな中心人物が、江戸の柳沢吉保邸であり、源氏文化の新たな拠点が、彼の造営した駒込の六義園だった。

この『松陰日記』には、赤穂浪士に関する記述が、全く見られない。荒魂は『源氏物語』の文体では書けなかったのか。それとも、柳沢吉保にとって都合の悪いことから、目を背けたのか。私は、おそらく書くまでもなかったのだろうと推測している。

大石内蔵助が渾身の力で立ち向かったのは、柳沢吉保が導入した文化統合システムであり、すべてを調和させようとする源氏文化だった。ならば、大石内蔵助は、切腹する際に「あら楽し」などと、悟りすました達観を歌うべきではなかったのではないか。死後に和魂となり、神となることは、「体制を守護する側に回る」ことだからである。

最後の最後まで、公儀を呪詛するのが、主君の恨みに報いる唯一の術だったのではないか。潔い切腹を受け入れた時点で、浪士たちは自らの「永遠」と引き替えに、荒魂を喪失した。

「武士道の華」とは、浪士たちの荒魂を飼い慣らし、源氏文化の中に取り込むために、権力側が用意した巧妙な戦術だった。その「永遠」の魅力に、大石たちの「もののあはれ」は、敗北した。

かくて源氏文化は、最初の反撃である赤穂浪士の猛攻撃を乗り切った。だが、その百年後に、「もののあはれ」の理論を大成した本居宣長が、源氏文化に必殺の気合いで襲いかかってきた。それが、源氏文化の二度目の大ピンチだった。

8 本居宣長の「大和心」と「大和魂」

忠臣蔵と本居宣長

前章では忠臣蔵を取り上げたが、本居宣長は、数えの十五歳の時に、赤穂浪士の話を聞いている。年譜類には、「樹敬寺で赤穂義士の話を聞き、帰宅後『赤穂義士伝』を書く」とある。樹敬寺は本居家の菩提寺である。『赤穂義士伝』は、筑摩書房『本居宣長全集』第二十巻に収録されている。話の要約なので、宣長にとっての忠臣蔵の位置づけはわからない。ただし、宣長が忠臣蔵を記憶に刻印したことは確かだろう。それは、命を捨てて武士道の大義を守った大石たちの果敢な行動への、肯定的な感動だったことだろう。

ところで、宣長が数えの六十一歳、すなわち満六十歳で還暦を迎えた年の自画像に寄せた、有名な歌がある。この歌は、その後長く、「愛国歌」の代表作と目されてきた。

敷島(しきしま)の大和心(やまとごころ)を人問(ひとと)はば朝日に匂ふ山桜花(やまざくらばな)

第五句が「山桜花」という体言止めの歌なので、言葉を補って解釈してみよう。

敷島の大和心【とは如何なるものか】を【、もし、ある】人【が、我に】問はば【、我は】朝日
に匂ふ山桜花【こそ大和心なれ、と答へむ。】

これでも、まだ言葉が足りないようだ。さらに補おう。

敷島の大和心【とは如何なるものか】を【、もし、ある】人【が、我に】問はば【、我は】朝日
に匂ふ山桜花【に喩へらるる美しきものを護らむがため、自らの命を捨てても顧みぬ心なり、と
答へむ。】

ここまで補ってはじめて、この歌に、忠臣蔵で大きなエネルギーを撒き散らした「御霊＝荒魂」に我が身が変貌してもよいという、宣長の覚悟を感じることができる。宣長は、美の守護神の役割を買って出ている。美しいけれども、か弱い「大和」を護る、強い「心」。それが、「大和心」なのだ。宣長は暴力を否定しなかった。

護るべき「山桜」は、紫の上

山桜の花は、宣長の心の中の奥深く潜んでいる憧れとしての「日本美」のことである。宣長の文化論は、彼が愛し抜いた『源氏物語』を基盤としている。だから、「山桜花」のイメージの源泉も、『源氏物語』にあるに違いない。若紫巻で、藤壺との禁忌の恋に苦しむ光源氏は、北山（鞍馬寺）で、

偶然にも藤壺とそっくりの美少女（若紫）を発見して、驚喜した。彼女が、後の紫の上である。見初めた紫の上を忘れられない光源氏の思いが、次の和歌に込められている。

面影は身をも離れず山桜心の限り留めて来しかど

この歌の「山桜」が、清楚な紫の上の比喩である。光源氏は、この和歌に、「夜の間の風も、うしろめたくなむ」と書き添えた。風が吹いてきて、夜のうちに、美しい山桜の花を散らすのではないか、自分より先に誰かが美しい紫の上を引き取るのではないか、光源氏は心配でたまらない、というのだ。たとえば、意地悪な継母が紫の上を引き取れば、常習的な「継子いじめ」の被害者になってしまうに違いない。

山桜という「永遠の美＝憧れ」が、今や、落花狼藉の危機に直面している。だから光源氏は、山桜を「風」という悪しき暴力から護りたいと、心の底から願う。

「山桜＝紫の上」を風から護るために、光源氏は彼女を略奪して、自邸へと強引に引き取った。この時、光源氏本人の意識の中で、自分は「良き暴風」と化していた。愛という窮極の真理を手に入れるためには、愛の嵐に身を任せる。これが、光源氏の決断だった。赤穂浪士が大義のために、吉良邸に殺到したのと同じ心理なのだ。

紫の上が「桜」に喩えられた場面を、『源氏物語』から、もう一つ挙げよう。野分巻では、光源氏の子である夕霧が、風のいたずらで、義母・紫の上の美しい顔を初めて垣間見た。紫の上の美貌は、「気高く清らに、さと匂ふ心地して、春の曙の霞の間より、面白き樺桜の咲き乱れたるを見る心地す」と書かれている。

この名場面にも、宣長は感動したことだろう。樺桜は、「山桜」の一種である。またしても、理想の美が、山桜に喩えられている。樺桜の花弁は、薄紅色をしている。「さと匂ふ心地して」の「匂ふ」という動詞は、「丹＝赤」という色彩名と同根だと考えられている。嗅覚と言うよりも、視覚に訴える美しさである。

この野分巻には、樺桜の花のような紫の上の美貌に関して、「愛敬は匂ひ散りて」ともある。「曙＝朝」に、山桜の花が匂う。それが、紫の上の姿だった。

「敷島の大和心を人問はば朝日に匂ふ山桜花」。この歌を詠んだ還暦の宣長には、形而上学的な美の象徴として、紫の上がイメージされていたのではなかったか。宣長にとっての「大和心」とは、紫の上を「悪しき暴力」から護るために、光源氏が顕在化させた「良き暴力」なのである。

けれども、ここで立ち止まって考えてみよう。暴力には、「良い暴力」と「悪い暴力」の違いがあるのだろうか。宣長は単に、光源氏や紫の上が好きなので、彼らに贔屓しているだけかもしれないではないか。もしも、夕霧が紫の上と密通する展開になったならば、夕霧の無謀な恋を、宣長が「もののあはれ」として肯定するとは、私には思えない。

解釈の天才と、強引な主題論

本居宣長の著した『源氏物語玉の小櫛』は、『源氏物語』の解釈を一新した。まさに、奇蹟の名著である。

独創的な解釈が、てんこ盛である。宣長の解釈力は、悪魔的な水準に達していた。まず、光源氏の年齢と薫の年齢を、変更した。次に、古代人に寄り添った語釈に徹し、宣長の登場まで七百五十年近く続いてきた文脈の誤読を、全編にわたって訂正した。宣長は、紛れもない解釈学の天才である。

にもかかわらず、主題論である「もののあはれ」は、論理構成が粗い。特に、帚木巻の「雨夜の品定め」と螢巻の「物語論」の解説では、宣長の論点が、ずれまくっているように感じる。

宣長は、光源氏と藤壺の密通を、口先では批判する。だがこれは、彼らの情状酌量を請うための高等戦術である。宣長の本音は、彼らの「罪の子」である冷泉帝が、光源氏の栄華をもたらした、と結論する部分にある。つまり、「悪徳の栄え」を認めるのだ。

つまり弁護士役の宣長は、道徳的に光源氏を批判する読者の告発を察知し、被告人役の光源氏を擁護するために、不義密通を「文化」として肯定する作戦を採用した。その鍵が、「もののあはれ」だった。

「泥まみれの美」という矛盾

本居宣長は、儒教や仏教の説く理性や知性を、「漢心」だとして嫌った。宣長が理性を超えて感動した『源氏物語』は、人の道をはずれた悪人が繁栄するピカレスク・ロマンだったのである。では、どういう理論構成をすれば、『源氏物語』を弁護できるのか。宣長は、光源氏の弁護士を買って出た。彼は、光源氏を道義的に非難し、告発した原告に対して、どのような法廷闘争を試みたのだろうか。

① とりあえず、光源氏の道義的な責任を認める。空蟬・朧月夜・藤壺たちと光源氏が密会した事実は、不義・悪行である。それが良いことだとは、さすがに強弁できない。

② だが物語は、道徳を説く儒学書や仏教書とは別物である。だから、道徳を基準として判断でき

ない。物語は、「治外法権」の王国なのだと述べ、傍聴人を煙に巻く。

③物語が道徳の埒外にあるのは、物語が「善悪」ではなく「もののあはれ」を判断基準としているからである。宣長は勝手に「新法」を作って、新基準を持ち出す。

④光源氏は「もののあはれ」を理解しているから、神も憐れみ、准太上天皇（じゅんだいじょうてんのう）の地位にも昇ることができた。これが、紫式部が『源氏物語』を創作した「本意＝主題」である。

このように、宣長の論法は、かなり強引である。「あなたの意見は、間違いである。なぜならば、私の意見が正しいからだ。作者も生きていたら、私が正しいと言うだろう」。

宣長は『源氏物語』の本質を、汚い泥水から生（お）い出た蓮の花が、この世のものならぬ美しさで咲き匂うようだ、と喩えている。「泥水」が不義・密通・三角関係であり、「蓮の花」が「もののあはれ」を指している。

「泥中の蓮」の典拠は『維摩経（ゆいまきょう）』なので、宣長は物語を批判する仏典の言葉を逆手にとって、「仏教でも、物語と同じことでしょう」と切り返したのだ。

ただし、泥中の蓮を称えるのならば、宣長は、なぜ、六条御息所（ろくじょうのみやすどころ）を「もののあはれ」の典型的な人物として称賛しないのだろうか。六条御息所は、恋という泥沼に足を深く踏み入れ、苦しみの極致を知った女性である。

袖濡るるこひぢとかつは知りながら下（お）り立つ田子（たご）のみづからぞ憂（う）き

「こひぢ」は、「恋路（こひぢ）」と「泥（こひぢ）」の懸詞。六条御息所は、光源氏との泥沼のような恋に苦しみ、生霊や死霊となって、憎い女たちに暴力的に祟るのが自分の真実の姿である、と悟った。この泥中の花に、なぜ宣長は、一掬の涙を注がないのか。

それはともかく、宣長の論には、大きな矛盾点がある。それが、自然観である。宣長は、人間が「もののあはれ」を感じる契機として、季節と恋を挙げる。恋に関しては、不義密通を「もののあはれ」の極致と認定している。

その一方で、自然に関しては正反対の立場を取る。春夏秋冬、それぞれの季節の花・鳥・月・雪に人間は「あはれ」を催すのだ、と宣長は言う。花や月を、そのまま愛でるのだ。

大きな障害に直面する愛が「もののあはれ」なのだとすれば、自然に関しても、『徒然草』で兼好が述べた、「花は盛りに、月は隈無きをのみ見るものかは」という、逆説の美意識を、論理的には支持しなければならないはずだ。

奇妙なことに、宣長は随筆『玉勝間』の中で、兼好の季節感を、「人の心に逆ひたる、後の世の賢しら心の、作り風流にして、真の風流び心にはあらず」とまで罵倒している。ならば、義理の息子が、義理の母親と関係する不義密通は、まことの風流ではないはずだ。

その点、三島由紀夫は一貫していた。秩序の紊乱を愛する三島は、『春の雪』で、季節の運行に逆行する「春に降る雪」を称賛し、皇族の妃殿下の予定者である女性が不義密通に走り、懐妊することを美しく描いた。

恋と自然に関して、簡単な整理をしておこう。

どちらも秩序化されたものを愛するのが、「和歌文化＝中世の源氏文化」の伝統。

どちらも秩序を紊乱する側を愛したのが、三島由紀夫。

自然に関しては秩序を、恋には無秩序を愛したのが本居宣長。

宣長の「もののあはれ」論は、その後、二百年以上も、乗り越えられなかった。今も、乗り越えられていない。なぜか。後出しじゃんけんは必ず勝つはずだから、その気になれば、いつだって乗り越えられたはずだ。

理由は、一つ。日本の近代が、宣長の「もののあはれ」を必要としたからである。そして、現代でも必要とされているからである。ここまで見たうえで、近代日本で愛唱された宣長の「山桜花」の歌を追跡しよう。

9 明治天皇と「大和心」

煙草と軍艦

本居宣長の「敷島の大和心を人問はば朝日に匂ふ山桜花」という歌は、近代日本で愛唱された。この歌からは、いくつもの名称が生まれた。

軍事費捻出のために専売制となった煙草では、敷島・大和・朝日・山桜。この歌で用いられている名詞で、煙草にならなかったのは、「心」と「人」と「花」で、さもありなんと思われる。軍艦では、敷島・大和・朝日。神風特攻隊でも、敷島隊・大和隊・朝日隊・山桜隊が編成された。

このように、宣長の「敷島の……」という歌は、近代日本では戦争と深く結びついている。宣長は日本文化に、戦いと危機意識を呼び込もうとし、それは本人の予想した以上の「結果＝戦果」をもたらした。近代という新しい秩序を生み出すためには、古い秩序に対して渾身の力で戦いを挑まねばならない。その戦いのシンボルが、「敷島の大和心」の歌だった。

幕末期を駆け抜けた勤王の志士たちは、自らの死を厭わぬ情熱とファナティシズムを持っていたが、宣長はそれを先取りしていたのである。

第二章の「皆殺しの短歌と、『四海兄弟』の和歌」でも指摘したように、「和歌文化＝源氏文化」の理念が「平和」であるのに対し、古代短歌や現代短歌は「皆殺し」をあえて忌避しない。宣長は後者であり、「反・和歌文化」と「反・源氏文化」の急先鋒だった。だからこそ、近代の基礎を築くことができた。

では、近代日本の精神的支柱だった明治天皇は、どのような歌を詠んでいるのか。明治天皇の御製(ぎょせい)は、短歌ではなく「和歌」だと言われることが多い。本当に、そうだろうか。

大和言葉だけで綴られた明治天皇の歌の理念は、意外なことに「和」ではないように思われる。つまり、源氏文化の発露としての和歌ではない。

四方(よも)の海波静まりて千早振(ちはやふ)る神の御稜威(みいつ)ぞ輝きにける
徒波(あだなみ)を静め尽くして年も今くれの港に帰る船かな
四方の海皆同朋(みなはらから)と思ふ世になど波風の立ち騒ぐらん

表面上は「四海兄弟(しかいけいてい)」をテーマとしており、「四海波静(しかいなみしずか)」の理念を歌っている。二首目の「くれ」は、年が「暮れる」ことと、軍港として知られる地名の「呉」との懸詞(かけことば)。日清戦争に際しては広島に大本営が置かれ、呉も重要な役割を果たした。「懸詞」は、和歌固有のレトリックであり、短歌ではまず用いられない。しかし、これらの歌は「和歌」ではない。

四海が波静かに治まるのは、「神の御稜威」(日本の神の御威光)によって、外国から押し寄せる「徒波=仇波」が静まり、敵軍(敵船)のすべてが海の藻屑として消え去った後のことである。四海兄弟は望んで叶えられない願望であり、現実の四海には「徒波」が幾重にも立ち騒いでいる。だから、戦いが避けられない。

明治天皇の大和言葉や懸詞の底にあるのは、戦いに勝利する思想である。神風という荒魂(あらみたま)の発動で、敵軍を「皆殺し」にするのは、第二章で述べたように、和歌ではなく、「近代短歌」あるいは「古代短歌」の発想ではないだろうか。

「神風」をキーワードとして、幕末期には「反・源氏文化」＝「反・和歌文化」の気運が、極度に高まっていた。明治天皇の歌は、その延長線上にある。つまり、もののふの荒魂が破壊の限りを尽くした後に平和を待望する心、すなわち「もののあはれ」待望論であると考えられる。

明治天皇の山桜の歌

それでは、明治天皇は「山桜」を、どう歌っているだろうか。

出づる日の光も添ひて山桜まばゆく見ゆる花の色かな

散りやすき恨みは言はじ幾春(いくはる)も変はらで匂へ山桜花

木隠(こがく)れて咲くとはすれど松風の吹く度(たび)に散る山桜かな

山桜見つつぞ思ふもののふの心の花も盛りなる世を

「出づる日の」は、朝日に映える山桜を賛美しており、宣長の歌の影響下にある。「まばゆく見ゆる」は、宣長の歌の「朝日に匂ふ」を、別の言葉に置き換えたものである。

「散りやすき」と「木隠れて」の歌からは、明治天皇が「山桜」を「散る」という動詞の縁語(えんご)としてイメージしていたことがわかる。ここでは、「散り際(ぎわ)の美学」と宣長の歌とが融合している。

四首目の「山桜」の歌では、散りやすさを秘めた山桜の花がまばゆく見えるという情景を、「もののふの心」の比喩にしている。軍人精神と大和魂と山桜とが、結合している。

明治天皇の山桜は、日本の近代文化（あるいは近代社会）の「理念」を象徴している。これは、自然界に咲く現実の山桜を詠んだ若山牧水の「山桜」の連作と比較すれば、明らかだろう。

理念を高らかに歌い上げるのは、宣長もそうだったが、まさに愛国歌の特徴である。明治維新を切り拓いた勤王の志士たちの理念は、吉田松陰（一八三〇〜五九）の辞世の歌に凝縮されている。

身はたとひ武蔵の野辺に朽ちぬとも留め置かまし大和魂

自らを「狂愚」と号した松陰は、宣長の「もののあはれ」の思想の良き理解者であり、実践者だった。よしんば我が身は朽木や枯草となって滅んだとしても、「山桜＝天皇」を護ろうとした自分の心は永遠に残る、と歌っている。草莽の志士を衝き動かしていた「大和魂＝恋闕の情」が、明治時代には潔く散る山桜の美学へと発展してゆく。

ところで、前章で見たように、宣長の「山桜」の歌の源流には、『源氏物語』の若紫巻があった。美しい山桜を風から護り、紫の上を過酷な運命から護りたいと願う光源氏の情念が、宣長にとっての「大和心」なのだった。

『源氏物語』もまた、理念を歌い上げる文学である。若紫巻には、次のような光源氏の歌もある。

宮人に行きて語らむ山桜風より先に来ても見るべく

山桜の花の精のような紫の上と出会った北山を去るに際し、光源氏の心には、紫の上の可憐な姿が思い浮かび、もう一度、彼女と再会したいという根源的な情熱が湧いてきた。山桜は、絶えず「風」に散らされる脅威に直面している。その風を鎮（しず）める嵐に、自分はなりたい。

光源氏が北山を訪れたのは、「わらはやみ」（瘧（おこり））を治療するためだった。その病は癒えたが、その替わりに、略奪愛という「嵐のような狂気＝もののあはれ」が彼の心に棲み着いた。山桜の花が風に散らされるのを護るために、嵐に身を変えて、風を鎮める。ただし、一度、嵐に変貌した後では、二度と元の自分には戻れなくなる。平穏で凡庸な安寧になどは戻らなくてもよいという覚悟が、「真実の愛＝もののあはれ」の孕んでいる狂気である。

宣長の山桜の花の歌に、散り際の美学を見た近代日本人の感性は、おそらく間違っていないだろう。そういう一途な覚悟で散った「荒魂」を、和魂に戻すのが「魂鎮め」の儀式である。それが、忠臣蔵では大石内蔵助に対して試みられ、近代日本では英霊を祀る靖国神社の役割とされた。いわゆる「御（ご）霊（りょう）信仰」である。

大和心と大和魂

明治天皇は「大和心」と「大和魂」とを、区別せずに歌っている。

如何（いか）ならむ事に遭（あ）ひても撓（たわ）まぬは我が敷島の大和魂
千万（ちよろづ）の仇に向かひて撓まぬぞ大和男子（やまとをのこ）の心なりける

平らかに世は成りぬとて敷島の大和心よ撓まざらなむ
鉄(くろがね)の的(まと)射し人も有るものを貫き通せ大和魂
山を抜く人の力も敷島の大和心ぞ基(もとゐ)なるべき

五首、挙げたが、これらは同工異曲である。キーワードは「撓む」だと思われる。「たわむ」は、「たわやめ」を呼び出すための序詞(じょことば)として用いられることもある。そのような「たわやめ」の心ではなく、「ますらを」としての強い心を持ち続けよ、という鼓舞激励なのだろう。類義語の「たゆむ」は、宗教者が懈怠することなく修行に励み、極楽往生の念願を遂げるという釈教歌で、しばしば用いられる。そのような一心さで、大和魂という闘争心を持ち続ければ、「平和」という理想が手に入る。そのように、明治天皇は歌っている。

明治天皇にとっての「敷島の大和心」は、国家の有事に立ち向かう最強の武器であり、奇蹟的なパワー（＝もののあはれ）を発揮して敵を倒す好結果につながる。

「鉄の的射し人」とは、盾人宿禰(たてひとのすくね)のことで、高麗から送られてきた鉄の盾を弓箭(きゅうせん)で射貫いたという伝説がある。

ただし、「大和心・大和魂」と「山桜」とが一首の中で詠み合わされている歌は、明治天皇にはないようである。軍艦の名前にも、「敷島」「大和」「朝日」があって、「山桜」だけがない。山桜には「散る＝敗北する」という連想があるからだと言われることがある。明治天皇も、「山桜＝死」を「言(こと)忌(い)み」したのかもしれない。

先ほどの「山桜」の用例で挙げた「山桜見つつぞ思ふもののふの心の花も盛りなる世を」の歌は、「もののふの心」が「大和心」を意味している。だが、「花は桜木、人は武士」の延長線にあり、死のイメージは細心の注意で避けられている。

「大和心」を磨きに磨いて、光を増し、色を添える。それが、国家の繁栄に繋がる。明治天皇があえて歌わなかったのは、命の花を散らせた側の「もののふの心」である。国家が朝日に匂う山桜のように輝き続ければ、もののふの命も永遠である。そのためかどうかはわからないが、明治天皇の「鎮魂」の歌には、山桜がない。

はからずも夜(よ)をふかしけり国のため命を捨てし人を数へて
世と共に語り伝へよ国のため命を捨てし人の勳(いさを)を

宣長の奥墓にて

私は、三重県松阪市の山室山(やまむろやま)にある宣長の「奥墓(おくつき)＝奥津城」を訪ねたことがある。宣長には、「山室に千年(ちとせ)の春の宿占(し)めて風に知られぬ花をこそ見め」という歌がある。山室山の長い石段を登りきって、やっと奥墓に辿り着いた。どれくらいの時間、私はそこで瞑想していたことだろう。「風に知られぬ花」、すなわち、咲いている場所を風から見えなくなるようにして、風に散らされない永遠の「花＝山桜」を、宣長が心の奥底から熱望していたことを痛感した。

私が訪れた季節は、既に、落花の後だった。花を散らせるのは、風ではない。時間そのものだ、とも感じた。移ろいやすい山桜の花を護るためには、時間を止め、巻き戻すしかない。

けれども、宣長は、たとえ完璧なシェルターを作って風を防いでも、山桜の花を「風＝時の経過」から護れないことを知っていた。だから、風を消滅させる暴風に身を変えることで、時間の流れその

本居宣長の奥墓
（松阪市）

ものをも吹き飛ばそうとしたのだろう。ここに、宣長の求めた「幻想の古代」が暴風の中から姿を現し、近世の平和な社会を薙ぎ倒し、近代の扉を開くという奇蹟が起きたのである。

宣長の心性は、現実否定のロマン主義である。対する北村季吟や柳沢吉保たちの「源氏文化」は、現実主義だった。「今、ここ」を王道楽土とする発想である。宣長は、源氏文化までも、「もののあはれ」の暴風で破砕しようとした。

近世、近代、現代と吹き続けた「もののあはれ」。まさに、敵に対しては必滅、自らは不滅の暴風を、宣長は『源氏物語』から作り出した。それが、「敷島の大和心」の理念だった。

近代日本は、富国強兵のために宣長の「もののあはれ」を利用したが、はたして、その暴風を制御しきれただろうか。かつて川端康成は、藤原氏、平氏、北条氏、徳川氏という、その時々の政治権力を滅ぼしたのは『源氏物語』だという逆説を吐いた（エッセイ「哀愁」）。ならば、大日本帝国を滅ぼしたのは、「もののあはれ」だったのかもしれない。「もののあはれ」は、そう簡単に飼い慣らし、飼育できるものではないからだ。

古代の『万葉集』の雄渾な力を借りることで、平和で優美な『古今和歌集』の歌風、すなわち「源氏文化＝和歌文化」を吹き飛ばそうとした正岡子規の戦略は、二十一世紀の時点で客観的に判断すれば、成功したと言えるだろうか。

もし、本当に成功していたならば、『万葉集』の力は、近代短歌そのものをも破壊したのではなかったか。それがないとしたら、子規たちが源氏文化を倒そうとして、強力な助太刀だと見込んだ『万葉集』は、本当の『万葉集』ではなく、別のもの（疑似『万葉集』）だったのではないか。

ともあれ、「もののあはれ」の影響力は、今も残っている。『源氏物語』から抽出され、培養された「もののあはれ」を相対化できるのは、『万葉集』ではなく、同じく『源氏物語』から作られ、改良を加えられ続けた「新たな源氏文化」だけである。それは、「もののあはれ」が吹き飛ばそうとした「和歌文化＝源氏文化」とはまったく別のものだ。

そこで、近世から近代の狭間を生きた歌人たちが、『源氏物語』との間合いをどのように取ってきたかに、もう少しこだわってみたい。彼らの模索の中に、短歌ではなくて和歌が、近代の扉を切り開けた可能性を発見できるのではないか、と思うからである。

子規の敷設した路線は、複数ある「近代短歌」の選択肢の中で、最良のものだったのか。次善のものだったのか。人畜無害なものだったのか。まずいものだったのか。非常によくないものだったのか。ここから、子規の短歌改革そのものを相対化できると思う。

近藤芳樹と『源氏物語』

『源氏物語』は、実用の学であるか

前章で取り上げた明治天皇に和歌を教えていたのが、「御歌所(おうたどころ)」の歌人たちである。明治時代初期の「旧派歌人」は、近世後期からまたいで近代を生きた。彼らは、北村季吟の「和歌文化＝源氏文化」と、本居宣長の「もののあはれ」とのどちらの系脈に、連なっているのだろうか。

まず、近藤芳樹(こんどうよしき)(一八〇一～八〇)から考えよう。私は、彼の短冊を所蔵している。その短冊の詞書には、「題を賜(たま)はりて詠みける中に、孔明を」とある。

すべなさにかき鳴らしつる音(ね)をもまたはかりごととや聞きて逃げけむ

「死せる孔明、生ける仲達(ちゅうたつ)を走らす」という『三国志』の故事を詠んだもので、「はかりごと」と「琴」の懸詞。自分が生きている時代の文学状況の「すべなさ」に対して、「はかりごと」で必死に抗った近藤の人生を象徴しているようにも読める。だが、近藤芳樹は、文学や和歌の世界の諸葛孔明たりえなかった。

近藤芳樹は、本居宣長が没した一八〇一年に、防府で生まれた。名前はよく似ているけれども、現代歌人の近藤芳美（一九一三～二〇〇六）とは、無関係である。

近藤芳樹は、宣長の養子である本居大平（一七五六～一八三三）に学んだ。明治十三年まで生きた。維新の前には、萩の藩校である明倫館で教え、維新後は、宮内省の歌道御用掛や文学御用掛を歴任した。これが、「御歌所」の前身である。

近藤芳樹の名は、『源語奥旨』（一八七六年）という著者があるため、現在でも国文学者には、ある程度知られている。『源語奥旨』は、「批評集成源氏物語」第三巻『近代の批評』（ゆまに書房）の巻頭に翻刻がある。『源語奥旨』は、当時の新聞に『源氏物語』を不要とする教育論が掲載されたことへの反論として書かれた。『源氏物語』は教育界、特に女子教育には有用である、という擁護論である。

近藤がこだわって反発した記事は「東京日新堂の日誌」とあるので、日新堂の『新聞雑誌』のことだろう。その『新聞雑誌』には、次のような趣旨の記事があったという。

「昨今、京都の教育事情は好転している。京都の女子は、容貌の美を謳われてきたが、実用を重視する教育によって才学を磨けば、善と美が兼備できる。かつて紫式部や清少納言は、才も美も兼ね備えていたが、それらは残念なことに、実用の学ではなかった。昨今の京都の女子は、わずか一両年の修学期間で、紫式部や清少納言を実学の面で、はるかに凌ぐことができるだろう」……。

近藤芳樹は『源氏物語』を愛し、その注釈書を読むだけでは満足せず、自らの研究書も著したいと思うほどだった。だが、この新聞記事を読み、『源氏物語』を信奉してきたこれまでの自分の生き方をいたく反省した、と口では言う。むろん、『源氏物語』を擁護するためのポーズであり、『源氏物語』の価値を理解しない新聞記事に激怒しているのだ。その近藤が、ある夏の日にまどろんでいると、夢の中に紫式部が現れ、自分が『源氏物語』を書いた「深意＝奥旨」を開陳した。聞けば、まことに尤もな説であった。

このような枠付の中で、近藤芳樹は『源氏物語』が「実用の学」であると、強弁する。その論理構成は、次の通り。

『源氏物語』の主題は「天皇親政」の賛美にある。その根拠の第一は、天皇の血を引く光源氏の出世が、権門の藤原氏出身である頭中将（とうのちゅうじょう）を常に上回っていること。第二の根拠は、天皇の血を引く藤壺が、藤原氏出身の弘徽殿（こきでん）の女御（にょうご）よりも先に立后したこと。このように天皇親政を賛美している『源氏物語』は、幕末の勤王の志士たちの心のよりどころであったし、明治維新によって天皇中心の政治が実現した今こそ、「実用の学」と呼ばれるにふさわしい。……

中野八十八（やそはち）『転換期の新教育と先勝国民の実践哲学』（一九三九年）には、「此の大八洲は、たゞ天皇御一人の有ち給へる国である」という近藤芳樹の言葉が引用されている。

近藤によれば、『源氏物語』は、政道の書である。世の中の平和と安泰のためにある。このような近藤の主張は、一見すると、「和の思想」を中核として理想の政治を達成しようとする「和歌文化＝源氏文化」と類似している。

だが、本当にそうだろうか。明治天皇の歌も、「戦いの後で得られる平和」を歌ったもので、「源氏文化＝和歌文化」とは違っていたではないか。

紀貫之を評価せず

近藤芳樹は、『古今和歌集』を代表する歌人であり、その仮名序を書いた紀貫之を、歌人としても歌論家としても評価しなかった。近藤の歌論書に『寄居歌談（ごうなのうたがたり）』と『寄居文集（ききょぶんしゅう）』がある。寄居（ごうな）（旧仮名では「がうな」は近藤の号で、ヤドカリのこと。鴨長明の『方丈記』にも、「寄居（がうな）は、小さき貝を好む。これ、身を知るによりてなり」という、人口に膾炙した名文がある。『寄居文集』は、国立国会図書館ホームページの「デジタルコレクション」で読める。ただし、通常の活字ではなく、続け字で印刷されているので、慣れていないと読みにくい。例えば、「歌を和歌とかき倭歌といふまじき論」という章のタイトルは、国会図書館が作成したデジタルコレクションの目次では、「歌を和歌と書大和歌といふずき論」と、読みまちがわれている。

さて、このタイトルは、歌はただの「歌」だけでよいのであって、「和歌」などと、「和」を付けて文字に書くべきではないし、また、発音する時にも「やまと」を付けて「やまとうた」と言うべきではない、という意味である。「歌」は「うた」である。

近藤芳樹は、明治天皇に『古今和歌集』を御進講した際に、歌集の標題を「古今歌集（こきんかしゅう）」と発音した。また、紀貫之が書いた仮名序の冒頭「やまとうたは」の部分を、「うたは」と発音した。「和（わ）」や「やまと」を、意図的に削除したのだ。

「和」は、漢詩と比較する場合にのみ「日本」という意味を持つ言葉であり、日本人が日本の歌を論じる際には、わざわざ「日本の歌」などと言ったり書いたりする必要はないというのが、近藤芳樹の主張である。

これは、人間関係の調和や、異文化との融和を通して、平和な社会を実現しようと願う「源氏文化=和歌文化」の理念とは、無関係の思想である。幕末期から明治初期にかけての「志士・国学者」たちの『源氏物語』愛好は、「源氏文化=和歌文化」とは異質のものだったことを、改めて痛感する。ある意味で、子規の目指した短歌革新を先取りしていたのである。子規は、『源氏物語』を無視することで乗り越えたが、近世後期から明治初期の歌人たちは、『源氏物語』の解釈を改めることで、「源氏文化＝和歌文化」を否定しようとした。私は、後者が、正攻法だったと思う。子規は、『源氏物語』から逃げていないだろうか。

近藤芳樹は、紀貫之を「歌の祖」とする見方を斥け、仮名序や『大井川行幸歌序』（正しくは、『大井川行幸和歌序』だが、近藤はここでも「和」をカットしている）、さらには『土佐日記』を書いた「文＝散文」の祖として位置づける。その貫之の跡を継いだのが紫式部だ、とする文学史観である。

紫式部は、散文において貫之をはるかに上回っているだけでなく、貫之の「和歌＝大和歌」をも快からず思っている、と近藤は言う。玉鬘巻に、大夫の監という九州の田舎者が下手な和歌を詠んで、玉鬘の侍女に馬鹿にされる場面がある。大夫の監は、「この和歌」は自分でもうまく詠めた、と自慢している。この箇所で紫式部は、本当は「歌」なのに、知ったかぶりの田舎者は「和歌」と言う、と「和歌」を批判し、その淵源である紀貫之の『古今和歌集』仮名序までも紫式部は批判しているのだ、と近藤は言う。

早く本居宣長も、『玉の小櫛』で大夫の監について、「うたと言はずして、和歌と言へる、田舎人の言葉なり」と述べている。近藤芳樹は、宣長の「もののあはれ」を「勤王の志士の政道論」に組み替えているのだろう。和の思想とは無関係な事実が、「和」という重要な言葉を省略する姿勢にも表れている。

ちなみに、福羽美静の『硯堂叢書』に収載されている「近藤芳樹古今和歌集和字の説」では、紀貫之への批判が若干抑制されている。だが、「貫之の誤」「貫之の非」などが、繰り返し、あげつらわれている。

近藤芳樹の紀貫之に対する低い評価は、正岡子規の『歌よみに与ふる書』における貫之批判にも通じている。彼らは貫之を否定することで、「反・源氏文化」の旗幟を鮮明にしているのだ。

大和言葉で近代を描写できるか

近藤芳樹の著作は、多岐にわたる。野村八良『国文学研究史』（一九二六年）には、近藤の研究を代表する著作として、『万葉集註疏』と『古風三体考』の二著を挙げる。前者は、『万葉集』巻三までの注釈であるが、未完に終わった。後者は、『万葉集』の短歌・長歌・旋頭歌の論である。

近藤芳樹は、『源氏物語』を愛してはいたが、『源氏物語』以前の古代を中核とした日本文化論を構築していた。『古今和歌集』『伊勢物語』『源氏物語』から日本文化論を構築する「源氏文化」とは、根本的に異なっている。

近藤には、『十符之菅薦』という紀行文がある（一九七六年）。明治天皇の東北・北海道巡幸に供奉した時の記録である。タイトルは、「みちのくの十符の菅薦七編には君を寝させてわれ三編に寝む」という古歌に因んでいる。自分の文章も、「みちのくの十符の菅薦」の古歌ではないが、「七編＝七割」は書き漏らして、「三編＝三割」くらいしか真実を書き記せていない、と謙遜しているのである。

近藤の考えでは、「紀行」には、書き記すべき必須の内容が、いくつもある。「過ぎゆく国の形勢」、「男・女の風俗」、「山川の峻きと易き」、「物産の多きと寡き」、「名所のそこと、そこならぬ」こと、などである。

ところが、紀貫之の『土佐日記』には、そのような紀行文の根本が書かれていない。そこで、近藤芳樹は、『十符之菅薦』の冒頭で、またしても紀貫之批判を展開している。世の中では、紀行文の「親」として『土佐日記』を尊重し、「まねび書かんとする人」が多いけれども、それは「いみじき誤」である。近藤芳樹は、歌人や歌論家としてだけではなく、散文家としても、本心ではまったく紀貫之を認めないのだ。

近藤は、紀貫之の『土佐日記』を凌駕するために、綿密な描写を試みる。また、自らや随行員が詠んだ和歌・漢詩を丹念に書き留める。先ほど「紀行＝道の記」の定義として、彼自身の表現をそのまま引用したが、それを見れば明らかなように、かつての漢文の「文選読み」の技法が応用されている。「文選読み」とは、「二月三月」を「にがつさんがつ、きさらぎやよい」と読むように、音読みと訓読みを併用する工夫である。近藤は、視覚的には漢語、聴覚的には大和言葉で、近代日本語に適応しようとしたのである。

近藤芳樹は、江戸時代から名文家として知られていた。肥後生まれの池辺義象（ギショウとも、一八六一～一九二三）らが編纂した『近世八家文選』には、中島広足（一八六四没）・清水浜臣（一八二四没）・石川雅望（一八三〇没）・伴蒿蹊（一八〇六没）・村田春海（一八一一没）・賀茂真淵（一七六九没）・上田秋成（一八〇九没）と並んで、近藤の書き記した「名文＝文語文」が選ばれている。

この八人の中で、ただ一人、近藤芳樹だけは、幸か不幸か、明治維新の後まで生きた。だから、「形勢」や「風俗」や「物産」などという「ルビの多用」で、文明開化による新しい社会の変貌と、日本語の変化に適応しようとした。だが、近代以降に近藤が著した苦心の産物である文体は、「近代の名文選」に選ばれることは、まったくなかった。

『源氏物語』を天皇賛美の「実学」の書であると見、紀貫之を批判し、古代に日本文化の淵源を求めようとした近藤芳樹の「はかりごと＝戦略」は、近代文学として和歌や『源氏物語』を再生させる試みに成功しなかった、と言わねばならない。

ならば、正岡子規が『歌よみに与ふる書』で試みた壮大な「はかりごと」も、実態はどうだったのか。二十一世紀の今だからこそ、顧みる必要があるだろう。

11

橘守部による和歌の大衆化

「国学」は、本当に「和学」を駆逐しえたのか

前章では、明治時代の初期に「御歌所」に所属した近藤芳樹を取り上げた。近藤は、本居宣長の流れを汲む国学者であった。だからこそ、『古今和歌集』『伊勢物語』『源氏物語』という三大古典を三位一体とする「源氏文化＝和歌文化」を嫌い、紀貫之を激しく批判したのだった。

近代短歌を作り上げた歌人たちを見てゆく前に、江戸時代後期の「和歌」をめぐる潮流を、もう少し確認しておきたい。

江戸時代中期に、北村季吟が「和学」を大成したことで、「源氏文化＝和歌文化」は異文化統合の平和維持システムとして確立された。ところが、本居宣長が「国学＝古学」を大成するや、「もののあはれ」という強力な破壊兵器を用いて、「源氏文化＝和歌文化」への猛攻撃が始まった。

それにしても、「和学」と「国学」という名称には、両者の研究目的の相違点が、何とはっきり表れていることだろう。「学」の上に乗っかっている「和」も「国」も、「日本」という意味である。しかし、「和」が「異文化＝異国」との調和と融和を目指すのに対し、「国」は一国のみの優位を強調するという理念の対立が、露わ（あら）である。

国学は「古学」とも言う。「和学」が重視する「三大古典＝三大王朝文学」よりも「古い」時代、つまりは古代の作品を根本聖典とするからである。

宣長の「国学」の影響力は、巨大だった。なぜならば、時代も人々も、「旧制度・旧秩序（アンシャンレジーム）」の破壊と変革とを求め始めていたからである。だからこそ、明治維新の回天が呼び込まれた。

だが、宣長以降は、日本全国が、反「源氏文化＝和歌文化」一色に染まっていたのだろうか。和学の系統は、どれくらいの勢力を維持していたのか。また、国学の内部で宣長と対立した国学者たちは、源氏文化に対して、どのような立ち位置だったのか。

そこで、本章では、「宣長と対立した国学者」として知られる橘守部（もりべ）（一七八一〜一八四九）という人物を取り上げたい。

橘守部とは何者か

橘純一（一八八四〜一九五四）という国文学者がいる。古典の解釈学を確立し、国語教育と『徒然草』研究に、多くの業績を残した。彼は、戦前の「国語読本（とくほん）」の編集方針に反発し、『源氏物語』を小学校の国語教材から追放せよと強硬に主張したことでも知られる。『源氏物語』は全編一貫して「淫靡」であり、天皇に対して「不敬」の書である。だから、小学生の教材としては不適切であるというのが、彼の論法だった。

「不敬」は、民主主義の戦後日本では、批評の根拠にはならない。だが、道徳観の未発達な小学生に、不義密通の横溢する『源氏物語』を教えてよいのかという橘純一の問いかけは、賛同するかどうかは別にして、現代でも成立するだろう。

橘守部の顕彰碑（三重県朝日町）

橘純一は養子だが、養家は橘守部の直系である。率直に言って、私はずっと、「橘守部は国学者だから『源氏物語』を低く評価しており、それが子孫の橘純一にも影響を及ぼしたのだろう」と思い込んでいた。

その守部に対する理解が大きく変わったのは、森鷗外について研究している過程だった。鷗外は、妹の小金井喜美子（一八七一～一九五六）と共に、祖父（白仙）の蔵書の中にあった守部の『心の種』という和歌の入門書を愛読し、和歌を独習したという。

鷗外の文学生活の第一歩が、橘東世子編集の『明治歌集』第五編（一八八二年）への投稿と掲載だった。喜美子の歌も、第六編（一八八四年）に掲載されている。橘東世子は、守部の子・冬照の未亡人。その養子が、道守。さらに、その養子が純一である。

鷗外と和歌・短歌の関わりについては、千駄木の自邸で開催していた「観潮楼歌会」が有名だが、親友の賀古鶴所（一八五五～一九三一）と計画し、元勲の山県有朋（一八三八～一九二二）を盟主に仰いで、「常磐会」という旧派和歌の歌会も催した。常磐会の詠草は、鷗外が守部に学んだ「素の和歌」である。近代文学を切り拓いた鷗外文学は、橘守部を一つの母胎としていた。

橘守部について調べるため、彼の郷里である三重県朝日町（旧・伊勢国小向村）に足を運んだ。朝日町歴史博物館で調査した後、学芸員の案内で関連遺跡を回った。

同じ伊勢国で生まれた佐佐木信綱（一八七二～一九六三）が詠んだ、橘守部を顕彰する石碑や歌碑が、町内に三つもあった。「守部と鷗外」からの発展として、「守部と信綱」や「宣長と信綱」についても考えたいと、その時に思った。

橘守部は、独学である。独学ゆえの限界もあるが、独学ならではの強みがある。その強みとは、自力で学問体系を作りあげた自信に支えられて、世間では圧倒的に信仰されている宣長の学問体系を批判できたことだ。

宣長もまた、実質的に独学だった。「松坂の一夜」の出会いで賀茂真淵に師事したとされるが、宣長のモットーは「師説に泥まざること」。だから、真淵にも平然と歯向かった。

独学なればこそ、宣長はたった一人で、「藤原定家＋四辻善成＋一条兼良＋三条西実隆＋細川幽斎＋松永貞徳＋北村季吟」という「源氏文化の最強を誇る連合軍」を撃破した。そして、守部もまた独学なればこそ、自分と古代観・歴史観・文学観の異なる宣長を、批判したのである。

さて、私は橘守部の著作を先入観なしに読み始めることにした。驚いたことに、彼は古代研究だけでなく、極めて良質な王朝文学関連の著作群を残しているではないか。

森鷗外が愛読した『心の種』は、歌論書であるが、『古今和歌集』の解釈に優れている。『湖月鈔別記』は、北村季吟の『湖月抄』（＝『湖月鈔』）と本居宣長の『玉の小櫛』を踏まえた『源氏物語』論である（ただし、桐壺巻と帚木巻のみ）。

そして、注目すべきは、次の二著。『伊勢物語箋』は、『伊勢物語』の全章段の全訳と注釈である。『土佐日記舟の直路』は、『土佐日記』の全訳である。守部は、宣長の系統の国学者だった近藤芳樹とは違い、紀貫之に対してマイナスのイメージを持っていない。そこが、重要である。

「源氏文化＝和歌文化」の三本柱である『古今和歌集』『伊勢物語』『源氏物語』のすべてにわたって、守部は一家言を持っていた。その内実は、どのようなものだったか。

独創的な「全訳」の発明

北村季吟は「和学」の天才であったし、本居宣長は「国学」の天才だった。そして橘守部も、現在では忘れられつつあるが、天才に限りなく近い学者だった。

守部は、「古語＝文語」を現代語訳する際に、独創的で画期的な方法を「発明」していた。これは、古典を大衆化する方法の「大発見」でもあった。

守部が発明・発見した現代語訳は、和歌にも散文にも適用できる点が優れている。例として、『伊勢物語』の第百二十四段（終わりから二つ目の章段）を挙げよう。

昔、男、いかなりける事を思ひ【入り】ける折にか【、独り言に】詠める。

思ふ事【あれど、深く思ひ入りたる事は、たやすく人の聞き分けがたきものにて、かへりて、言ひて甲斐なき事もある習ひなれば、】言はでぞただに【黙して】止みぬべき【。げに、さる事よ、と言ふべき人は絶え果てて、今の世の中を見るに、とても】我と等しき【心の】人しなければ。

【　】の中の言葉が、守部による新たな挿入である。【　】の中を飛ばして読めば、『伊勢物語』の文章と和歌が、そっくりそのまま姿を現す。古典の原文を、しっかり保存しつつ、誰にでもわかる『伊勢物語』が「再創造」されたのである。

実は、第八章で宣長の「敷島の大和心を」の和歌を解釈する際に、私は守部の訳法を使わせてもらっている。その以前に、第七章でも用いた。守部の発明した翻訳技法は、『源氏物語』にも、そのまま適用できる。例えば、桐壺巻の冒頭部分は、私の模倣では、次のようになるだろう。

いづれの【帝の】御時にか【ありけむ。身分の高い后である】女御【や、身分の低い后である】更衣【などが、】数多【後宮に】さぶらひ給ひける【、その】中に、いとやむごとなき際【の身分】にはあらぬ【女】が、すぐれて【帝に寵愛されて】時めき給ふ【、さういふ女が、】ありけり。

守部ほどの流麗さがなくて、まことに恐縮である。この方法は、平安以降の古典に対して、まさに万能である。欠点があるとしたら、原文だけの時と比較して、訳文が、二倍ないし三倍の長さになってしまうことだけだろう。

だが、欠点より長所の方が、格段に大きい。超難解な『源氏物語』の原文が、誰にでも理解可能な現代語訳へと変貌する。守部はさすがに『源氏物語』ではやらなかったが、『伊勢物語』と『土佐日記』で、この方法による「全訳」を成し遂げ、近世後期と近代の庶民に手渡した。

だから、守部の『心の種』が、「歌は必ず詠むべきものの事」、「歌は誰にも詠まるるものの事」という項目から始まっていても、驚くには当たらない。和歌は誰にでも詠めるし、また、誰もが詠まねばならない。『古今和歌集』の在原業平の和歌も、『源氏物語』の光源氏の和歌も、近世・近代の大衆社会を生きる庶民の詠む和歌も、根っこはすべて繋がっているのだ。

森鷗外は、守部の子孫が編纂した『明治歌集』に和歌を詠んで応募したし、長じて『舞姫』や『即興詩人』でも雅文体を駆使した。鷗外の古典理解の源流には、橘守部の発明した古典解釈の独創的な方法があったのである。

「敵の敵」は「味方」である

守部の『湖月鈔別記』は、国学者である契沖の『源註拾遺』と、宣長の『玉の小櫛』の『源氏物語』に関する解釈に対して、論駁している。言葉の解釈に論点を絞って、国語学的な観点から、宣長批判を企図している。『湖月抄』は、『湖月鈔』と書かれることもあった。「抄」も「鈔」も、写すか、抜き取る（抄出する）という意味である。

二十一世紀の源氏学者の多くは、宣長が『玉の小櫛』で展開した『湖月抄』批判をほとんど踏襲している。宣長説に依拠して本文を解釈しているし、現代語訳をしている。そういう風潮に対して、守部がもし今も生きていたら、「宣長の語釈と解釈学を疑え」と主張することだろう。

仮に、宣長の学問から、語釈と解釈学への信頼が失われれば、「もののあはれ」という、主観的に過ぎる主題論も説得力を失い、雲散霧消する可能性が高い。守部には、そこまで踏み込む学力があった。『湖月鈔別記』の試みが冒頭の二巻のみで、未完に終わったのが、まことに惜しまれる。

橘守部の学問の基礎は、古代文学にある。けれども、彼の学問の近代性と現代性は、平安文学を対象とした「文体論・言語学」の領域にあった。中でも、『古今和歌集』『伊勢物語』『源氏物語』の和歌や散文が、ほんの少しの言葉を補うだけで「近現代文学」になってしまう「大衆性」を見抜いた慧眼は、特筆に値するだろう。

明治時代には、守部の子孫が『心の種』を刊行した。私はその本を古書店で購入し、何度も紐解いている。

宣長と敵対した守部は、「源氏文化＝和歌文化」から見れば「敵の敵」である。この強力な「味方」を、宣長批判に活用しない手はない。その方策を、目下、鋭意思案中である。

香川景樹と「原・もののあはれ」

近代に持ち越された桂園派の力

香川景樹(一七六八〜一八四三)を総師とする桂園派は、八田知紀(一七九九〜一八七三)や高崎正風(一八三六〜一九一二)が「御歌所派」の中心となるなど、明治時代までかなりの勢力を維持した。正岡子規が『歌よみに与ふる書』で八田に痛撃を加えたのは、彼らが無視しえぬ存在だったからである。香川景樹も、『古今和歌集』を規範としたと言われるけれども、時として、近代詩歌を思わせる歌も詠んでいる。

我妹子が胸に結べる前帯の解けずも物を思ひ顔なる
小夜更けて流るる星の影のうちに声せで飛ぶは螢なりけり

「我妹子が」の歌は、古典和歌では「解けずも」の主語が「氷」であることが多いのに、「前帯の」という主語が斬新である。「前帯」と「前髪」の違いはあるが、島崎藤村の「まだあげ初めし前髪の/林檎のもとに見えしとき/前にさしたる花櫛の/花ある君と思ひけり」(『若菜集』)の浪漫性まで感じられる。

「小夜更けて」の歌で、「螢」と「星」を合わせて詠むのは、『伊勢物語』第八十七段の「晴るる夜の星か河辺の螢かも我が住む方の海人(あま)の焚(た)く火か」以来、和歌の常套ではある。けれども、景樹の歌の「流るる星の影のうちに」という表現のロマンチシズムは、明星派とも通じている。そう言えば、明治の文部省唱歌の歌詞には、しばしば桂園派の雰囲気が漂っているのが感じられる。

景樹には、「薄随風」(すすき、かぜにしたがふ)という題で詠まれた叙景歌がある。秋の野で、薄が風に靡いている情景を詠んでいる。この歌が何と、『愛国百人一首』に選ばれているのには、いささか驚かされる。

一方(ひとかた)に靡き揃ひて花薄(はなすすき)風吹く時ぞ乱れざりける

この歌を、国難に際して日本人が気持ちを一つにして立ち向かうことの比喩だ、と深読みした『愛国百人一首』の選者たちには、脱帽する。有名な歌人である香川景樹を、百人の歌人から外すわけにはいかなかったのだろう。

斎藤茂吉の「愛国百人一首評釈」には、「あらはに寓意を出すといふやうなことはせぬが、この一首は、大事に当つて心みだれず、動搖せず、同心一体となるべき自然の道理を暗示し象徴するものとして、このたび百首の一つ選(ママ)ばれたのであつた」と、選定理由を述べている。

「源氏文化」でも「反・源氏文化」でもない

いわゆる文学史の教科書では、「景樹＝しらべの説」というレッテルが貼られている。そして、「万葉調」の賀茂真淵と、「新古今調」の本居宣長の対立の間隙を縫う第三極として、香川景樹の「古今調」があったという解説を、生徒たちは強制的に暗記させられる。この解説は間違いではないが、いささか浅くはないか。

その理由は二つある。第一に、和歌だけで物事を見る、視野の狭窄が起きている点。第二に、「源氏文化」と「もののあはれ」との死闘という、近世最大の思想史的ドラマに気づいていない点である。「源氏文化」も「もののあはれ＝反・源氏文化」も、平安時代の和歌と物語の解釈を通して、日本文化の扉を開き牽引しようとした、壮大な文化概念である。「文化システム」と言ってもよい。「ますらをぶり」と「たをやめぶり」の対比だけでは、思想史的な角逐が見落とされやすい。

香川景樹が『新学異見』で反論を試みた賀茂真淵には『源氏物語新釈』があるが、景樹は『源氏物語』の注釈書を著さなかった。景樹の「古今調」は、『古今和歌集』や『源氏物語』などの表現それ自体とは深く関わるものの、文化概念や文化システムではなかったのである。景樹は、文化ではなく、古典和歌と古典物語の「文学作品」それ自体に関心があった。だからこそ、彼の歌が広範な大衆の心に響いて、支持を集めることもできたのだろう。

景樹が批判した真淵は、北村季吟の『湖月抄』に対して異常なまでの対抗心を示した。真淵は、季吟が作りあげた源氏文化に拒否反応を示した。阪本龍門文庫のホームページには、真淵の自筆書き入れのある『湖月抄』の画像が公開されている。それを一見すれば、真淵の「源氏文化」への嫌悪感が如実に伝わってくる。全否定である。無視する戦術である。

一方、宣長は、『湖月抄』に載っている全ての学説に対して、誠実すぎるほどの緻密な検証を行っている。そのうえで、旧説をまるごと乗り越えようとした。だから『玉の小櫛』は、渾身の力で「源氏文化＝和歌文化」と戦った成果として、「反・源氏文化」を創始し得たのである。

ここで、香川景樹の和歌に話題を移そう。彼の和歌には、『源氏物語』の本歌取りが、かなり見受けられる。彼は、本当に『源氏物語』の言葉を愛している。だが、『源氏物語』を文化概念として捉えることは、まったくない。彼の「古今調」、つまり流麗な調べは、「源氏文化」の別名としての「和歌文化」ではなかった。「源氏文化」も「反・源氏文化」も、スルーしている。

明治時代まで生きた松波資之（一八三二～一九〇六）は、景樹の弟子で、桂園派の最後の巨匠と言われる。松波の名前は、森鷗外が与謝野晶子の『新訳源氏物語』に寄せた序文の中で、意地悪に登場させられている。松波が鷗外に向かい、「源氏物語は悪文だ」と言った、というエピソードである。

私はこれまで、これは鷗外の巧みな誘導に乗せられた松波の「軽口」だと思っていたが、最近では、どうやら松波の本心ではないかと考えるようになった。『源氏物語』を本歌取りした和歌を詠むことと、源氏文化の体現者となることとは、まったく次元が異なる。

『源氏物語』を尊重しても源氏文化と関わらない姿勢は、松波だけでなく、桂園派の総帥である香川景樹からして顕著だった。桂園派の人々は、『源氏物語』の言葉や雰囲気を和歌の素材として利用したのである。それ以上でも、それ以下でもなかった。

景樹の「大和心」と「もののあはれ」

景樹は、自分よりも三十八歳年長である宣長と、京都で対面したことがあり、親しげな和歌の贈答を交している。

景樹の主著は、『古今和歌集正義』と『土佐日記創見』。共に、紀貫之を高く評価している。だからこそ、『古今和歌集』と貫之を批判しようとした正岡子規は、桂園派を敵視したのかもしれない。『古今和歌集正義』の冒頭には「総論」が置かれているが、「我が大和歌の心を知らんとならば、その原とある大和魂の、尊き事を知るべきなり」とある箇所が、注目される。いきなり「大和魂」という言葉が出てくるからである。

また、『桂園一枝』にも、「もののあはれ」という言葉を用いた歌がある。

今はとて時雨るる冬の始めこそもののあはれの終はりなりけれ

「大和魂＝大和心」と「もののあはれ」。これは、本居宣長が「反・源氏文化」の旗印としたキーワードである。だが、景樹は、宣長が執念を燃やした「源氏文化との死闘」とは無縁である。ならば、景樹の「大和心」と「もののあはれ」とは、いったい何だったのだろうか。「今はとて」の歌に即して言えば、「もののあはれ」は晩秋と初冬における自然界の情緒を指している。

『古今和歌集正義』は、我が国が他国より優れている根本原因を、「水穂の国」という日本の古い国名から説明している。「大和心」に関して述べる部分は、「水は清く、土は堅い」という抽象論である。日本以外の国々は、水や土が濁っているから、その国で暮らす人々の心も声も濁っている。日本は、水も土も清いので、日本人の心である「大和心」も優れ、日本人の声である「歌」も音調が優れている、というのだ。

この景樹の文章を「論」と言うには、あまりにも幼い。これは、「思想」ではない。むろん、文学は思想ではない。だから、文学者が思想家である必要は、必ずしもない。しかしながら中世以来、成長し続けた「源氏文化」は、文学の範疇を超え、異文化統合と平和の思想として、近世前期には巨大な文化論・文明論へと成長していた。

それに対して、真っ向から立ちふさがった新しい日本文化論が、宣長の文化論としての「もののあはれ」だったのである。けれども、紫式部が書いた『源氏物語』それ自体は、文学作品でしかない。景樹にとっては思想よりも、和歌の調べが重要だった。

そこで、『桂園一枝』と『桂園一枝拾遺』を熟読して、彼の言う「もののあはれ」の内実を見極めることにしよう。

何なら(なに)ぬ限りも物はかなしきにあはれなりける秋の暮れかな
花鳥(はなとり)の色音(いろね)を何(なに)に洩(も)らしけむもののあはれも知らぬあたりに

「何ならぬ」の歌は四季歌で、「物は」の下に「かなし」と「あはれなり」があるので、「ものがなし」や「もののあはれなり」という心情を詠んだことになる。「秋の暮れ」はすべてが「もののあはれ」である、と讃美する姿勢は、少し前に引用した「今はとて時雨(しぐ)るる冬の始めこそもののあはれの終はりなりけれ」の歌が、冬の到来をもって「もののあはれ」の収束だと観じていたことと、対応している。

「花鳥の」の歌は、恋歌である。「花鳥の色音」は、『源氏物語』桐壺巻で、桐壺帝が、今は亡き桐壺更衣を偲ぶ場面と結びついた言葉である。純愛を象徴する「花鳥の色音」も、恋の情緒を理解できない相手には何の効果もなかった、という嘆きを歌っている。おそらく、恋文を贈った相手から、何の返事も来なかったことへの恨みを詠んだ、という場面設定での歌だろう。

ここにあるのは、「源氏文化の成立以前」、すなわち、宣長の「もののあはれ」文化の成立の前々段階における、情緒としての「もののあはれ」そのものである。

私はこれを、「原(げん)・もののあはれ」、あるいは「原(ウル)・もののあはれ」とでも呼びたい。景樹は、思想や文化となる以前の『源氏物語』へと、文学回帰を図ったのだ。「原・もののあはれ」とは、例えば兼好の『徒然草』の世界である。ここに、中世から近代に及ぶ日本思想の原型と源流がある。そして、これをどう錬成させるかに、近世の思想家たちの戦いがあった。

折節(をりふし)の移り変はるこそ、物ごとに哀れなれ。「もののあはれは、秋こそ勝(まさ)れ」と人ごとに言ふめれど、それも然(さ)る物にて、今一際(いまひときは)、心も浮き立つものは、春の気色にこそあめれ(ン)。（第十九段）

子故(こゆゑ)にこそ、よろづのあはれは思ひ知らるれ。（第百四十二段）

本居宣長が『玉勝間(たまかつま)』で、『徒然草』の兼好の美意識を痛罵したことも、思い合わされる。宣長は、北村季吟の『湖月抄』とも全面戦争を展開したし、『徒然草』とも戦った。香川景樹とも論争はしたが、同時代人との非難合戦に留まる。時代を異にする「見ぬ世の友」、いや「見ぬ世の仇(あだ)」である兼好や季吟との論争こそが、自分の存在根拠を賭けた戦いである。

「源氏文化」や「反・源氏文化」は、同時代という狭い視野ではなく、数百年のスパンでの壮大な文化闘争であり、日本文化をどう定義し、これからどのように日本社会を変えてゆくかという長期的な「構想力」の戦いだった。「原・もののあはれ」を、どのようにして文化論としての「もののあはれ」に昇華させるか、そこに宣長の剛腕が発揮された。

それだけに、宣長の意図した思想界のドラマは、一般人には理解が及ばない面がある。そこに、思想ではない情緒として、景樹の「原・もののあはれ」が、すっと入ってゆく。そして、思想に関心の薄い歌人の中に桂園派が浸透してゆくのは、自然の成り行きだった。

何（なに）となく袖ぞ露けきいつのまに今年も秋の夕べなるらむ
子を思ふ道はいかなる道なれば知るよりやがて踏み迷ふらむ

これらの景樹の歌には、「あはれ」や「もののあはれ」という言葉は使われていない。だが、「原・もののあはれ」という、思想以前の情緒を、平明かつ流麗に歌っている。それが、「調べ」の力なのだろう。

現代日本人の多くが「もののあはれ」という言葉を聞いて思い浮かべる「風流」とか「人情の機微」などの情緒が、桂園派の世界だった。

「もののあはれ」を文明論や思想ではなく、四季の移ろいや美意識や人間関係のもたらす情緒へと引き戻す。そのような景樹の戦略は、現代人の「もののあはれ」理解にも深く影響を与えている。現代人の多くがイメージする「もののあはれ」は、宣長の過激な文化論ではなく、桂園派の穏和な「もののあはれ」なのではなかろうか。

社会を支える「薬」を目指したのが「源氏文化」であり、その虚妄を暴いた宣長の「反・源氏文化＝もののあはれ」が社会への「劇毒」であったとすれば、香川景樹の世界は毒でも薬でもない、ピュアな水や空気なのだった。

13 江戸の文人大名と『源氏物語』

パックス・ゲンジーナ

エドワード・ギボンの『ローマ帝国衰亡史』にある「パックス・ロマーナ」(ローマの平和)をもじった、「パックス・トクガワーナ」(徳川の平和)という言葉がある。

その「パックス・トクガワーナ」の思想的支柱となったのは、朱子学を中心とする儒学だけではない。むしろ、徳川綱吉・柳沢吉保・北村季吟たちが元禄時代に作りあげた「源氏文化=和歌文化」の方が、平和思想の基底にあったと考えられる。彼らが目指したものは、ずばり「永遠」である。すなわち、「パックス・ゲンジーナ」の実現と永続を目指していた。儒学を学ぶ知識人の数と、和歌を詠む人口とでは、後者がはるかに多い。男性だけでなく、女性も含まれる。だから、大きな文化のうねりを作り出すことができた。

「平和」(パックス)の反対語は、「戦争」(ベッルム)。ならば、平和に潜む精神の危機に気づき、警鐘を鳴らし、あえて戦いの緊張感を希求した本居宣長の「反・源氏文化=もののあはれ」は、「ベッルム・ゲンジーナ」、もしくは、「ベッルム・モノノアワレーナ」とでも呼べようか。

このように、『源氏物語』は、江戸時代において、相反する二つの文化戦略に最も重要な遺伝子を提供した。

それでは、パックス・ゲンジーナとベッルム・ゲンジーナ以外に、『源氏物語』の読まれ方がなかったかと言えば、そうでもない。たとえば、思想以前、文化以前の始原的な心性である「原・もののあはれ」を重視する香川景樹の桂園派もあった。やがて時代は、幕末の動乱を皮切りに、戦争の世紀である明治・大正・昭和時代へと突入してゆく。

本書では、まもなく、明治以降の「近代短歌」を、『源氏物語』や古典和歌との関連で読み解く近代編に入る。本章は、その前に、江戸時代における『源氏物語』の読まれ方の種々相を確認しておきたい。近代短歌の出発点に、どれほど強固に『源氏物語』が影響を与えたか、そして、たった一つの『源氏物語』がどれほど多様な読まれ方をして、どれほど豊饒な日本文化の基盤となっていたかは、いくら強調してもしたりないからである。

松平忠国の『百椿図』

松平忠国（ただくに）（一五九七～一六五九）は、丹波篠山（ささやま）藩主から明石藩主となった。息子の信之（のぶゆき）（一六三一～一六八六）は、明石藩主・大和郡山藩主・古河（こが）藩主などを務め、老中となった。この父子は、共に『源氏物語』を心から愛していた。

「源氏文化＝和歌文化」を創成する中核を担った北村季吟（一六二四～一七〇五）と、ほぼ同時代を生きた松平忠国・信之父子は、「メイキング・オブ・源氏文化」の時代的背景と機運を共有できた、幸運な文人大名だった。

忠国は、領地である明石の各地に、『源氏物語』ゆかりの文学遺跡を確定した。虚構の物語である

蔦の細道
（兵庫県明石市）

『源氏物語』には、その舞台となった遺跡など、あろうはずはない。だが、忠国は、登場人物である明石入道が住んでいた邸宅（浜の館）の跡、入道の娘である明石の君が住んでいた「岡辺の家」の跡、光源氏が明石の君と逢うために通った道筋の跡（蔦の細道）などを特定したのである。

私も自分の足で、それらの場所を実際に歩いてみた。そして、名君として領民からも慕われた忠国が、『源氏物語』を治世に活かそうとした志に感動した。ならば『源氏物語』は、忠国にとっていかなる文化だったのか。それを知るには、『百椿図』（根津美術館所蔵）を見ればよい。

『百椿図』は、狩野山楽（一五五九〜一六三五）の筆と伝えられる、さまざまな品種の椿の図に、多数の文化人が自筆の賛（和歌や漢詩）を寄せたもので、依頼者は松平忠国・信之父子であったと推定されている。とにかく、賛を寄せた文化人がオールスターである。詳しくは、根津美術館発行の『百椿図』のカタログを参照されたい。

『湖月抄』の著者で、「源氏文化＝和歌文化」の集大成を成し遂げた北村季吟。その息子である湖春と正立。北村家から三人も入っているのが、『百椿図』の本質を如実に物語る。季吟の師であり、古今伝授の継承者である松永貞徳もいる。貞徳は、細川幽斎から古今伝授のうちの「地下伝授」を継承したが、幽斎から「御所伝授」を継承した烏丸光広（一五七九〜一六三八）は、『百椿図』の序文を書いている。

歌人だけではない。林羅山を始めとして、鵞峰・読耕斎・鳳岡などの林家の儒学者たちも、ずらりと並ぶ。また、禅宗の僧侶たちの賛も、数多い。すなわち、「和・漢・梵」の異文化統合が、『百椿図』という美術作品では試みられ、達成されているのである。これは、元禄期に確立した「源氏文化＝和歌文化」

の理念と、完全に一致している。

皇族・公家・武家・文人・宗教者たちという、異なる身分秩序の調和も達成されている。『百椿図』は、椿の多種多様な品種を称えるのが主題なのだが、そのまま異文化をありのままに立体化させる「源氏文化」の理念がにじみ出ている。

なお、松平忠国の事蹟の調査に当たっては、兵庫県立図書館郷土資料室のお世話になった。

松平定信の役割

詳しくは別の機会に譲るが、松平定信（さだのぶ）（一七五八～一八二九）は、「パックス・ゲンジーナ」が成立してから後の展開を考える際に、重要な文人大名である。

寛政の改革を断行した政治家として有名な定信は、美術や文学にも深い理解を示した。これからの解明が必要なのは、以下の三点である。定信が北村季吟の子孫である北村季文（きぶん）（一七七八～一八五〇）を庇護したこと。紫式部伝説の残る石山寺に自筆の「源氏物語巻々（まきまき）和歌」を奉納したこと。そして、本居宣長の「もののあはれ」について、批判的な感想を述べたこと。

定信は、幼少の頃から『源氏物語』を愛読していた。愛読するだけでなく、そこからどういう日本文化を構想するかについても見通しを持ち、独創的な「近代への扉」を発見していた。定信は為政者の立場から、宣長とは違う『源氏物語』の社会への活用方法を考えていたように、私は思う。それは何だったのかを知ることが、ポイントだろう。

明治時代の正岡子規は、「万葉調」の歌人として、源実朝（さねとも）（一一九二～一二一九）と田安宗武（たやすむねたけ）（一七一五～七一）の二人を高く評価した。実朝は、鎌倉幕府の三代将軍であり、宗武は、江戸幕府の八代将軍だった徳川吉宗の子である。松平定信は、その田安宗武の子に当たる。

定信は、『源氏物語』を愛する一方で、兼好の『徒然草』を酷評している。季吟が完成させた「源氏文化＝和歌文化」では、『徒然草』は、『源氏物語』『古今和歌集』『伊勢物語』と肩を並べる「新古典」として位置づけられていた。ただし、宣長も『徒然草』を嫌っている。

季吟たちの「和歌文化」は、すべての古典文学作品を注釈しつつ、それらの作品から抽出した「文化理念」で日本文化の舵取りを試みた。その場合、すべての古典文学に共通して存在する理念という、文化の普遍的な側面が強調された。『徒然草』を批判する定信は、そうではなく、作品ごとの個性を見分け、それに対する好き嫌いを述べている。その点で、定信は近代的である。

井伊直弼と山内容堂

江戸幕府の瓦解は、パックス・トクガワーナの終焉だった。それと共に、パックス・ゲンジーナも終幕しかかった。この日本文化史の一大悲劇にして一大挫折を考える際には、彦根藩主、というよりも大老として開国を主導した井伊直弼（一八一五～六〇）と、土佐藩主として大政奉還を献策した山内容堂（豊信、一八二七～七二）の二人から目が離せない。

井伊直弼は、和歌と風雅を愛した。彼は藩主となるまでは、「埋木舎」と名づけた閑居で、風流三昧の日々を送っていた。彼の書き残した和歌や和文を正確に解読することも必要だが、彼の「学問の師」だった長野主膳の学者としての水準を計るのが先決だろう。将を射んと欲すれば、まず馬を射よ。

昭和三十八年のＮＨＫ大河ドラマ『花の生涯』では、主膳を佐田啓二が演じて話題となった。

長野主膳（一八一五～六二）は、本名、義言。伊勢の国に生まれた国学者である。国学者であるから

「浜の館」跡に立つ明石入道の碑
（明石市の戒光院境内）

には、本居宣長の「もののあはれ」の影響下にある。国学は、主情的な排他主義と、実証的な文法研究とを融合させており、まことに不思議な学問体系を持っていた。主膳の著した文法書もあるが、主著は『歌の大武根（うたのおおむね）』である。「大武根」の「武」は「む」、「根」は「ね」の変体仮名で、「大むね」、すなわち、「大旨＝大概」の意味である。

私は、「歌学文庫」（法文館、明治四十五年）を、東京大学総合図書館から借りて、『歌の大武根』を読んだ。森鷗外の旧蔵書だが、鷗外の書き込みは見当たらなかった。

主膳は、和歌と散文を峻別する。「和歌は情、散文は理」という区別である。和歌は心を歌うものであり、理屈とは違う。歌には理屈を越えた「心の真実」があって、それが「もののあはれ」である。これは、主膳独自の「もののあはれ」論である。この優れた理論が、安政の大獄の原因となり、幕府の瓦解を早めたのは、何とも皮肉なことである。

和歌は、男と女だけでなく、親と子、兄弟朋友、君臣などという人間関係を、「情」によって近づける、と主膳は主張する。この点が、「理」によって人間関係を結びつけようとする儒教などの外国文化との違いである、と考えるのだ。

実は、「和歌」と「散文」を厳密に区別するのは、中世の源氏学以来の伝統である。五十四ある『源氏物語』の巻名について、それぞれを「巻の中の歌（和歌）の言葉を切り出して用いた」、「巻の中の詞（ことば）（散文）を切り出して用いた」、「歌と詞のどちらにもある言葉である」、「歌にも詞にもない言葉である」という四区分を提示した最初の人物は、室町時代の一条兼良である。この四通りの巻名の由来は、北村季吟の『湖月抄』へも流れ込み、現代のほとんどの『源氏物語』テキストの解説で踏襲されている。

そして、『湖月抄』の季吟は、南北朝期の四辻善成が読み取った『源氏物語』の主題（君臣の交、仁義の道、風雅の媒、菩提の縁）をさらに発展させて、「和・漢・梵」の異文化統合システムを作りあげた。

一方、理を越えた情で、人と人とが結びつくと単純化させて考えた主膳は、桜田門外の変を招き、自らも斬首され、死骸は打ち捨てられた。対立する人々の怒りと憎しみという「情」を、彼は刺激し過ぎたのかもしれない。この長野主膳が『源氏物語』をどう理解していたのか、これからの研究課題である。

さて、「鯨海酔侯」と称した山内容堂の本名は、豊信。公武合体運動の推進者として知られる。私が彼に関心を持ったのは、司馬遼太郎の小説経由である。土佐藩の艦船には、『源氏物語』の巻の名前が付けられていたという意外な事実を、司馬は書き留めていた。

蜻蛉丸、箒木丸、空蝉丸、胡蝶丸、夕顔丸、横笛丸、若紫丸、乙女丸、紅葉賀丸……。

日本浪曼派の蓮田善明ならば、『源氏物語』のみやびが敵を撃つのだと解釈したであろう。これらの特異な命名は、山内容堂の意向であるとされるが、確証はない。

ただし、高知県立図書館の坂崎紫瀾の旧蔵文書である『容堂公逸事』に、出典を明記しないものの、「当時公は、此等の汽船に命名するには、悉く源氏物語を採られぬ。曰く若紫、曰く帚木、曰く空蟬、曰く胡蝶の類、是れなり」とある旨を、同図書館郷土資料関係レファレンスの担当者から教えていただいた。

容堂は、漢詩人として名高いが、『容堂公遺稿』（北斗社、昭和二年）には、「一日百詠」という和歌が載る。その解説には、「公は又歌道を藩臣安並雅景に受けて堪能なり」と、書かれている。安並雅景（一七八〇～一八五一）は、『万葉集古義』を著した土佐藩士・鹿持雅澄（一七九一～一八五八）と並び称されていたほどの文人だと言う。

ただし、「一日百詠」からは、これと言った『源氏物語』摂取の痕跡は感じられない。山内容堂と『源氏物語』の接点がどこにあったのかは、これからの研究課題だろう。

江戸時代には、このような文人大名が全国各地に輩出した。肥前平戸藩の松浦静山（清）、出雲松江藩の松平不昧（治郷）などが特に名高い。彼らがどのように『源氏物語』と関わり、どのような日本文化を構想していたのか、積み残された宿題は尽きない。

II

短歌の夜明け

14 現代短歌は、いつから平面化したのか

本歌取り・縁語・懸詞の役割

この章から、本書は近代編に入る。

現代において、短歌ジャンルは、かつてないほどの隆盛を見せている。歌集の出版点数には膨大なものがあるし、歌集の批評会も頻繁に行われて、それらの質的な検証もなされている。だが、真剣で熱気あふれる批評会において、古典和歌にまでさかのぼり、「この歌集は、千三百年の蓄積のある文学史の中で、どのように位置づけられるのか」、「今、なぜ、この歌集を読む必要があるのか」を問い直すことは、ほとんどなされない。この点に、古典研究者が現代歌壇にも必要な、根源的な理由がある。

本書で、私は、近代短歌が誕生する直前に、さまざまな和歌論が対立的に混在していたカオス状態を明らかにしてきた。その主要なものは、次の通り。

① 異文化統合を積極的に試みる「源氏文化＝和歌文化」

② 「からごころ＝異文化」を排除し、「大和心」のみを求める「反・源氏文化＝もののあはれ」

③『源氏物語』に理解を示しつつも、日本文化を、古代を基軸にして構築する橘守部
④文化になる以前の情緒としての「もののあはれ」を求める香川景樹

①は、中世初期の藤原定家から始まり、中世後期の古今伝授によって継承され、近世の北村季吟が集大成した系譜。②は、本居宣長から始まる国学の系譜。①と②は、『源氏物語』から作り出された対極的な日本文化である。両者の最大の相異は、文化の立体性を志向するか、純一的な文化を求めるかにある。

近代以降の短歌の歴史は、複数の文化を立体化させることを嫌い、文化の単一化を目指してきたように思われる。

これは、文化の問題だけでなく、言語観の対立でもあった。レトリックとして、和歌には言葉を立体化させる方法がいくつもあったが、現代短歌ではまったく好まれない。

『源氏物語』の「青表紙本（あおびょうしぼん）」と呼ばれる本文を整定し、「源氏文化＝和歌文化」の源流となった藤原定家は、『新古今和歌集』の代表歌人として活躍し、「本歌取り（ほんかど）」の技法を確立した。

春の夜の夢の浮橋途絶え（とだ）して峰に別るる横雲の空

この歌は、三十一音で成立している。だが、この歌を、「春の夜に、浮橋のようにはかない夢を見た。目が覚めると、峰にかかっていた横雲が、徐々に離れてゆくのが見えた」と現代語訳しても、作者が三十一音に込めた情報量を完全に解凍することはできない。

「夢の浮橋」という七音の言葉には、『源氏物語』五十四帖の全編がまるごと凝縮されている。また、

「夜・夢・峰」という言葉の連鎖は、中国の『高唐賦』（『文選』に収録）の題材となった巫山の神女と楚王が夢の中で逢瀬を持ったという伝説を、強く連想させる。

本歌取りとは、厳密には、別の和歌の表現を引用することであるので、「夢の浮橋」の場合は「本説」と言う。日本の『源氏物語』と中国の『高唐賦』が重なり、その上の第三層として、定家の歌の情景があったことになる。本歌取りの本質は立体化にあり、異なるものが重なって「融和・調和」する面白さにある。

暮れそめて草の葉なびく風の間に垣根涼しき夕顔の花

これも定家の和歌だが、単なる叙景歌として解釈すれば、輝きが消え失せるだろう。『源氏物語』夕顔巻の世界を思い出し、重ね合わせてこそ、夕顔の花の白さが生きてくる。
「懸詞」（掛詞）の代表例は、高校の古文で誰もが必ず学習する小野小町の和歌である。

花の色は移りにけりな徒に我が身世にふるながめせしまに

「経る」と「降る」、「眺め」と「長雨」というふうに、一つの言葉（「ふる」「ながめ」）に、複数の意味が重ねられている。この結果、三十一音の定型詩である和歌が、倍の六十二音、いや三倍の九十三音分の情報量を持ちえた。「花の色」が、小野小町の美しい容貌と重ね合わされる。自然と人間が、一つに融け合うのではなく、重なり合って立体化するのである。
「縁語」とは、懸詞や本歌取りなどによって情報量を飛躍的に拡大させた和歌が、遠心力で空中分解しないように、言葉と言葉とを緊密に結びつける求心力のことである。「春の夜の」の歌では、「途絶え」が、「夢」の縁語であると同時に、「橋」の縁語でもあり、そのことが歌の中の複数の言葉を強く結び合わせている。言葉の言葉の「絆」が確認されるのだ。

以上を、まとめよう。言語を立体化させること、三十一音で表現される歌の世界を二層・三層構造へと複雑化させること。「重ね」に、美学と美意識を感じること。その道筋を端的に示したのが、藤原定家の「本歌取り」という技法だった。それは、「和・漢・梵(ぼん)（天竺）」の異文化統合を目指す「源氏文化＝和歌文化」として、やがて結実することとなった。

一つの定型詩が、一つの世界のすべて

「源氏文化＝和歌文化」を完成させたのは、江戸時代の北村季吟である。季吟は、和学者であり、歌人であるだけでなく、松永貞徳に師事した「貞門(ていもん)俳諧」の俳人（俳諧師）でもあった。貞門の特徴は「言語遊戯」だと言われることもあるが、絶対に「遊戯」ではない。『新古今和歌集』の歌風が、「遊戯的」であるとか「現実逃避的」だと言われることがあっても、まったくそうではないのと同じことである。

重ねの要素は、衣裳でも、香道でも大切であり、日本文化の基本原理の一つである。重ねのもたらす調和こそが、「源氏文化＝和歌文化」の目指す「平和」の異名なのである。

さて、次に挙げるのは、季吟の師匠である貞徳の代表句。

萎(しを)るるは何(なに)かあんずの花の色

「何か案ず」と「杏の花」の懸詞である。植物の世界と人間の世界とが、見事に立体化している。ちなみに、言語世界の立体化による表現空間の飛躍的な拡大は、江戸時代後期の大田南畝（蜀山人）の狂歌・狂詩において、爛熟の極みに達する。

俳聖・松尾芭蕉は、北村季吟の俳諧の弟子でもあった。だから、芭蕉に「象潟や雨に西施がねぶの花」の句があっても驚かない。「ねぶ」が、「眠る」と「合歓（ねぶ・ねむ）」の懸詞になっている。

定家から芭蕉・南畝に到るまで、詩歌人は、なぜ、「本歌取り・懸詞・縁語」の技法に執着したのだろうか。それは、三十一音ならば三十一音、十七音ならば十七音が、一つの世界（ないし宇宙）として自立していなければならないからである。

世界は、多様性と複雑性に満ちている。そして、世界内存在である人間もまた、喜怒哀楽の感情に引き裂かれ、複雑性を帯びている。多様な人間の心や、変転定まりない世界の真実を、一首（一句）の姿として屹立させること。それを願うのが、歌人であり、俳人だった。

ちなみに、連歌・俳諧の醍醐味は、「付句」によって、「前句」の世界（宇宙）が物の見事に激変してしまう、その脱構築と再構築の斬新さにある。連歌・俳諧は、世界の変化を写し取るのに最適のジャンルであると言えよう。

ここで、現代歌壇に話題を転じる。現代で、「一首で自立した世界を作る」ことを、自らのポリシーとしている歌人は、どれくらい存在するだろうか。試みに、多くの歌人の思いを、代弁してみようか。

「九十三音」分の情報量をメッセージとして発信したければ、「三十一音」の短歌作品を三首、連作で詠めばよいだけのことだ。何も、意味の難解な本歌取りや懸詞を用いる必要はない。そもそも、世界や人間の全体像を、短詩形文学が表現するのは、無理だ。世界の一断面や、人間の心の一側面を切り取ることができれば、それで十分である。……。

これが、現代歌人の率直な思いなのかもしれない。このような傾向を指して、私は「現代短歌の平面化」と呼びたい。ただし、「平面化」には、例えば「平板化」のような批判的ニュアンスを込めていない。人間と世界の真実を、二次元の平面上で求める努力を、私は否定しない。戦略の相違を認めるところから、短歌の批評が開始すると信ずるからである。

小説でも、近代の自然主義文学や私小説は、「平面化」の路線を突っ走った。それと同じことが、近代短歌でも起きていたのである。

さて、平面的な現代短歌の対極にあり、「源氏文化＝和歌文化」と地下水脈で繋がっているのが、塚本邦雄の立体的な前衛短歌だった。彼の歌集が試みた「一首一行一ページ印刷」は、一首の中に一つの世界を生成させる信念の結晶だった。

死に死に死に死にてをはりの明るまむ青鯖(あをきす)の胎(はら)てのひらに透く　(『星餐圖(せいさんず)』)

空海の『秘蔵宝鑰(ひぞうほうやく)』にある、「生まれ生まれ生まれ生まれて生の始めに暗く、死に死に死に死んで死の終りに冥(くら)し」という句を引用しながら、意味を百八十度、逆転させている。掌上に置かれた小さな鯖が、空海の構築した無限大の密教コスモス（死生観）を転覆させる「起爆剤＝凶器」へと変貌している。青鯖は、魚類の青鯖であると同時に、新しい世界認識への扉を開くための鍵でもある。すなわち、短歌世界が見事に立体化している。

このように、塚本邦雄の前衛短歌が古典と現代との「立体化」を眼目とするものだったとすれば、彼が戦った近代短歌は、「平面化」をまさに意図的な戦略として摑み取り、推し進めたものだった。近代短歌は、立体化を最大の生命力とする「源氏文化＝和歌文化」と戦い、平面化を獲得した。意味ありげな「重ね」の「はったり」を見破り、真実の世界ただ一つを「写生」しようとした。それに戦いを挑んだのが、前衛短歌だった。歴史は繰り返したのだ。

子規にとっての田安宗武

立体化する和歌文化を全否定する戦略を採用することで、近代短歌は始発した。その戦略を立案したのが、正岡子規である。かろうじて子規が評価した古典歌人としては、源実朝・橘曙覧（一八一二～六八）・田安宗武などがいる。宗武は、前章で紹介した松平定信の父である。

子規は、『歌話』で、宗武のことを、歌の調子に見るべきものがあるだけでなく、「趣向もまた尋常歌人の陳腐平凡千篇一律なると同日に語るべからず」、「勁健にして高華なり、古雅にして清新なり」とまで絶賛している。例えば、次のような和歌である。

もののふのかぶとに立る鍬形のながめかしはは見れどあかずけり（ながめかしはを）
み吉野のとつ宮処とめくればそこともしらに薄生ひけり（薄）

「ながめかしは」の歌は、『愛国百人一首』にも選ばれた。子規の称賛が、この歌の評価を決定したのだ。武具である兜は、子規の目指した「戦う短歌」のシンボルでもあるだろう。

「薄」の歌で、宗武が念頭に置いた先行歌は、次の一首であろう。「吉野」と「薄」の組み合わせは、

『万葉集』には見当たらない。

吉野川一本立てる岩薄釣りする人の袖かとぞ見る

（藤原家隆『壬二集』『夫木和歌抄』）

宗武は、無から有を生んだわけではない。和歌文化の分厚い伝統を吸収したうえで、万葉語を用いれば、「み吉野の」の歌が生まれ落ちる。

また、「ながめかしは」（柏の一種）も、同じ素材を詠んだ古歌は多い。だが、宗武が直接に意識したのは、「見れどあかずけり」という語法を持つ次の一首だろう。『夫木和歌抄』『井蛙抄』『五代集歌枕』『歌枕名寄』などに繰り返し引用された、『万葉集』由来の著名歌である。

愚かにぞ我は思ひし生浦有磯の巡り見れどあかずけり

子規は、宗武の和歌が、目にしたものをありのままに詠んだ「属目」の写実詠ではなく、王朝和歌の伝統の中から生まれたことを知っている。宗武の歌は、題材にも、語法にも、先蹤はある。だが、伝統の上に立体的に重ね合わされた和歌ではなく、一回きりの歌、すなわち「平面的」な和歌であると、意図的・戦略的に解釈し直してみせ、強引に「反・源氏文化」＝「反・和歌文化」の例歌に祭り上げたのである。子規は、実朝や宗武の和歌を確信犯的に誤読することで、近代短歌の扉を力強く、こじ開けた。

古人の目で自然を見ることを潔しとせずに、「自分の目」で世界を見たという「新鮮さ」を子規は重視し、さかのぼって宗武や実朝の歌にも、それを求めたのである。

15 短歌の物語性と批評性の母胎は、漢語である

語彙の拡大

近代短歌が古典和歌と訣別し、意図的な戦略として、「平面化路線」を選択したことを、前章で確認した。本章では、平面化を成し遂げた近代短歌が、語彙の面では、古典和歌の数倍もの自由を獲得したことを述べる。近代短歌の最大の武器は、「言葉の自由」だったのである。

正岡子規の『歌よみに与ふる書』には、こうある。

　和歌につきても旧思想を破壊して、新思想を注文するの考にて、随つて用語は雅語、俗語、漢語、洋語必要次第用うる（ママ）つもりに候。

短歌には、雅語（大和言葉）だけでなく、俗語、漢字熟語、カタカナ書きの外来語も必然性があれば積極的に使用する、という宣言である。子規以外の近代歌人たちも、競って漢語を取り込んだ。その結果として、現代短歌がある。

革命歌作詞家に凭りかかられてすこしづつ液化してゆくピアノ　　塚本邦雄『水葬物語』
ヴァチカンの少女らきたりひしめける肉截器械類展示會　　同

二首共に、漢語と洋語の意図的な衝突によって、衝撃力が生み出されている。それでは、近代短歌の誕生期に、さほどの抵抗なしに漢語が導入できた要因は、どこにあったのだろうか。

仏教語の大胆な導入

近代短歌における漢語の使用拡大は、古典和歌の時代にあっても例外的に許容されていた「仏教」関連語彙から開始したと思われる。

ゆく秋の大和の国の薬師寺の塔の上なる一ひらの雲

『新月』に収められた、佐佐木信綱の代表歌である。この歌にある「塔」という漢語は、古典和歌の時代でもわずかながら詠まれていた。

塔の上に残る光にはしたかの雲より通ふあとぞうれしき　　慈円
見渡せば遠山寺の塔の上に降り重ねたる九輪の雪　　源仲正

慈円は天台座主で、難波の四天王寺の別当も兼ねた。源仲正（仲政とも）は清和源氏の武将歌人で、源三位頼政の父。どちらも異色歌人ではあるが、「塔」は仏教語なので、和歌の時代から使われてきたのである。

ちなみに、信綱の歌の「薬師寺」は、音読みする固有名詞であるから、古典和歌の中で詠むことは、原則としてありえなかった。本来は、「詞書」で提示されるべきものだ。それなのに、近代短歌では三十一音形式の韻文の内部へと招き入れられた。詞書とセットになって初めて意味を持つ和歌から、短歌のみで自立した一首へと変貌したのである。この違いは、まことに大きい。

喩えで言えば、「歌物語」というジャンルの最高傑作である『伊勢物語』は、散文の中に和歌が取り込まれ、両者が絶妙な交響を奏でている。近代短歌は、それとは逆に、韻文の中に散文を取り込んだのである。そのことによって、平面化した短歌には「散文化」という新たな発展の方向性が見えてきた。

近代短歌は、散文と韻文が入り交じった「歌物語」となったのである。「明星」に拠った歌人たちの特徴である「物語性」は、ここに原点があるのだと思う。

このように、近代短歌は散文の語彙を貪欲に取り込み続けたのだが、その第一歩が「仏教語」だったわけである。

春にがき貝多羅葉の名をききて堂の夕日に友の世泣きぬ　　与謝野晶子『みだれ髪』

我がために、稀にわがもつ瞬間の執をとらふる君をよろこぶ。　　平野万里『わかき日』

「貝多羅葉」は、タラの葉に書かれたお経のこと。「堂」も、仏教語である。「執」も、仏教語。晶子の『みだれ髪』には、仏教語が頻出する。なぜか。散文的な漢語を、韻文である短歌の中に注入する「言語移植手術」に際し、最も抵抗感（拒絶反応）の少ないのが、和歌の時代から使用例のあった仏教語だったからだろう。平野万里（一八八五～一九四七）は、鉄幹・晶子の弟子である。

仏教語の積極的な導入を先駆けとして、詞書をも短歌の内部に取り込むことに成功した短歌は、韻文でありながら、「歌物語」のように、短歌で物語世界を構築することが可能になった。塚本邦雄『水葬物語』の跋文が宣言している「敍事性の蘇り」と「浪漫への誘ひ」は、ここに源流があったのである。

さて、短歌への漢語の導入は、地名や数詞などへも広がったが、仏教語と親近性の高い思想語が、それに加わる。

そや理想こや運命の別れ路（ぢ）に白きすみれをあはれと泣く身　与謝野鉄幹『紫』

与謝野晶子の「曙染（あけぼのぞめ）」（『恋衣（こいごろも）』所収）は、意図的に漢語を多用している。漢語の使用頻度は、あるいは『みだれ髪』よりも高いかもしれない。

春曙抄に伊勢をかさねてかさ足らぬ枕はやがてくづれけるかな

鎌倉や御仏（みほとけ）なれど釈迦牟尼は美男におはす夏木立かな

音読みする書名列挙（正式には『枕草子春曙抄』と『伊勢物語』）は、強いインパクトと、物語を発芽させそうな種子を、読者に与える。「釈迦牟尼」という仏教語と、「美男」という漢語との組み合わせも斬新である。そこに、ある種の物語性が立ち上がってくる。「美僧」という言葉もある。美形の僧は、

『枕草子』でも女性聴衆の人気の的だった。

誹諧（俳諧）と狂歌

近代短歌が積極的に漢語を導入した結果として、「物語性」が獲得されたことを述べた。もう一つ、漢語の導入が近代短歌にもたらしたものがある。それが「批評性」である。

仏教語の導入がもたらした「思想性」は、物語性をも帯びているために、恋愛色が濃い。それに対して、近代短歌の「批評性」は、風刺の力で現実社会を攻撃する政治色を持つ。こちらの原点は、江戸時代の初期の「俳諧」と、近世後期の「狂歌」であると考えられる。俳諧も狂歌も、和歌とは違って、漢語を使用することに抵抗のないジャンルだった。

古く『古今和歌集』の時代から、「誹諧歌」の伝統がある。「ハイカイカ」、「ヒカイカ」の両様に読まれる。これは、「和歌にあらざる和歌」であり、美や人生ではなく、滑稽と笑いを主眼に据えている。時として卑猥ですらあり、駄洒落や俗語が交じるが、それでも仏教語以外の漢語が交じることは少なかった。誹諧歌は、語彙の新奇さではなく、「発想」の面白さが主眼だったのである。

近世に入ってまもなく、五七五からなる「俳諧」（発句（ほっく））が全盛を迎える。貞門俳諧の総帥である松永貞徳も、その弟子で『源氏物語湖月抄』を著した北村季吟も、歌人・古典学者のほかに、俳諧師としての顔を持っていた。

彼らは「古今伝授」の系譜に連なる正統派の歌人なので、彼らが「表芸」としている和歌に、漢語がまじることは、まずない。ところが、俳諧の世界では、漢語を自由に駆使している。

大田南畝の墓
（文京区の本念寺境内）

鳳凰も出でよのどけき酉の年　貞徳
一僕とぼくぼくありく花見哉　季吟
松にすめ月も三五夜中納言　貞室

「鳳凰」「一僕」という漢音が、和語と調和している。

安原貞室の句は、白楽天の「三五夜中新月の色、二千里外故人の心」という漢詩を引用している。しかも、在原業平の兄だった中納言在原行平が、須磨に左遷されて月を見たことも「懸詞」になっている。さらには、光源氏の須磨流離を語る『源氏物語』も、重ね合わされている。それにしても、「サンゴヤチュウナゴン」という漢音の連続は、衝撃的である。

和歌では許されない漢語・漢音が、俳諧では許される。ただし、近世になっても俳諧は、古典和歌の誹諧歌の名残であったのか、「笑い」に力点があり、風刺や社会批評の側面は希薄であった。

だが、近世の俳諧が、漢語の積極的な使用で語彙の拡大を達成していた事実は、江戸時代後期になって、ものを言った。それが、大田南畝（蜀山人、一七四九～一八二三）が確立した狂歌である。

なお、狂歌に先立つ「落首」あるいは「落書」については、今は省略する。

南畝の作を挙げよう。

公事訴訟絶えたる御代のめでたさや白州の石の苔のむすまで
神々の留守を預かる月なれば馬鹿正直に時雨降るなり

狂歌は、「和歌ではない」ことを逆手にとって、漢語や俗語などを、制限なしで使用できる特権を得た。その用語の自由を、「発想の自由」にまで突き詰めた。言わば、和歌の「タブー」から完全に解放されたのだ。そのうえで、「公事訴訟(くじそしょう)」の歌は、公儀を称えるふりをして、軽い政治風刺を試みている。「馬鹿正直」の歌は、神々がいない「神無月(かみなづき)」なので、神も仏もなく、冷たい時雨が降ることだと、信仰の対象である神を、笑いの対象へと引きずり下ろしている。

近代短歌は、漢語・俗語・洋語などをすべて用いることで、タブー無し(何でもあり)の言語の自由を獲得した。その結果、狂歌へと急接近していった。塚本邦雄の『水葬物語』の跋文で宣言された「批評としての諷刺」や「感傷なき叡智」は、ここを水源としている。

用語と技法との乖離

本書では、近代以前に「源氏文化=和歌文化」と「もののあはれ=反・源氏文化」とが激しく衝突していた、という文化構想力の対立があった事実を、えぐり出してきた。この文学史の流れの中で、漢語の導入は、何を意味しているのだろうか。

正岡子規の「用語は雅語、俗語、漢語、洋語必要次第用うるつもりに候」という宣言は、「和・漢・梵」「和・漢・洋」の異文化統合を目指す「源氏文化=和歌文化」の理念を、言語面に限定して踏襲したものだったのである。

けれども、貞室の「三五夜中納言」が、懸詞と本歌(本説)取りを駆使して、和漢が立体化した「二階建て」の世界を構築していたことは、近代短歌には受け継がれなかった。

異言語を積極的に取り入れ、それを大和言葉と統合するけれども、表現手法・技法としては平面化を志向する。そのような、一見すると矛盾する、ある意味では中途半端な近代短歌の初期戦略の設定が、その後の近代短歌の流れを大きく規定することとなったのである。

16 正岡子規と『源氏物語』

子規の古典力

文学史家は、正岡子規に対して、「近代短歌の改革者」という称号を与えている。彼には、また、「近代俳句の改革者」という称号もある。私は、子規は俳句の近代化には成功したけれども、短歌の改革は道半ばだった、と評価している。

子規には、漢文や古典への深い教養があった。彼が、大学予備門（第一高等中学校、現在の東京大学教養学部）以来の同級生・夏目漱石と親友だった事実は、有名である。二人の教養は、同じレベルだった。漱石の古典力の検証は、拙著『文豪の古典力』（文春新書）に譲る。本章では、子規の古典力を『源氏物語』との関わりで検証してみたい。

子規は、『歌よみに与ふる書』で、万葉調を称揚し、源実朝・田安宗武・橘曙覧（あけみ）たちの和歌を絶賛した。返す刀で、古今調の和歌を斬った。それでは、子規はどの程度、古典を読めて、どの程度、古典の言葉を記憶していたのだろうか。

『歌よみに与ふる書』は明治三十一年に書かれたが、子規の歌集『竹の里歌（たけのさとうた）』（『竹乃里歌』）には、それ以降の短歌作品が載っている。明治三十年は三首のみ。だから、子規の歌論と実作が、どういう関係にあったかを検証することが可能である。

子規の歌論は近代短歌の「平面化」を意図していたが、本人自身は「立体的」な教養を持っていた。けれども、あえて「平面化」を推進した。そこに、子規の文学観の特異性がある。

橘の花散る里

都辺は埃立ちさわぐ橘の花散る里にいざ行きて寐（ね）む
橘の花散る里の紙幟（かみのぼり）昔忍びて鳴く郭公（ほととぎす）

「都辺は」の歌の第二句は、「ほこりたちさわぐ」と読むのが普通だろうが、「埃」は塵埃（じんあい）の意味だから、わずかではあるが「ちり」と読む可能性もある。

「橘の花散る里」は、作者がもしも正岡子規でなければ、『源氏物語』の特徴的な言葉を意味する「源氏詞（げんじし）」であるから、子規の『源氏物語』の読書体験を示すものだと推定されることだろう。『源氏物語』の花散里（はなちるさと）巻には、「橘の香（か）を懐かしみほととぎす花散る里を尋ねてぞ訪（と）ふ」という、人口に膾炙した和歌がある。

だが子規は、『源氏物語』と共に王朝文学の基礎を作った『古今和歌集』を、口を極めて罵倒している。だから、「橘の花散る里」は源氏詞ではなくて、次に引用する万葉歌に由来すると考える人が、多かろう。


橘の花散る里のほととぎす片恋（かたこひ）しつつ鳴く日しぞ多き

橘の花散る里に通ひなば山ほととぎす響さむかも

「片恋しつつ」は、大伴旅人が亡き妻を偲んで歌ったもの。「通ひなば」は、作者未詳の「譬喩歌」。男が女の元へ通ったら、さぞかし世間の噂がうるさかろう、という意味である。

子規の「橘の花散る里にいざ行きて寐む」は、山部赤人の「春の野にすみれ摘みにと来し我そ野をなつかしみ一夜寝にける」を強く連想させるので、『源氏物語』ではなく『万葉集』の「花散る里」の影響だと考えてよい。

ただ『万葉集』の二首は、共に元禄時代以降（厳密には刊行された延宝三年以降）の人々が『源氏物語』を読む際に必須のテキスト（注釈の付いた本文）としていた『湖月抄』に、「花散里」という言葉の先行例として引用されている。だから、「橘の花散る里」という万葉語を子規が自らの詩嚢に収める契機として、『源氏物語』花散里巻の読書経験があったという可能性は、かなり高い。

子規の親友だった漱石にも、次の句がある。

田楽や花散る里に招かれて

この「花散る里」の「花」は橘ではないだろうが、子規と語彙が共通していることに、興味が湧く。ちなみに、漱石の「橘や通るは近衛大納言」という句には、「花散里」という言葉はないものの、王朝物語の雰囲気を濃厚に漂わせている。

子規の橘の歌を、もう一首、引こう。

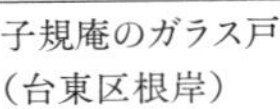
子規庵のガラス戸
（台東区根岸）

病みて臥す窓の橘花咲きて散りて実になりて猶病みて臥す

根岸の里にある子規庵のガラス戸は、明治三十三年に高浜虚子（一八七四～一九五九）が贈ったものである。この歌は明治三十一年の作なので、ガラス窓ではない。

「橘」の「花」が「散り」とある言葉続きは、「花散る里」という詩語を連想させる。だが、この歌は「花」と「実」に眼目がある。橘の花が咲くのは初夏、実が生るのは秋から冬にかけて。その長い期間を、ずっと病臥しているという嘆きが歌われている。

『万葉集』の次の歌が、子規の念頭にあったと思われる。

橘は実さへ花さへその葉さへ枝に霜降れどいや常葉の樹　（聖武天皇）

橘は常緑樹で、永遠の生命力にあふれている。それなのに、自分ときたら、何とまあ生命力の枯渇しかかった病人であることよ、という意味である。

この『万葉集』の歌も、『源氏物語』の胡蝶巻や浮舟巻で、注釈付きテキストである『湖月抄』に、引用されている。特に浮舟巻は、匂宮と浮舟が、雪の夜に小舟に乗って宇治川を渡る名場面（橘の小島）である。「紫式部のこの文章は、『万葉集』のこの歌を踏まえて書かれた」と『湖月抄』には指摘されているので、浮舟巻のダイジェスト（名文選）を読んだだけの人でも、必ず記憶に残る万葉歌なのである。

桐壺巻と蓬生巻

『竹の里歌』の次の歌にも、注目したい。

ぬば玉のやみのひじきは北蝦夷のダルマの豆にいたくし劣れり

「いたくし」の「し」は強意の副助詞。「鼠骨入獄談」という詞書がある。寒川鼠骨（一八七五〜一九五四）は、子規の門人で、子規に尽くし、子規庵や子規の遺稿類の保存に、大きな功績があった。彼が新聞『日本』に書いた社説が官吏誣告罪に問われ、十五日間、巣鴨の監獄に収監されたのである。「獄中の鼠骨を懐ふ」という詞書の歌には、「豆の事をグンバ（軍馬）といふと人に聞きし人屋の豆のグンバ喰ふらむ」、「ぬば玉のやみの人屋に繋がれし君を思へば鐘鳴りわたる」などとある。「ぬば玉のやみ」は、海藻の色の黒さだけでなく、牢獄の暗さをも意味する。鼠骨が巣鴨監獄で食べさせられる鹿尾菜は、闇夜のように真っ黒な色をしている。その「ひじき」は、劣悪な環境の代表とされる北蝦夷の網走監獄の受刑者が食べさせられるという「豆」よりも、さらにいっそうまずいものだ、という意味なのであろう。

ところで、「ぬば玉のやみのひじきは……にいたくし劣れり」という構文には、強烈な既視感が漂う。『源氏物語』五十四帖の冒頭の桐壺巻。そこに、桐壺更衣を失った桐壺帝の悲しみを語る、有名な文章がある。

人よりは異なりし気配・容貌の、面影につと添ひて思さるるにも、闇のうつつには、なほ劣りけり。

「ほかのお后たちとは格段に違って優れていた更衣の雰囲気や容姿が、彼女の死後の今もピタッと、帝に寄り添っていると感じられるのですが、そういう幻想は、闇の中で男と女が現実に抱き合う肉感には、やはり及ばないのでした」という意味である。

何とも複雑で、わかりにくい文章だが、ここには和歌が引用されていたのである。

うばたまの闇のうつつは定かなる夢にいくらも勝らざりけり　『古今和歌集』読み人知らず

これは、子規が大嫌いな『古今和歌集』の和歌である。むろん、『源氏物語』の万能の虎の巻である『湖月抄』にも、この歌が引用されている。子規は、『古今和歌集』の歌と『源氏物語』桐壺巻の本文とを、セットで暗記していたのだろう。だからこそ、「ぬば玉のやみのひじきは北蝦夷のダルマの豆にいたくし劣れり」というパロディ（替え歌）を、即興で作ることができたのである。

子規が『源氏物語』の桐壺巻を、たとえ大学予備門の講義ではあっても聴講していたのは、無駄ではなかった。では、次の歌は、どうだろうか。

暁のおきのすさみに筆とりて絵がきし花の藍薄かりき

三句目から後は、普通の言語表現であり、自然である。また、二句目から三句目にかけては、「筆のすさび＝筆のすさみ」という慣用句があるので、これも不自然ではない。けれども、初句から二句目にかけての「暁のおきのすさみに」という言葉続きは窮屈であり、いささか無理筋である。「暁起き」という名詞は、確かにある。だが、「暁のおきの」の部分が、普通ではないのだ。意味は、わかる。暁方に目が覚めてしまったので、ほかにすることもないから筆を取った、というのである。

初句から二句目にかけての無理筋の日本語は、なぜ発生したのか。桐壺巻で『湖月抄』が引用している有名な古歌を、補助線として引いてみよう。

ある時はありのすさびに憎かりきなくてぞ人は恋しかりける

暁の「おきのすさみに」という、一種異様な用語法は、子規の念頭にかすかに揺曳していた古歌の「ありのすさびに」という源氏詞を、母胎としているのではなかったろうか。「すさみ」の「み」と「すさび」の「び」は同段通音である。

それでは、次の歌は、どうか。

蓬生の露わけ車立てさせて格子叩けば鳴くほとゝぎす

これは、『源氏物語』蓬生(よもぎう)巻の世界である。だが、蓬生巻では、時鳥が鳴いていない。この時、光源氏は「花散里」を訪ねる途中で、末摘花と再会した。この章の最初に見たように、子規の詩嚢(しのう)では、「花散里」と「ほととぎす」が深く結びついていた。子規は、花散里巻と蓬生巻とが一つに混じり合った王朝絵巻を、自らの想像力の世界に作り上げていたのである。

正岡子規は、『源氏物語』を全否定したわけではなかった。『源氏物語』から作り上げられた「文化論」とは敵対したけれども、『源氏物語』という文学作品には取り立てて恨みは抱いていなかったようである。それどころか、かなりの好意を寄せていたと言ってよいだろう。

17

正岡子規の「歴史」詠

子規と『平家物語』

前章では、正岡子規の古典力を測定した。その結果、『源氏物語』との距離の意外な近さが、明らかとなった。本章では、子規と『平家物語』の親近感を述べたい。

子規は従軍記者として、日清戦争に従軍した。司馬遼太郎の『坂の上の雲』では、日露戦争を戦った秋山兄弟と共に、子規が重要な役割を果たしている。子規の提唱した「写生文」というスタイルを発展させて、司馬が「写世文」というスタイルを創出したからだと、私は睨んでいる。ちなみに、この「写世文」は、私の造語である。

さて、子規の戦争観と平和観は、『平家物語』に題材を得た二つの歴史詠に、如実に反映している。共に、明治三十三年の作である。「宇治川」六首と、「厳島行幸」十一首。

写実や写生の短歌作品ではなく、七百年以上も前に起きた出来事を、想像力を駆使して詠んでいる。子規のリアリティは、どのような性格のものだったのか。

「宇治川」六首を読む

「宇治川」は、木曾義仲と源義経が戦った、源平争乱の大きな山場である宇治川の合戦（一一八四年）を描いている。鎌倉側の視点に立って、『平家物語』の世界を再構成している。佐々木四郎高綱の「いけづき＝いけじき」と、梶原源太景季の「磨墨」とが、熾烈な先陣争いを繰り広げた。

このテーマが子規の短歌の題材として選ばれたのは、子規が源氏の棟梁（源頼朝の子）である「源実朝」を歌人として高く評価していたからだろう。加えて、「馬」という動物に強い関心があったからでもあろう。

だが、六首を熟読すると、意外なことではあるが、この連作の真のテーマは「言葉」であることが判明する。

ぬば玉の黒毛の駒の太腹に雪解の波のさかまき来る
飛ぶ鳥の先を争ふもの〻ふの鎧の袖に波ほとばしる

「ぬば玉の」は、「黒」にかかる枕詞である。子規は、古代語である枕詞を近代短歌に蘇生させたかった。さかまく波の白さが、ぬば玉の黒を鮮烈に際立たせている。

「飛ぶ鳥の」は本来、「明日香」にかかる枕詞である。一方、「行く鳥の」という枕詞があり、こちらは「争ふ」や「群る・群がる」にかかる。だから、辞書的・文法的には、「行く鳥の先を争ふもの〻ふの」とあるべき箇所だろう。

けれども、子規は、あえて「飛ぶ鳥の」を「（先を）争ふ」にかかる枕詞として採用した。それは、

宇治川先陣の碑
（宇治市宇治公園）

先陣を争う二人の若武者が、文字通り「飛ぶ鳥の」勢いで川の中を疾駆している勢いを、言葉で活写したかったからだろう。

枕詞の誤用や混同などという次元ではない。「飛ぶ鳥の先を争ふ」という表現が、子規にとっては「行く鳥の先を争ふ」よりは、リアリティがあった、ということなのである。

宇治川の早瀬よこぎるいけじきの馬の立髪浪こえにけり

馬の名を「いけじき」としている。この名馬は、「生食」とか「生喰」「池月」などと漢字で書かれ、「いけずき」「いけづき」「いきずき」などと、さまざまに読まれる。餌を生きたまま喰らう、野性的な馬だったとされる。

この歌は、「宇治川の早瀬」という常套句の持つリアリティに気づいた感動が、眼目である。誇張のようにも見える古歌の表現には、迫真のリアリティがあったのだという驚きが、あふれている。宇治川の雪解け水の流れは、まことに速い。

もののふのやそ宇治川の早き瀬に立ち得ぬ恋も我はするかも　（万葉集）

落ちたぎつやそ宇治川の早き瀬に岩こす波は千代（ちよ）の数かも　（金葉集、源俊頼（としより））

ところが、子規の歌には「宇治川」とのみあって、「もののふのやそ」という枕詞がない。なぜかと言えば、本物の二人の「もののふ」たちが、宇治川を突進しているからである。

さらに、子規の歌には「浪こえにけり」とある。これは、源俊頼の「岩こす波」の和歌に由来しているのだろう。「いけじき」の鬣を越えてゆく波は、「千代の数」ほどにも多い。

橘の小島が崎のかなたよりいかけ引きかけ武者二騎来る
もの丶ふのかためきびしき宇治川の水嵩まさりて橋なかりけり

再び、子規の「宇治川」の連作に戻る。「橘の小島が崎」は、宇治川の中の三角洲であるが、歌枕になっている。というのは、『源氏物語』浮舟巻に見られる源氏詞だからである。しかも、「橘」は子規の愛する植物だった。「橘の花散る里」については、前章で触れた。「橘の」は「小島が崎」にかかる枕詞ではないが、「橘」の香りのように颯爽とした若武者が二騎、という点に、子規の心が激しく躍ったのだろう。

「もの丶ふのかため」の歌は、防御している木曾義仲の軍勢を遠く見据える源氏勢の視点から詠まれている。宇治橋を取り外しておいたのも、義仲勢の作戦だった。

「もののふの八十宇治川」という枕詞通りに、宇治川の向こう側に、木曾義仲側の兵士が、八十人どころではなく密集している点に、子規の関心がある。枕詞が、眼前の情景を巧みに写しえている。だからこそ、子規の歴史詠には、リアリティがある。子規にとってのリアリティとは、何よりも言葉のリアリティだった。「宇治川」の連作の最後は、次の一首である。

先かけのいさを立てずは生きてあらじと誓へる心いけじき知るも

第五句は、子規の自筆本では「馬も知りけん」となっている。「生きてあらじ（生きじ）」と「いけじき」の言葉の響き合いに、子規はリアリティを見出している。連作をここまで読んできて、馬の名が「いけづき」ではなく「いけじき」であることが活きた、と読者には確信できる。さらに「いさを（勲）」の「い」も、「生きて」「いけじき」と効果的な頭韻である。これもまた、子規にとっては言葉が紡ぎ出すリアリティだった。

「厳島行幸」十一首の時間

子規の「厳島行幸」の連作は、『平家物語』で語られる高倉上皇の厳島への行幸を題材としている。「宇治川」が源氏側から「戦争」を描いているのに対して、「厳島行幸」は平家側から「平和」を歌っている。

高倉上皇の生母は、平清盛の妻・時子（二位の尼）の妹である滋子（建春門院）だった。上皇の父は、後白河法皇である。

子規の「厳島行幸」の連作は、宮島の厳島神社の情景ではなく、厳島からの帰路の光景を歌っている。備後国の「敷名」の浜に咲く「藤」の花がテーマとなっている。すなわち、子規の偏愛する植物である「藤」への関心が、この歴史詠の背景にはある。

『竹の里歌』には、「瓶にさす藤の花ぶさみじかければたゝみの上にとゞかざりけり」（明治三十四年）をはじめとして、藤を詠んだ秀歌が多い。「厳島行幸」十一首は、歴史詠というスタイルでの「藤の花の連作スケッチ」だと見なしてもよいだろう。

正岡子規によって、近代短歌は古典和歌との最大の相違点である「平面化」を達成したというのが、古典和歌や古典物語、前衛短歌を研究してきた私の率直な感想である。子規は古典を引用しても、さらには古典に題材を得ても、平面的なのである。それが、「スケッチ＝写生」としての子規の歴史詠の本質である。

平面化とは、近代と古典を重ね合わせて立体化することに、芸術の本質的な意義を認めない姿勢である。つまり、古典を近代化させるか、近代を古典化させるかのどちらかが選択される。

子規は、『平家物語』の世界に入り込み、高倉上皇と藤の花とが一期一会の邂逅を遂げた場面に立ち会い、その感動を描写する。

近代人が敷名の浜で藤の花を目にしつつ、高倉上皇の厳島行幸を懐古するのが「立体化」である。子規は、そうではなくて、行幸のあった一一八〇年の時点を「現在」として歌う。

九重の雲居を出でゝ藤さけるしきなが浜に御舟はてけり

「しきな」は、前に記したように「敷名」で、現在の広島県福山市沼隈町である。「千年藤」は、今もあると言う。インターネットなどで、その画像を見ることができる。

厳島から都への帰路であるが、子規の歌を読む限りでは、上皇の行幸の最終目的が、この見事な藤の花を見ることにあったというように、再構成がなされている。歴史の再現ではなく、新しい現実が創造されたのである。だから、歴史詠でありながら、限りなく現実詠に接近することが可能だった。歴史と現実を立体化させないのではなく、そもそも立体化させる必要がなかったのだ。

「御舟はてけり」とある。この「けり」は、西暦一九〇〇年という子規の生きている現在の時点から、高倉上皇が敷名の浜辺に下り立った一一八〇年四月一日を思いやっているのではないだろう。上皇を乗せた舟が停泊した（＝泊てた）直後の時点で、「けり」は詠まれていると考えられる。

助動詞「けり」について『日本国語大辞典』が挙げている四つ目の、「語りのなかで、新たに提示する出来事に確たる存在性があることを示す」という用法である。

　　君がみゆきありともしらで吉備の国の荒磯べたに藤咲きにけん

「けん（けむ）」は、過去推量の助動詞である。ただし子規は、一九〇〇年の時点から、一一八〇年の藤の心を推量しているのではない。一一八〇年に満開の藤の花を見た時点で、この藤の花は上皇の行幸があることを事前に知りえたので、このように見事に咲いてくれたのだろうか、と推量しているのである。

だから、「厳島行幸」の連作は、現在形がよく似合う。

　　夏に入る旅なれ衣ぬぎもかへず磯の藤浪折てたてまつる

上皇が敷名に着いた旧暦四月一日は、季節が夏に入る「衣更え」の日である。この時点を「現在」として、藤の花を上皇に「たてまつる」人々の姿が歌われる。子規の歴史詠は、「現在」詠であるからこそ、リアリティが備わっているのだ。

短歌と新体詩の距離

明治期の歌集は、詩集であった

筑摩書房から『現代短歌全集』の刊行が開始したのは、昭和五十五年だった。当時、私は大学院の修士課程に在学していた。その第一巻を読み終えた私の感想は、「元始、短歌は文学であり、詩であった。歌集は、実に詩集であったのだ」という驚きだった。

第一巻の最初に置かれているのは、与謝野鉄幹の『東西南北』（明治二十九年）。だが、読者は、鉄幹の作品を読み始める前に、何人もが書き記した序文の山を踏破せねばならない。

冒頭には、漢文調の「東西南北叙」が聳える。これを書いた井上哲次郎（巽軒、一八五五〜一九四四）は、『新体詩抄』で名高い哲学者。ついで、和文体の「序」を書いた「萩の家の主人　直文」は、長編新体詩「孝女白菊の歌」で知られる歌人の落合直文。「東西南北に題す」という長歌を寄せた「鍾礼舎主人　鷗外」は、むろん近代を代表する小説家・評論家であり、韻文の世界でも『於母影』『うた日記』を残した森鷗外。

ここまで読破しても、まだまだ、『東西南北』の序文の峰々は続いている。「しらがしのやのあるじ鯛二」は、大口周魚（鯛二）。「藤園主人　小中村義象」（池辺義象）の「序」は、この集で鉄幹が「長歌短歌など」の多様な形式を試みた事実を指摘している。正調の和文で「東西南北の序」を記した「坂正臣」（阪正臣、一八五五〜一九三一）は、御歌所の寄人。「子規子」、すなわち短歌革新を唱えた正岡子規の「東西南北序」もある。

さらに、「正直正太夫」こと、斎藤緑雨（一八六七〜一九〇四）の「序」には、剽げた七五調の「新体詩」（のパロディ）が組み込まれており、読者の笑いを誘う。硬派中の軟一点である。「青崖山人」（国分青崖、一八五七〜一九四四）の「題詞」は、一転して見事な漢詩である。佐々木信綱（佐佐木信綱）の「東西南北をよみて」は、五七五七七の「仏足石歌」が三首、並んでいる。

このあとで、やっと鉄幹の「自序」となる。読者はこれらの序文だけでも十分に満腹し、一冊の詩集を読んだ気持ちになる。江戸時代に、「長いこと一息継いで和田の原」という川柳がある。「和田の原漕ぎ出でて見ればひさかたの雲居にまがふ沖つ白波」という『小倉百人一首』の歌には、「法性寺入道前関白太政大臣」（ほっしょうじにゅうどうさきのかんぱくだいじょうだいじん）という作者名があり（藤原忠通のこと）、これが実に長い。読み手は、一息つかないと読み札に入れない、というのである。『東西南北』の、多様なスタイルの序文の連なりも、それとよく似ている。

序文の山脈を縦走し終われば、そこには新しい詩歌の別天地が、一挙に展ける。その巻頭。

野に生ふる、草にも物を、言はせばや。
涙もあらむ、歌もあるらむ。

「序文」で池辺義象が述べていたように、『東西南北』には、短歌だけではなく、七五調の「新体詩」、漢詩、そして連歌などが混載されている。だから、鉄幹の『東西南北』は、歌集ではなく、詩集と言った方が適切である。

短歌だけで完結しない明治の歌集

『現代短歌全集』第一巻の二つ目は、金子薫園（一八七六〜一九五一）の『かたわれ月』（明治三十四年。以下は、刊行年を省略する）。序文は、落合直文、桂浜月下漁郎（ケイヒンゲッカギョロウ、カツラハマゲッカイサオ、大町桂月、一八六九〜一九二五）、与謝野鉄幹の三人が寄せている。

桂月は、韻文と散文を融合させ、「美文」という独自の文体を確立・完成させたことで知られる。この三人の序文に続く「例言」の五つ目で、薫園は次のように言う。

この書の末なる美文は、みな三四年前の旧作にて、つたなさ、見るにたへねど、歌のみにては、やゝもの足らねば、くはへたるなり。（傍点は引用者）

この「歌のみにては、やゝもの足らねば」という部分には、歌人としての薫園が感じていた率直な思いが吐露されている。単に、歌数やページ数という量的な問題ではなく、質的な次元での物足りなさを、薫園は感じていたのだろう。

『現代短歌全集』第一巻は、『かたわれ月』の後に、鉄幹の『紫』を収録する。その巻頭に据えられた、「われ男の子意気の子名の子つるぎの子詩の子恋の子あゝもだえの子」などの短歌三百十首に加え、詩十編を併載している。

最後の詩「敗荷」（全四聯）は、鉄幹文学の代表作の一つである。特に、第三聯は、人口に広く膾炙している。

とこしへと云ふか
わづかひと秋
花もろかりし
人もろかりし

山川登美子（一八七九〜一九〇九）との出会いと別れが、この詩の背景にあるが、胸を刺す悲愁は普遍性の高みに達している。

『現代短歌全集』第一巻に戻ると、続く服部躬治（一八七五〜一九二五）『迦具土』と、鳳晶子（与謝野晶子）『みだれ髪』は、短歌のみである。ただし、『迦具土』には一条成美（ナルミ、とも）の口絵と挿絵が合計で十枚、『みだれ髪』には藤島武二の口絵と挿絵が合計八枚載っており、短歌と美術とが交響・響映している。

ついで、みづほのや（太田水穂、一八七六〜一九五五）の『つゆ艸』には、詩九編が含まれる。佐々木信綱（佐佐木信綱）の『思草』には、依田百川（学海、一八三三〜一九〇九）の漢文の「思草序」、源高湛（森鷗外）の和文で書かれた「おもひ艸の序」、寧斎主人（野口寧斎、一八六七〜一九〇五）の漢詩「佐佐木君歌集題詞」の三つが、冒頭を飾っている。鷗外の序文は、文学論、抒情詩論としても優れている。『思草』には短歌（五七五七七）のみが収録されているが、末尾に、山部赤人が富士山を詠んだ『万葉集』の長歌を、万葉仮名の表記のままで併録している。

尾上柴舟（一八七六〜一九五七）の『銀鈴』には、三十七編もの詩が含まれる。正岡子規の『竹の里歌』には、短歌だけでなく、長歌十五首、旋頭歌十二首が含まれることが注目される。

山川登美子・増田雅子（茅野雅子、一八八〇～一九四六）・与謝野晶子の三人の共著である『恋衣』には、晶子の詩六編が含まれる。その中の「君死にたまふことなかれ」は、ある意味で晶子の代表作と目されている。「七五調」の文語定型詩、すなわち新体詩のスタイルである。

窪田通治（窪田空穂）の『まひる野』には、詩が三十三編も含まれている。相馬御風（一八八三～一九五〇）の『睡蓮』と、落合直文『萩之家歌集』、草山隠者（青山霞村、一八七四～一九四〇）の『池塘集』は、短歌のみ。ただし、落合直文には新体詩の代名詞でもある「孝女白菊の歌」がある。青山は、近代口語短歌の祖と目される異色歌人である。平野万里『わかき日』には、長歌八首、「五七五七七七」の仏足石歌三首が含まれる。若山牧水（一八八五～一九二八）の『海の声』（明治四十一年）は、短歌のみ。

これで、『現代短歌全集』第一巻が終わる。

源氏文化からの離脱と、回帰

八世紀の『万葉集』の時代の定型詩には、短歌だけでなく長歌があり、旋頭歌（五七七五七七）、仏足石歌（五七五七七七）、片歌（五七七）などの形式もあった。

王朝和歌では、長歌が絶滅したわけではないが、五七五七七の短歌を「和歌」と呼び慣わすようになった。私は理工系の大学で共通教育（教養教育）に従事しているが、学生からしばしば、「日本ではどうして長歌が衰退し、五七五七七の形式一辺倒になったのですか」という質問を受ける。

「よくわからないけれども、五七五七七の音律が、よほど日本人の国民性に合っていたのだろうね」と、答えにならない答えでお茶を濁している。

『古今和歌集』を頂点とする和歌文学は、『源氏物語』や『伊勢物語』という物語文学と融合し、「源氏文化」を作り上げた。中世以降の源氏文化は、『和漢朗詠集』に含まれる漢詩に代表される中国文化や、仏教（禅を含む）などのインド文化と重ね合わされ、「立体化」することで、異文化統合を成し遂げ、平和と調和に満ちた社会を実現させようとした。

それが、本居宣長の出現と明治維新の回天で、まるごと転覆した。ここで、日本文化の「リボーン」が起きた。「源氏文化」が成立する以前にまで、文化システムはリセットされ、巻き戻されたのだ。

かくて、何でもありの近代短歌が、胎動し始めた。むろん、「旧派和歌」として、源氏文化もかろうじて存続してはいた。

源氏文化という強大な規範（羈絆）から解き放たれ、無限の自由を獲得した近代歌人たちは、自分たちの求める「歌」の定義を、抜本的に改変しようとした。そして、その試みはすべて許された。たとえば、北原白秋（一八八五～一九四二）は、『桐の花』の歌人であると同時に、『邪宗門』の詩人でもあった。さらには、童謡や新民謡も作った。これらがすべて、彼にとっての「歌」だった。

『破戒』や『夜明け前』の小説家・島崎藤村（一八七二～一九四三）は、七五調の文語定型詩『若菜集』の詩人でもあった。『蒲団』の田山花袋（一八七一～一九三〇）は、桂園派歌人の松浦辰男（一八四三～一九〇九）に学び、新体詩を残している。なお、松浦は、日本民俗学の祖となった柳田国男が、若き日に詩歌を志していた時の師でもあった。歌は詩と同義であり、散文や学問へも通じる回路を確保していたことが理解できよう。

新体詩は当初、欧米の詩歌を日本に移入する試みであったが、大町桂月・武島羽衣（一八七二～一九六七）・大和田建樹（一八五七～一九一〇）などの登場で、七五調の音律の中に「大和言葉」を盛り込むことが一般的になった。源氏文化という強固な規範から解き放たれた詩は、再び、新体詩というジャンルで、「近代の源氏文化」という新しい規範を欲し始めたのである。そして、上田敏(びん)（一八七四～一九一六）の『海潮音(かいちょうおん)』（明治三十八年）が出現する。上田は、西欧詩歌の精髄である象徴詩を、「大和言葉」や「漢語」に置き換える手法を発明した。

　近代の日本文学は、西洋の象徴詩との遭遇によって一挙に成熟し、文化としての再出発を猛然たる勢いで開始した。『海潮音』は、日本・中国・インド、すなわち「和・漢・梵」の文化を統合してきた「源氏文化」が、西洋文化をも取り込み、「和・漢・梵・洋」を立体化させることに成功した記念碑なのである。

　だが、近代短歌の世界は、近代詩の主流とは別れ、独自の進化の道を歩むことになる。短歌の世界では、源氏文化への復帰は少数派に留まった。主流である根岸短歌会（アララギ）が、『源氏物語』ではなく、『万葉集』を規範として据える戦略を採用したからである。ここで、明治時代の初期には蜜月状態であった詩と短歌が、再び分離していった。

　ところで「新体詩」は、本当に新しい詩型だったのだろうか。新体詩は、「七五」の繰り返しを基本とする。「五七」の繰り返しは、最後に「七」が加われば長歌となる。

「七五」調の新体詩は、王朝末期の『梁塵秘抄(りょうじんひしょう)』の「今様(いまよう)（今様歌(いまよううた)）」に起源がある。七五調の定型詩が、既に中世の時代に存在していた。和歌への信頼が薄れた近代に、七五調の新体詩が流行し、新しい詩歌の領域を拡大できたのは、広い意味での源氏文化の復権であったのかもしれない。ただし、それは詩の世界でなされ、短歌では主流にならなかった。

19

大和田建樹の新体詩の戦略

『鉄道唱歌』の歌詞の改訂

大和田建樹（一八五七～一九一〇）が作詞した唱歌の数々は、今日でも愛唱されている。中でも、七五調の新体詩である『鉄道唱歌』（『地理教育鉄道唱歌』）は有名である。「汽笛一声新橋を／はや我汽車は離れたり」で始まる一番は、ほとんどの大人が歌えるだろう。「汽笛一声」や「汽車」という漢語が、「たり」という文語と絶妙に入り交じり、融和している。歌詞には、洋語も交じる。

十番は、通常、次のような歌詞で歌われる（明治三十三年）。

汽車より逗子をながめつつ
はや横須賀に着きにけり
見よやドックに集まりし
我が軍艦の壮大を

ところが、この十番の後半は、明治四十四年、大和田本人によって改訂された。

見よ軍艦の雄大を
げに東海のしづめなり

「ドック」という洋語が消えている。洋語がすべて消えたわけではなく、改訂版でも「トンネル」という洋語は残っている。京都の「七条ステーション」も残ったが、「横浜ステーション」は消えた。大和田は、洋語を完全に排除しないけれども、可能であれば用いたくなかったのかもしれない。それは、漢語に関しても同じだった。

『大和田建樹歌集』は旧派和歌

大和田の短歌、ではなく和歌を集めた『大和田建樹歌集』（待宵舎（まつよいしゃ）歌集）は、彼が生涯に詠んだ一万数千首の中から、没後に弟子が約四千五百首を選び、題ごとに分類したものである。巻末には、門人の飯田季治（すえはる）（一八八二〜？）が大和田の人となりを、印象的、かつユーモラスに描いた回想文「待宵の月かげ」が載る。大和田は肥満体で、明治三十五年（数えの四十六歳）の時点で、体重が「二十三貫（かん）八百五十匁（もんめ）」（約九十キロ）もあった。

彼が巨漢であった事実と、歌集の凡例に、「恋の歌は一部門を設くるほどの数に充たず、いと少ければ全く省きぬ」とあることとは、無関係である。ただし、大和田建樹が「恋を歌わない詩人」であった事実は、重要である。明治期の歌集には、晶子や牧水など、恋の歌の花々が、絢爛と咲き誇っていたからである。大和田は、恋ではなく「文化」を歌った。それでは、『大和田建樹歌集』を読んでみよう。

　　新年天
何(なに)となくうれしきものは水色にはれてあけゆく年の初空
　みるく牛の乳といふ事を物名にして
仰ぎみるくもの上にもひく牛のちぢの思ひをしる人もがな

「何となく」は、歌集冒頭に置かれている。石川啄木の「何となく、／今年はよい事あるごとし。／元日の朝、晴れて風無し」を連想させるものがある。「水色にはれて」の箇所が常套的でなく、旧派和歌なりに新鮮である。『夫木和歌抄』に、「雲晴れて月澄み渡る夏の夜は濁らざりけり水色の空」という用例はあるが、これは「夏月」という題で詠まれている。「初空」にも、「今朝よりは雪気(ゆきげ)の雲の跡(あと)晴れてみどりに返る春の初空」（『夫木和歌抄』）のような用例があるが、大和田の歌は清新である。「みるく」「牛のちち」のような「物名歌(ぶつめいか)」の言葉遊びの歌も多く、現代歌人・塚本邦雄の言語遊戯を連想させる超絶技巧である。

　大和田は、狂歌にも当意即妙の冴えを見せ、俗語や漢語も自在に駆使した。だが、それらは「歌集」には含まれていない。大和田建樹は、三十一音の短詩形においては、「みるく」のような言葉遊びは別として、洋語はもちろん、漢語を交えない、純然たる旧派歌人だった。

あけわたる太平洋の波の上にかゞやきいでし日の本つ国　（明治二十八年の年の始に）

四千五百首のうち、この歌だけは、訓読みすれば「おほわだつみ」であろうが、「たいへいやう」と音読みする漢語である可能性が高い。

『新体詩学』の文学史

大和田建樹の『新体詩学』は、明治二十六年に、博文館から発行された。外山正一・矢田部良吉・井上哲次郎による『新体詩抄』(明治十五年)から、十一年後である。

冒頭の「開題」では、用語論を先取りするかたちで、新体詩には現代語が不適であり、新体詩の模範とすべきは伝統的な古文である、という信念が提示されている。

「新体詩の歴史」では、詩歌と歌謡の歴史を詳細に辿っている。このあたりでは、「チャート式」の学習参考書を読んでいるかのような、明快な図式化がなされている。

大和田は、『万葉集』の長歌が「五七調」であったのに対し、『古今和歌集』の長歌が「七五調」へと転換した事実を重視する。江戸時代には、国学の隆盛に伴って万葉風の「五七調」の長歌が復活した。けれども、それを「七五調」へと引き戻したのが、海野遊翁(一七九四〜一八四八、幸典)と弁玉(一八一八〜八〇)であったとして、二人の歌人を高く評価している。弁玉は、橘守部に学び、近藤芳樹とも親しかった人物である。

さらに大和田は、長歌とは別の歌謡の流れとして、「催馬楽」を挙げている。催馬楽は、「今様歌」を生み出した。今様歌は、「七五調」である。「今様」と「新体」、「歌」と「詩」はそれぞれ対応しているから、「今様歌」は文字通り、当時の「新体詩」であったのであり、七五調の音律も一致している。だが、音楽（音節）的な制約があって、今様は「七五、七五、七五、七五」の四十八音に留まり、それ以上は長くならなかった、そこが、どこまでも長くなりうる新体詩との最大の違いである。

今様歌は、鎌倉時代や室町時代には「宴曲」を生み出した。宴曲は、七五調を基本としつつも、長さが伸び、かつ七五調に限らない。そこからさらに、「謡曲」の詞章の文体が発生した。

大和田建樹は謡曲を愛し、『謡曲通解』（全八巻）、『謡曲評釈』（全九巻）などの著書がある。飯田季治の「待宵の月かげ」でも、「此の時代に謡曲の文学的価値を認めて、之を学界に唱導し、室町時代の文学史中重要なる地位を占むるまでに至らしめたのは、確に大人（引用者中、大和田のこと）の功である」と特筆されている。

『新体詩学』には、かなり長い「参考室」が付録として付いている。新体詩を創作する際に参考となる、過去の名文の実例集である。海野遊翁や弁玉の作品もある。この参考室には、謡曲から何と、『景清』『室君』『蟬丸』『八島』『夜討曾我』『俊寛』の六作が選ばれている。

ここで連想するのは、謡曲を、「死と追憶による優雅の文化意志」（『日本文学小史』）と見做した三島由紀夫の謡曲観である。三島は少年時代から謡曲の文体を愛していた。昭和十七年、保田與重郎（一九一〇～八一）と初めて対面した時にも、保田が謡曲に関して低い評価しか口にしなかったことに失望したほどである。

謡曲は、『新古今和歌集』の韻文と、『源氏物語』の散文とが融合した、独自の文体である。つまり、謡曲の文体は、藤原定家の『新古今和歌集』を経由した「源氏文化」の生み出した特異な文体だと言える。大和田と三島とには、「謡曲の文体」を愛した点で、大きな共通項があった。

大和田には、南朝の忠臣である楠木正成を称える新体詩や、日露戦争などを歌った軍歌の作詞も多い。それらと、三島の『奔馬』や辞世歌とを比較すれば、さらなる共通項が発見できるかもしれない。

さて、大和田は、今様歌の系譜として、宴曲や謡曲があったことを述べた後で、その流れが江戸時代の浄瑠璃や長唄へも注ぎ込んでいると言う。

ところで、催馬楽からは、今様歌への流れのほかに、もう一つ「小歌（小唄）」への流れもあって、それが端唄（はうた）・田植歌へと繋がる、と大和田は図式化し、整理している。

このように、歌謡の歴史はいささか複雑ではあるのだが、結論としては、「新体詩」はいつの時代にも存在したものであり、十九世紀の今の時代には「十九世紀の新体詩」が必要であるというのが、結論である。明治の新体詩を生み出すには、過去の時代の新体詩の長所を参考にすればよい。

馬場あき子や塚本邦雄たちの戦後短歌が『閑吟集』や『田植草紙』から活力を得たのも、明治の新体詩運動との比較において論じてよいだろう。塚本の歌謡調の短歌作品が、「連作」であった事実も、新体詩の長編性と関連するのかもしれない。前衛短歌は、戦後の「新体詩」運動だったかもしれないのである。

『新体詩学』の用語論

それでは、新体詩には、どのような言葉を用いるべきなのか。大和田は、西洋風の「言文一致」は、新体詩の参考にならない、と断言している。その理由は、明示されていない。おそらく、新体詩が「歌＝韻文」であり、「小説＝散文」ではないからだろう。つまり、会話文や俗語文ではないのだ。

大和田は、新体詩にふさわしい言葉を、文語から選ぶ際の注意事項を数え上げる。選ぶべき言葉が三種、避けるべき言葉が四種ある、という。すなわち、「穏（おだやか）なるを撰べ」「簡潔なるを撰べ」「優美なるを撰べ」、「分りにくきを避けよ」「口調あしきを避けよ」「卑俗なるを避けよ」「突然なるを避けよ」と、大和田は助言する。

漢語は一見すると「簡潔」に見えるが、日本語にはなじまない場合があるので、要注意だ、とも述べている。漢語は「簡単」ではあるが、「簡潔」ではないのだ。

さらに進んで、大和田は新体詩の技巧として、「いひかけ（懸詞）」「縁語」「序詞」「枕詞」の四つを挙げている。

ここに到って、大和田が目指した新体詩とは、たとえ漢語が残っていたとしても、本質的には和歌、それも旧派和歌と基盤を共有するものだったことがわかる。

長歌や催馬楽の系譜に繋がる歌謡から「長編化」という方法論を採用し、「言文一致」運動への反措定として、文語を用いた旧派和歌を、近代化させようとしたのである。

その壮図は、三十一音をそのままにして、和歌を短歌に組み替えようとした正岡子規の戦略と、対照的である。だが、結果的には、どちらもそれなりに成功したと言えるだろう。そして、それなりに限界があったとも言えるだろう。

漢語を好まない大和田でも、新体詩では、どうしても漢語を排除できない。すると、その漢語が、かえって詩の眼目となる。たとえば、唱歌『故郷の空』。

夕空はれて　秋風吹き
月影落ちて　鈴虫鳴く
思へば遠し　故郷の空
ああわが父母（ちちはは）　いかにおはす

唯一残った漢語である「故郷」が、この唱歌の字眼である。「ふるさと」ではなく、「こきやう」。二番でも、「思へば似たり　故郷の野辺」とある。

新体詩には、漢語も洋語もわずかながら残ったから、旧派和歌の新生、あるいは新展開に成功した。新体詩は、西洋文学の移入ではなく、日本の「源氏文化」の復活であり、新生だった。わずかとはいえ、漢語や洋語が残り、それが新鮮に響いた。大和田建樹の新体詩は、七五調の長歌、今様歌・謡曲の系譜に繋がる「長編」の「うた」なのである。

20

落合直文は、なぜ「折衷派」なのか

落合直文と漱石・子規

本章では、落合直文（一八六一〜一九〇三）を取り上げる。「浅香社」を興し、与謝野鉄幹や金子薫園らを育てた国文学者・歌人である。

夏目漱石（一八六七〜一九一六）は、幼少期に塩原家の養子となった。後に夏目家に戻ったが、大きなトラウマが残った。この時の養母の「やす」は、漱石の自伝小説『道草』では「御常」という名で登場する。現代人は、『道草』の印象が強いので、塩原夫婦にはどうしても好意を持てないのだが、「やす」と落合直文には、不思議な繋がりがある。

直文は陸前の人で、鮎貝家に生まれたが、落合家の養子となった。落合家の長女・松野を許嫁とするが、松野は急逝してしまう。松野の妹である竹路（竹次）と結婚したが、後に離婚。菊川操（操子）と再婚した。直文が浅香社を興したのは、その後である。漱石の養母「やす」の旧姓は菊川で、操の血縁だったという。

直文と漱石は、歌人の天田愚庵（一八五四〜一九〇四）を介しても繋がっている。漱石に「一東の韻に時雨るる愚庵かな」という俳句があるが、この愚庵は直文の養父直亮（一八二七〜一八九四）の弟子である。漱石の親友である正岡子規も愚庵とは昵懇で、直文は子規とは短歌革新の同志として、深く交流している。

数えの三十六歳で没したために晩年の短かった子規は、『墨汁一滴』で、直文の歌を舌鋒鋭く論評した。だがこの時、直文は子規の自分に対する批判が鈍らないようにという配慮から、子規への病気見舞いの林檎をあえて贈らなかった、というエピソードも伝えられている。実際、子規と直文の短歌を比べてみると、意外なほど、距離は近いと感じられる。

瓶にさす藤の花ぶさみじかければたゝみの上にとゞかざりけり
文机に小瓶をのせて見たれども猶たけながし白ふぢの花
(小瓶をば机の上にのせたれどまだまだながししら藤の花)

前者が子規、後者が直文。( )の中は、直文の歌の改稿例である。不思議なことに、共に、明治三十四年の作である。『墨汁一滴』で、子規が直文を批評した直後である。『墨汁一滴』では、子規は三月二十九日から四月三日まで、直文が『明星』に発表した最新作を批判し、四月二十八日に自らの「藤の花ぶさ」の歌を記した。一方、直文の「白ふぢの花」は、『国文学』(国文学雑誌社)の三月号(実際の発行日は未確認)に、『明星』への既発表作を含んで発表された。

おそらく直文が子規の歌に影響を受けたのだろうが、逆の可能性も皆無ではない。子規からの影響だとすれば、直文の「新体詩」に「ガラス」という外来語が見えるのも、その一例かもしれない。

軒端をわたる風の音

ガラスにうつる月のかげ
寒さにわれも寝られぬを
ひとりや人もあかすらむ

この直文の新体詩の制作時期は、何と明治十九年の可能性もあるらしいが、「夜の床に寐ながら見ゆるガラス戸の外あきらかに月ふけわたる」（明治三十三年）のように、「ガラス戸」短歌をたくさん詠んだ子規からの影響のようにも感じられる。

もし、子規から直文へという影響が想定できるとすれば、直文は、同時代の優れた歌を摂取するのに前向きだったことになる。それだけ、自分の歌を、時代に適応させて変えたかったのだろう。

短歌なのか、和歌なのか

落合直文の歌の中には、漢語や洋語が見当たらない。用語だけから言えば、完全な「旧派和歌」だった。

直文の「この身もし女なりせで（「なりせば」の誤植）わがせことたのみてましを男らしき君」という歌を、子規は『墨汁一滴』で、「『女にて見たてまつらまし』（「見たてまつらまほし」が正しい）など『源氏物語』にあるより翻案したるか」と指摘し、この翻案は失敗である、と結論している。直文の限界を見破った子規の眼力は鋭い。確かに、直文には『源氏物語』を揺曳させた歌が多い。

ただひとり式部の墓に手むけして紫野くれば雉子なくなり

紫式部の墓
（京都市北区）

『落合直文全歌集　改訂普及版』（落合直文会）の「補注」では、この「式部」（第五句は「ほととぎすなく」）を和泉式部のこととしているが、誤りではないか。南北朝時代の『河海抄』（四辻善成）には、紫式部の墓所が雲林院白毫院の南、小野篁の墓の西にあると記されている。雲林院は紫野にある。現在も島津製作所の敷地の一角に、紫式部の墓と、小野篁の墓とがある。私の先師・塚本邦雄の眠る妙蓮寺からも近く、個人的には何度も訪れている。もう少し北へ行けば大徳寺である。

和泉式部の墓と伝えられものは全国各地にあるが、京都では新京極の誠心院の墓所が有名である。新京極と紫野の距離は、近くはない。

落合直文は国文学者であり、古典の校注や評釈を遺している。当然、『源氏物語』の研究が大きな目標だった。前掲『落合直文全歌集　改訂普及版』の「略年譜」には、明治三十四年の項に、「『源氏物語新釈』に着手するも病のため果たさず」とある。直文は、明治三十六年に数えの四十三歳で没した。養父・落合直亮の詠んだ追悼歌を見てみよう。

今朝までも夢かとばかりたどりしにさめぬを見れば現なりけり

桐壺更衣を喪った桐壺帝の、「しばしは夢かとのみたどられしを」という言葉を踏まえている。直文は、明治十五年に許嫁の松野が急逝した時に、新体詩を献じている。

夢と見てしは現（うつつ）にて
現と見しや夢ならむ。
枕べ近く探れども
我が思ふ人は在らぬなり

これは、『荘子』の「胡蝶の夢」を踏まえているが、それだけでなく、桐壺巻と、それが踏まえている『長恨歌』の世界でもある。落合直文の名声を高めたのは、長編の新体詩「孝女白菊の歌」（明治二十一年）だが、表現の随所に『源氏物語』の言葉や場面設定が、ちりばめられている。

直文は『源氏物語』を愛したが、本居宣長の「もののあはれ」の磁場の中にある。だから、戦いを厭わない愛国歌も残している。

緋縅（ひをどし）のよろひをつけて太刀（たち）はきて見ばやとぞおもふ山ざくら花

この歌は、本居宣長の「山桜花」の系譜に連なっている。新体詩「桜井の里（桜井の訣別（わかれ）、青葉茂れる）」を紹介するまでもなく、直文の壮士的・愛国的な傾向は著しく、幕末の攘夷思想・愛国歌の延長線上にあることは、誰しも異論がないだろう。それが、与謝野鉄幹の出発点とも重なる。

直文が、明治二十三年に「軽気球」を詠んだ歌。

天かけりし岩樟船の神代をもうつつに今はみる世なりけり

神話に登場するアメノイワクスフネノカミは、別名をアメノトリフネと言い、空をも飛んだと伝えられる。神代の再現として、近代の文明開化はある。「軽気球」を「岩樟船（いはくすふね）」と言って憚らぬ感覚は、「旧派和歌」のものである。あるいは、神風連の人々の文明観とも近い。

落合直文が、新体詩ではなく「歌」で外来語を用いた例外としては、明治三十三年、中国で起きた義和団の乱を背景に詠んだ歌がある。

たちまよふ亜細亜の空の黒雲よ雨にならむか風にならむか

この「亜細亜」（アジア）は、漢字の地名であるので、外来語という意識は薄かったかもしれない。直文は、漢語もほとんど用いない。しいて捜せば、次の一首（明治三十三年）が見つかる。

ふるさとの煉瓦の築土（ついぢ）苔むして歌にいるべくなりにけるかな

第四句「歌にいるべく」は、「歌に詠む素材としてふさわしい」の意味だろうか。「煉瓦」は漢語ではあるが、苔生（む）しており、日本化しているので、歌に詠んでも構わない、という論理構成である。ちなみに、直文の初期（明治十九年、あるいは十四年）の制作かとも言われる新体詩にも「煉瓦」が用いられている。だが、根拠を示せといわれても困るのだが、これも明治三十三年前後の作ではないかと、私には思えてならない。

煉瓦の垣もうちくづれ

　　庭にはあまた虫のこゑ
　　昔にも似ぬありさまに
　　ハンカチーフもぬれにけり

むろん、「煉瓦」以外の漢語は直文の歌から排除されている。落合直文の歌は、短歌ではなく、和歌なのである。

落合直文の目指した「歌」

直文の「和歌」のキーワードは、ずばり、「歌」である。彼の再評価は、「歌」への思いの熱さを汲み取ることから始まると思う。

よむままに病もわれはわすれけり歌やこの身のいのちなるらむ
わが恋ふる歌てふものの人ならば瘦せしこの身をあはれと思はむ
さ夜中にひとり目ざめてつくづくと歌おもふ時はわれも神なり
わが歌をあはれとおもふ人ひとり見出でて後に死なむとぞ思ふ

石川啄木が「こころよく／我にはたらく仕事あれ／それを仕遂げて死なむと思ふ」と歌ったのは、明治四十二年。直文の歌は、明治三十三年。明らかに直文が先である。

歌こそ、わが「いのち」。歌を思う時、私は「神」である。このように高揚した「歌」に対する認識は、直文の弟子である与謝野鉄幹や晶子の「歌」に対する強烈な思いと連動している。「よむままに」は、『明星』の創刊直前の明治三十二年である。「歌てふものの人ならば」は、『明星』の創刊直後。「われも神なり」は、『明星』六号、「死なむとぞ思ふ」は『明星』八号の発表である。

明治の短歌の草創期には、師も弟子もなかった。弟子から師が教えられ、鼓吹されることもあっただろう。鉄幹は直文の指導を受けながら、明治二十九年には『東西南北』、翌年には『天地玄黄（てんちげんこう）』を世に問うていた。鉄幹の詩魂（歌ごころ）は、あたかも天馬空を翔けるがごとき勢いがあった。

落合直文は、明治の短歌界にあって、旧派にも新派にも理解を示したことから、「折衷派」と呼ばれている。直文の歌自体は、旧派の「和歌」だった。決して、新しい「短歌」ではなかった。だが彼は、子規や鉄幹が切り拓いた新しい時代の短歌の長所を理解してもいた。それを果敢に取り込んで、自らの細りつつある命の最後の輝きとした。彼は、「和歌」から「短歌」へ脱皮する願いを、最も純粋に持ち続けた明治の歌人だった。

21

樋口一葉は旧派歌人だった

歌人としての一葉

『広辞苑』と『日本国語大辞典』は、「樋口一葉」という項目の冒頭に、どちらも「小説家」と記す。むろん、中島歌子（一八四四～一九〇三）に和歌を学んだという記述はある。だが、これでは、一葉が和歌を学んだことと、小説を書いたこととの間に、どのような関係、あるいは径庭があったのかが、わからないではないか。

和歌では表現できないことを小説で書いたのか、和歌の世界を母胎として和歌的な小説を書いたのか。実際のところ、一葉は後者である。だから、一葉は「歌人・小説家」と定義すべきだと思う。

一葉の和歌は、筑摩書房の『樋口一葉全集・第四巻の上』に網羅されているが、佐佐木信綱の編んだ『一葉歌集』（博文館・大正元年）は、一葉の十七回忌の記念として制作されたものであり、信綱の選択眼と解説が光っている。

その解説で、信綱は、一葉の詠んだものが「短歌」ではなく「和歌」だった、という事実から述べ始める。一葉は、「短歌革新」の以前に「和歌」を学んだので、旧弊に「囚はれたる歌」（型にはまった歌）ではあるものの、「歌に於ける題詠上の工夫が、自ら小説の上にさまざまに思を構へ心をめぐらしけむ素地をなせるもあるべし。女史の小説とその恋歌との間には、自ら相通ずるものあるべきこと亦疑ふべからず」と述べている。

和歌を含む新世社『樋口一葉全集』第五巻（昭和十六年）の編集を担当した萩原朔太郎は、解説の中で、「そこで結論を断定すれば、要するに一葉といふ文学者は、素質的に秀れた小説家、散文家であつて、天成的に真の詩歌人ではなかつたのである」と断言する一方で、彼女が七年間で約四千首もの和歌を詠んだ理由をいぶかしんでいる。

朔太郎の目には「退屈」と見える「無意味な歌」を、なぜ天才的な女性小説家たる一葉が、飽きもせず量産し続けたのだろうか。その落差に朔太郎は驚き、悩んだ。近代詩人である萩原朔太郎は、「源氏文化」が日本文化の本流であり、その水脈を近代の旧派歌人が受け継ぎ、必死に改変しようとした事実を知らなかった。正確には、一葉の苦闘の意義を、朔太郎は理解できなかった。だからこそ、萩原朔太郎は「近代詩人」の極北なのである。

源氏文化と無関係の立場で、朔太郎は天才的な詩人となった。私は、本居宣長の「反・源氏文化」との対比で、このような萩原の立場を「非・源氏文化」と呼んでいる。『源氏物語』の威力と魔力を知らなかったので、朔太郎は「源氏文化＝和歌文化」の呪縛に苦しむこともなく、近代詩の金字塔を打ち立てることに成功した。知っていれば、どうしても「囚はれたる詩」になる。朔太郎の場合は、知らないことが幸運だった。

だが、一葉は、日本文化の本質を知っていた。若くして源氏文化に触れ、それに囚われた一葉は、朔太郎よりもはるかに困難な文学的出発をした。一葉は旧派の和歌を学びつつ、「源氏文化＝日本文化」の長所と欠点を、若くして洞察した。そして、旧派歌人のままで、小説家でもあろうとした。

一葉の文学世界は、佐佐木信綱が見抜いたように、古典和歌が母胎だった。正岡子規たちの短歌革新によらない「旧派和歌」が、近代小説の最初期の収穫である『たけくらべ』や『にごりえ』を生んだのである。それは、言文一致ではない、何とも不思議な近代小説だった。

現代小説というジャンルが閉塞しつつある現在、一葉の「古典和歌を基盤にした小説」は、その先駆的な文化史的な意義を、もっと評価されてよいのではないか。「近代短歌を基盤にした小説」や「現代短歌を基盤にした小説」と大きく異なるのは、一葉が源氏文化にどっぷりと浸っていただけでなく、それに心から反発していた点に、その要因が発見できる。

調和を打ち破るのは「情熱」

萩原朔太郎の『樋口一葉全集』第五巻の解説の中には、「詩は主観の情熱によつて作られ、小説は客観の描写によつて書かれる」という一節がある。一葉は和歌の稽古に「熱意」を持っていたが、彼女の和歌には「情熱の稀薄」という致命的な欠陥がある。一方で、一葉の小説には、「世態人情の機微」が描出されている、と朔太郎は高く評価する。本当だろうか。

本書で見てきたように、源氏文化の和歌は、ファナティックな「情熱」ではなく、調和や平和、融和などの、知的な「和」の思想に基づいている。正月の宮中歌会始の思想でもある。この「和」の思想を打ち破ろうとする情熱を持った歌人が現れた時、「歌を超える歌」としての小説が書かれる。散文である小説の本質は、「和」の思想への懐疑心であり、言わば「不協和」であると、私は思う。

朔太郎は、佐佐木信綱や斎藤茂吉などの一流歌人が、一葉の「恋歌」を褒めている事実を紹介したうえで、自身もその評価に賛同する。問題は、ここにある。なぜ、一葉の恋歌だけが褒められるのだろうか。

『古今和歌集』の仮名序で、和歌は、男と女の仲を結びつける触媒だと定義された。恋歌は、男女関係を融和させることを第一義とする。だが、得恋の喜びの和歌は少なく、恋の苦しみや嘆きをテーマとする和歌の方が、圧倒的に多い。恋歌は、「和」に到る前段階としての「不協和」を歌うのが、本来の姿なのだ。

一葉の恋歌も、しかり。恋愛体験のほとんどない和歌の入門期に、十代の一葉は恋歌を量産することで、男と女の不協和を表現する力を獲得した。それが、男と女の関係への不信を表明する、一葉の小説群へと転移した。

けれども、一葉の恋歌を評価するのならば、彼女の「恋歌以外の和歌」を否定することはできないのではないか。季節の歌でも、雑（ぞう）の歌でも、賀の歌でも、「不協和を通して調和へ到る」という一葉の祈りが、明瞭に読み取れるからである。

一葉の恋歌は、いつの世にも変わらぬ「愛の不如意（ふにょい）」を描き、一葉の小説は「女を幸福にしない近代日本の男」を描く。一葉は、和歌と小説の双方で、平和と調和を妨げている壁の大きさを描いた。そして、その壁を突破したいという情熱を、人一倍強く持っていた。だから、彼女の作品の読者も、その情熱を受け継ぐ。萩原朔太郎は、一葉が和歌に賭けている「情熱」の量を、見誤ったと言わねばならない。

『恋百首』と小説の距離

明治二十一年四月、中島歌子の歌塾「萩の舎（はぎのや）」で、一葉が塾生たちと競作したのが、『恋百首』である。まだ数えの十七歳だった一葉に、現実の恋をした経験があろうはずはない。半井桃水（なからいとうすい）（一八六〇

萩の舎跡プレート
（東京都文京区春日）

〜一九二六）との出会いは、この三年後である。

玉すだれ間近きほどに住みながら思ふ心を言ふよしもなし　（「一所恋」）

人知らぬ山の奥にや隠れけむ尋ぬるかひもあらぬ頃かな　（「隠恋」）

『伊勢物語』第二十三段の「筒井筒」のように、隣同士に住んでいる少年少女が、互いに好意を抱く話は多い。一葉が書いた最初の小説『闇桜』も、隣同士に住む男女の悲しい恋模様だった。代表作の『たけくらべ』は、隣同士ではないけれども、近所同士の男女という点で、「筒井筒」の影響下にある。

「一所恋」（ひとところのこひ、ひとつところのこひ）は、一つ屋根の下で暮らす男女の恋をテーマとしているのだろう。たとえば、「義理の母親と、義理の息子」、「兄嫁と、義理の弟」、「兄と妹のように育てられた叔父と姪、あるいは従兄妹同士」などの人間関係を想定すればよい。

一葉が数えの二十三歳で書いた小説『花ごもり』は、一つ屋根の下で、兄と妹のように暮らしていた従兄と従妹（「与之助」と「お新」）が、結局は結ばれなかった顛末を描いている。「一所恋」は、成就しなかった。

「隠恋」（かくるるこひ）は、男が姿を隠す場合と、女が姿を隠す場合とがある。一葉の和歌は、どちらとも取れるが、姿を隠した女の居場所を、男が探し求める方が確率は高いと思う。「かひ」が、「ききめ・しるし・効果」などの意味を持つ「甲斐（効）」と、山の「峡」の懸詞である。

一葉の小説『花ごもり』では、与之助との結婚を断念した「お新」は、女中として奉公することになり、雇い主である親切な画家夫婦と共に、「甲斐」（現在の山梨県）へと旅立つ。

一葉が『恋百首』で、「一所恋」と「隠恋」を詠んだ時には、この二首は、別々の小宇宙を作っていた。ところが、小説を書く際に、彼女の発想は、登場人物の設定、場面構成、ストーリー展開、さらには主題までもが、和歌に基づいてしまう。これまでに自分が詠んできた和歌の断片が、いくつも寄り集まって大きくなり、「小説」の宇宙へと膨張してゆく。

一葉の場合には、和歌のビッグバンが、近代小説となった。この時、かつて詠んだ『恋百首』の和歌が蘇り、「尋ぬるかひ」の「かひ」が地名（国名）としての「甲斐（かひ）」という、三つ目の意味を獲得したのである。

『花ごもり』と古典和歌

『花ごもり』は、一葉が二十三歳の作であり、明治二十七年二月に活字となった。この年十二月の『大つごもり』から、傑作が相次いで誕生し、いわゆる「奇跡の十四か月」が始まる。

『花ごもり』は、一葉文学の助走ではない。言うならば、和歌が小説へと変貌・昇華した瞬間を捉えることのできる、指標的な小説である。

その『花ごもり』の結末で、「一所」（同じ屋根の下）で暮らす幼なじみとの愛を失ったお新は、山梨に引きこもる。その場面では、『古今和歌集』の和歌が重要な役割を果たしている。よく知られた事実ではあるが、一葉の両親は、山梨の出身だった。彼らの郷里である山梨には、「差出の磯（さしでのいそ）」という歌枕がある。

『古今和歌集』の巻七、賀。読み人知らず。

塩の山差出の磯に棲む千鳥君が御代をば八千代とぞ鳴く

「やちよやちよ」という千鳥の泣き声（オノマトペ）を、「八千代」へと強引に引き寄せて、賀歌としている。このおめでたい歌を、一葉は、恋人に裏切られて幸福になれなかった女の無念を代弁させる表現へと、暗転させた。

賀歌の理念は、平和と調和が実現し、幸福な人間関係が構築されたことに対する喜びと感謝の気持ちを表明することである。だが一葉は、この歌を、不幸なる女の魂の紋章として、自らの小説に刻印した。それが、一葉の歌人としての誇りであり、近代人としての存在根拠だったのである。彼女は、源氏文化が体現する「和の思想」に対して、旧派歌人なればこそ、渾身の異議申し立てを行った。

お新が奉公することになった老画家は、「先祖が生国ときく甲斐の差手に、磯千鳥君が千代をば八千代となく景色さぐりがてら、厭気の出づるまで彼のあたりの山家にしばし引きこもらん」というつもりである。若いお新は、画家に絵を学びつつ、愛していながら別れた与之助の姿を絵に描いて偲ぶ覚悟である。「いかならんと思ひやる与之助より、差出が磯に千鳥を友として、悲しき恋の面影を描くらん、不憫やお新が心の内」という、書き止しのような文章が、『花ごもり』の末尾である。なお、『古今和歌集』では、「君が御代をば」であるが、一葉は『花ごもり』を書く際には、「君が千代をば」と、筆がすべって誤記している。「八千代」に引かれて、「御代」が「千代」になってしまったのである。

お新の心には、「千代」にも「八千代」にも永続する愛を求める情熱がある。だが、文明開化の明治の「御代」の千鳥は、生き別れになった「友」を慕って鳴くしかなかった。明治国家では、「古典和歌＝源氏文化」の説く平和と調和の理念は見失われ、家族も恋人も引き裂かれてしまう。一葉は、そこをエネルギー源として、文学者として離陸した。

樋口一葉の旧派和歌は、近代日本社会の壁を突破しようとし、現に突破した。彼女には、革新された近代短歌は不要だった。

22

森鷗外の和歌と小説

鷗外は、旧派歌人だった

森鷗外（一八六二～一九二二）は、近代最大の文豪として、夏目漱石と並び称されている。ならば、鷗外の「近代」とは、何だったのか。本章では、そこを問う。

鷗外は、生涯にわたって、「和歌・短歌」への関心を持ち続けた。中でも、自宅で開催した観潮楼歌会は有名である。明治四十年三月から四十三年四月まで、二十六回の開催記録がある。「アララギ」の伊藤左千夫・長塚節・斎藤茂吉、「明星」の与謝野鉄幹・吉井勇・石川啄木・北原白秋、さらに第三者的立場として、佐佐木信綱たちの参加があった。近代短歌を代表する錚々たる顔ぶれである。鷗外は、短歌革新が達成された後で、「アララギ」（写実主義）と「明星」（ロマン主義）という、二つの新しい短歌が対立しているのを、何とか解消しようとした。

だが、鷗外本人は、「近代短歌」よりも、「旧派和歌」に親近性を持っていた。明治三十九年六月から、大正十一年まで開かれた常磐会歌会は、旧派歌人の牙城だった。

常磐会が結成された明治三十九年は、観潮楼歌会の開始する前年であり、終了した大正十一年は鷗外の没年である。常磐会の幹事は鷗外と、鷗外の親友である賀古鶴所の二人。元勲の山県有朋も参加しており、鷗外にとっては特別な意義を持っていた。

選者は、井上通泰（一八六六〜一九四一）・佐佐木信綱・小出粲（一八三三〜一九〇八）・大口鯛二（一八六四〜一九二〇）。信綱以外は、純然たる旧派歌人である。

鷗外がこの常磐会に出詠したのは、短歌ではなく、和歌だった。すなわち、彼のホーム・グラウンドは、旧派和歌である「和歌文化＝源氏文化」だったのである。ビジターとして、近代短歌への越境も試みたというのが、歌人としての鷗外の実態だった。

『常磐会詠草』から、鷗外の和歌を一首、挙げよう。

門に待つしのびぐるまの搨のうへに藤の花ちるよもぎふのやど

「よもぎふのやど（蓬生の宿）」という言葉は、『源氏物語』の蓬生巻の巻名に由来している。言葉だけではない。蓬生巻の、「大きなる松に、藤の花の咲きかかりて、月影になよびたる」光景を見て、光源氏が自分の乗っている牛車を止め、末摘花と再会を果たした場面設定に、鷗外は依拠している。

つまり、鷗外は、『源氏物語』の中に入り込み、文学的な想像力を存分に羽ばたかせている。鷗外が、詩的な文学活動を行う際の創造力の母胎は、『源氏物語』だったのだ。

鷗外文学の原型は、観潮楼歌会ではなく、常磐会にある。近代短歌ではなく、旧派和歌の世界なのだ。「近代の文豪」というレッテルに、惑わされてはならない。鷗外の小説の「原質」は、彼が詠んだ和歌の中にある。

『舞姫』のエリスと夕顔

鷗外の残した小説の中で、最も多数の読者を獲得しているのは、『舞姫』と『雁』だろう。この二つの小説は、舞台こそ、ベルリンと東京に別れているものの、人物造型と場面構成が酷似している。まるで、同じ遺伝子を共有する一卵性双生児のようだ。

ただし、この一卵性双生児は、異なる家庭環境で育った。「文体」という衣裳が、大きく異なっているのだ。『舞姫』（明治二十三年）は、「文語文＝雅文体」で書かれ、『雁』（明治四十四～大正二年）は、口語文（言文一致体）で書かれた。

近代日本は、「源氏文化＝和歌文化」を親の仇のように敵視し、よってたかって解体しようとした。短歌においては、旧派和歌から近代短歌への改革がなされた。小説においては、文語文から口語文への移行がなされた。その結果、『源氏物語』や『古今和歌集』で用いられた「古典語＝詩歌語」が、韻文からも散文からも排除されかかったのである。

この時、近代日本において、「源氏文化＝和歌文化」を昇華、あるいは、弁証法的に止揚する試みが、ごくわずかながらなされた。森鷗外の文学史的な重要性は、この点に求められる。

樋口一葉は、旧派歌人のままで、近代小説を書いた。それと同じ次元の小説が、鷗外の『舞姫』である。言文一致で書かれた鷗外の『雁』は、もしも樋口一葉に余命があって、彼女が口語文で小説を執筆したならば、どうなったかを推測させてくれる。

『舞姫』と『雁』は、どちらも『源氏物語』夕顔巻の遺伝子を発芽させている。すなわち、夕顔を母とする姉妹が、「エリス」と「お玉」であり、光源氏を父とする兄弟が、「太田豊太郎」と「岡田」なのである。

『舞姫』では、ある夕暮、ベルリンの「狭く薄暗き巷(かうぢ)」を歩いていた豊太郎が、泣いている一人の白人少女と出会う。「この青く清らにて物問ひたげに愁を含める目の、半ば露を宿せる長き睫毛に掩(おほ)はれたるは、何故に一顧したるのみにて、用心深き我心の底までは徹したるか」。「目の、……睫毛に掩われたる(目)は」という同格の構文は、古文に頻出する文語表現である。鷗外は、かなり『源氏物語』を読み込んでいる。

光源氏は、とある夕方、むさ苦しい五条大路の陋巷(ろうこう)を眺めていて、不思議な家の存在に気づく。そこには、青い蔓が這(は)い掛かり、白い夕顔の花が咲いていた。

心あてにそれかとぞ見る白露の光添へたる夕顔の花

『舞姫』で、薄暮の中に浮かび上がったエリスの白い顔に置いた、露のような涙は、『源氏物語』の夕顔巻の再現だった。

エリスは、夕顔の宿命である「不幸と悲劇」をも再現する。夕顔は、「物の怪(もののけ)」に取り殺されてしまった。ただし、『舞姫』は近代小説なので、エリスが「物の怪」に取り殺されたという結末にはできない。そこで、豊太郎の親友である相沢謙吉(あいざわけんきち)が嫌われ役となり、豊太郎とエリスを引き裂いた。エリスは、夕顔のようには絶命しないが、狂女となる。

エリスの悲劇の最大の原因は、『舞姫』が『源氏物語』夕顔巻の遺伝子を引き継いでいた点に求められる。

『雁』の結末は、悲劇なのか

『雁』は、既に述べたように、口語体、すなわち、言文一致の文体で書かれている。にもかかわらず、『源氏物語』夕顔巻への依拠は、『舞姫』よりも増大している。夕食後の散歩を日課とする岡田は、「けちな家が軒を並べて」いる一郭を通ってゆく。裁縫を教えている家には、大勢の娘たちがいて、通行人が通ると一斉に眺める。ここは、牛車(ぎっしゃ)に乗った光源氏を、夕顔の侍女たちが競って覗く場面の、そのままの「引用」である。インスパイアされたとか、オマージュであるとかの次元ではない。

しかも、岡田が、お玉の顔を初めて見る場面と、夕顔巻の文章とを並べてみよう。

そして丁度真ん前に来た時に、意外にも万年青(おもと)の鉢の上の、今まで鼠色の闇に鎖されてゐた背景から、白い顔が浮き出した。しかもその顔が岡田を見て微笑んでゐるのである。(『雁』)

切懸(きりかけ)だつ物に、いと青やかなる葛(かづら)の、心地よげに這ひかかれるに、白き花ぞ、おのれひとり笑みの眉、開けたる。(『源氏物語』夕顔巻)

夕顔巻の「青やかなる葛」「白き花」「おのれひとり笑み」が、『雁』では「万年青」「白い顔」「微笑」となって、近代化された。鷗外は、夕顔を近代日本に転生させた。それが、お玉だった。若かりし頃、鷗外は夕顔をベルリンの陋巷に転生させ、大いなる悲劇を物語った。今再び、夕顔は、上野の妾宅に転生したのである。

それでは、『雁』は、『舞姫』と同じような悲劇なのだろうか。岡田とお玉は、結ばれなかった。岡田と共に散歩に出た「僕」の投げた石で、不忍池(しのばずのいけ)の雁が死ぬ。それが、お玉の魂の死の比喩だとすれば、確かに悲劇的な結末ではある。

けれども、お玉は、岡田の留学後も、生きていた。また、『雁』の小説としての読みどころは、お玉を妾として囲う「末造（すえぞう）」が、本宅で妻の「お常」と繰り広げるドタバタ喜劇にある。

『源氏物語』の夕顔は、頭中将（とうのちゅうじょう）と光源氏という、二人の男性と関係した。「美男」とされる岡田が光源氏であるとすれば、末造は頭中将だろう。この「末造＝頭中将」の何と戯画化されていることか。

ところが、である。子育てなどで、所帯じみたお常に飽き足らない高利貸しの末造が、お玉を妾として囲った、という『雁』の設定の中にも、『源氏物語』が潜んでいるのだ。光源氏の息子である「夕霧（ゆうぎり）」が、子育てに忙殺される妻の「雲居の雁（くもいのかり）」に飽きたらず、皇女（亡き親友・柏木の未亡人）である「落葉の宮（おちばのみや）」に急接近し、ついに我が物とする「夕霧巻」の世界である。鷗外は、夕顔巻から離れるために、今度は夕霧巻の力を借りることにした。夕霧も末造も、根っからの真面目人間という点が共通している。

まるで、『源氏物語』のイタチごっこだ。

或る晩末造が無縁坂から帰つて見ると、お上さんがもう子供を寝かして、自分だけ起きてゐた。いつも子供が寝ると、自分も一しよに横になつてゐるのが、その晩は据わつて俯向（うつむ）き加減になつてゐて、末造が蚊屋（かや）の中に這入つて来たのを知つてゐながら、振り向いても見ない。（『雁』）

日たけて、殿には渡り給へり。入り給ふより、若君たち、すぎすぎにうつくしげにて、まつはれ遊び給ふ。女君（＝雲居の雁）は、帳（ちやう）の内（うち）に臥し給へり。入り給へれど、目も見合はせ給はず。（『源氏物語』夕霧巻）

森鷗外の墓
（東京都三鷹市の禅林寺境内）

笑ってはいけない。鷗外は、文語文で書かれた『源氏物語』を机の上に置いて、『雁』の口語文に書き直しているのではないか、とすら思えてしまう。

このように、鷗外の小説の場面設定は、『源氏物語』に依存していた。それは、雅文体の『舞姫』から、口語文の『雁』まで、一貫している。ただし、『雁』は『舞姫』のような悲劇ではなく、悲喜劇、いや、人間喜劇である。それには、家庭内のドタバタを描いた夕霧巻の雰囲気が、大いに貢献している。夕霧巻の笑いが、夕顔巻の悲劇を緩和したのである。

それでは、鷗外が最晩年に書いた「史伝」というジャンルでは、源氏文化を払底できたのか。その見極めは別の機会に譲るけれども、結果次第では、「近代の文豪」という鷗外のレッテルを、貼り替えねばならないだろう。

それにしても、『雁』を読みながら痛感するのは、口語文には古典的な「悲劇」が似合わない、という事実である。貧苦の世界を極限まで推し進めた近代の私小説を読んでいて、なぜか笑いたくなった経験を、私は何度もしている。

旧派和歌と袂を分かった近代短歌でさえも、「文語文」は捨てられなかった。「アララギ」の荘重な万葉体は、哲学的にして宗教的な実相観入を可能にした。斎藤茂吉の「死にたまふ母」の連作は、口語体では歌えまい。

革新された近代短歌が、なぜ文語文を放擲できず、近代小説の歩みとは、袂を分かったのか。そして、芥川龍之介が斎藤茂吉の『赤光』に衝撃を受けたように、言文一致を余儀なくされた近代の小説家たちの目に、なぜ文語文の近代短歌が魅力的に見えたのか。

近代短歌には、「源氏文化＝和歌文化」が否定しきれずに、残っていたからではないか。今や口語短歌が隆盛である現代短歌の世界にあって、この問題は、改めて振り返っておく必要があるだろう。口語文は、文語文を乗り越えることができるのだろうか。

23

翻訳詩の功罪……上田敏の『海潮音』

「山のアナアナ」

中学・高校生の頃は、三遊亭歌奴（うたやっこ）（後に、円歌）の落語を聞くと、気分が重く沈んだ。特に、次の部分は、爆笑する観客と裏腹に、私は耳を蔽いたくなった。

「ヤヤ、ヤマヤマヤマ、ヤ、山のアナ、山のアナアナアナアナアナ」
「狸だね。なんで穴ばっかり探すんだ」

岩波文庫の『上田敏全訳詩集』は、中学生の時に読んだ。難解な詩が多かったが、カール・ブッセの「山のあなた」は、何とか理解できた。歌奴の「山のアナアナアナアナ」は、上田敏だけでなく、詩歌、ひいては文学の顔を、土足で踏みにじっていると感じられ、私にはとうてい笑えなかった。

それから、半世紀近くが経った。今の私は、中学・高校生の時とは少し違う考え方をしている。上田敏の『海潮音』（明治三十八年）は、西洋の象徴詩を、日本語の大和言葉に移し替えた金字塔である。その後の日本の詩人が、日本語で象徴詩を創作し得たのは、上田敏の『海潮音』が、コロンブスの卵だったからである。私自身、特別に高い価値を『海潮音』に置いて、これまで大切にしてきた。『万葉集』『源氏物語』『古今和歌集』、歌謡などで用いられてきた大和言葉で、西洋象徴詩を訳してのけた上田敏の荒技が、近代文学史の方向性を大きく変えたのは、言うまでもない事実である。だが、光あれば、必ず影がある。西洋の象徴詩を、大和言葉で、しかも時には定型詩で、翻訳したことの弊害が無いはずはなかろう。

例えば、平安時代の日本語で書かれた『源氏物語』を、近代や現代の日本語に移し替えた口語訳は、どれを読んでも、「これは『源氏物語』ではない」と感じてしまう。まして、定型や押韻が生命である「韻文＝詩歌」を、異なる言語に移し替えることの困難さは、巨大なものがあるだろう。『海潮音』の場合も、西洋の象徴詩が大和言葉になることで、「円歌調」ならぬ「演歌調」、それも「ド演歌」に堕したものが交じっていると思うのは、言い過ぎだろうか。

大和言葉になった象徴詩は、もはや原語における乾いた「象徴性」を喪失し、涙に濡れた「抒情詩」に変型されているのではないか。

ヴェルレーヌの「落葉」は、上田の名訳で人口に膾炙している。「秋の日の／ギォロンの／ためいきの／身にしみて／ひたぶるに／うら悲し」という詩句が、私の耳には、いつしか「演歌ヴァイオリン」の響きと似ているように感じられ始めた。

はっきり言おう。『海潮音』は、高踏的であることを目指していながら、結果的に「俗に流れる」時がある。「山のアナアナアナアナ」が巻き起こす爆笑は、『海潮音』の翻訳方針の到り着いた、必然的な結果だったのかもしれない。極論すれば、上田敏の流麗な翻訳詩は、日本人が本物の「象徴詩」を書く障害とさえなったのではないか。『海潮音』のマイナス効果は、近現代の短歌史にも波及していると思われる。

『源氏物語』の大衆的な理解

与謝野晶子が『新訳源氏物語』第一巻を世に問うた時（明治四十五年）、上田敏は森鷗外と共に、序文を寄せた。

上田敏は、『源氏物語』の名文を、原文で何度も引用しながら、晶子の口語訳の意義を称揚している。上田敏にとっては、おそらく『源氏物語』の原文の方が、晶子の訳文よりも何倍も読みやすかったはずである。それでも彼は、晶子の訳文を持ち上げた。

上田敏ならぬ多くの近代日本人には、『源氏物語』が読めない。私に言わせれば、読めないと思い込んでいるだけなのだが、近代人の多くは読めないものだと諦めてしまった。そこで、晶子の訳文が必要となった。上田は、次のように序文をまとめている。

> 従つて此新訳は、漫に古語を近代化して、一般の読者に近づき易くする通俗の書と云はむよりも、寧ろ現代の詩人が、古の調を今の節奏に移し合せて、歌ひ出た新曲である。

上田敏は図らずも、翻訳が不可避的に「一般の読者」の便宜のための「通俗の書」に堕してしまいがちな事実を、ここで告白している。

『源氏物語』には、男と女の恋愛感情、すなわち「俗事」ばかりが書かれている。具体的には、三角関係と不義密通である。そのような『源氏物語』を原材料にしながらも、藤原定家は『新古今和歌集』の美学を構築したし、中世の古今伝授の巨匠たちは「正しい政治とは何か」という政道論を組み立てた。かくて『源氏物語』は文化となった。

だが、大量の「大衆」が出現した江戸時代には、『修紫田舎源氏』を筆頭にして、通俗的なパロディが世の中を席巻した。そこには、美学や政治理念のかけらもなかった。

源氏文化を作りあげてきた知識人たちの努力は、「俗事」を愛する江戸の民衆に好意的には迎えられず、次第に顧みられなくなった。『源氏物語』は、大衆化の波に足元をさらわれたのである。それが、近代における『源氏物語』という作品への低評価につながり、源氏文化も消滅の危機に瀕することになった。

上田敏には、もともと「俗謡」、つまり、世俗的な演芸や歌謡に対する嗜好があった。ボードレール「薄暮の曲」の訳詩には、「匂も音も夕空に、とうとうたらりとうたらり」という一節がある。この「とうとうたらりとうたらり」は、催馬楽「酒を飲べて」や、謡曲『翁』からの影響だと思われる。

わが胸の鼓のひびきたうたらりたうたうたらり酔へば楽しき　　吉井勇『酒ほがひ』

吉井勇にも『源氏物語』の現代語訳があるが、上田敏以上に、この物語を「異文化統合システム」から、通俗的な（本来の意味での）文学作品へと押し戻した「功労者」の一人であると言える。『源氏物語』は、文化を創る力を喪失した。

『海潮音』には、古代歌謡の言葉も目立つ。ダンテ・ガブリエル・ロセッティの「恋の玉座」の訳詩に、「また後朝に巻きまきし玉の柔手の名残よと」とある。「後朝」は王朝語だが、「柔手」は記紀歌謡の「柔手」を起源とする。グリフィン「延びあくびせよ」の、「栲綱の白腕になれを巻く」という訳詩は、オオクニヌシがヌナカワヒメに求婚したことを歌う記紀歌謡の、「栲綱の　白き腕　淡雪の若やる胸を　そだたき　たたきまながり」を踏まえる。

『海潮音』には、歌謡・俗謡・歌舞音曲の世界が、揺曳している。そこが、よく言えば庶民的であり、悪く言えば世俗的なのである。西洋象徴詩そのものに内在している音楽性や民衆性を、上田敏は何とか日本語に移し植えようと試みた。その点に、功と罪の両面があったのではないか。

『海潮音』以後にも、永井荷風『珊瑚集（さんごしゅう）』（大正二年）、堀口大學『月下の一群』（大正十四年）、吉田健一『葡萄酒の色』（昭和三十九年）などの名訳詩集が続いた。この順序で、『源氏物語』や『古今和歌集』に用いられた大和言葉の使用頻度は減少してゆく。『珊瑚集』は文語だが、『源氏物語』の揺曳は感じられない。すると、不思議なことに「西洋詩」の輪郭が、少しずつ立ち上ってくる。

外国文化に、日本風の衣装を着せる

ともあれ、『海潮音』で最も目立つのは、『源氏物語』の言葉である。にもかかわらず、俗事が紛れ込んだのは、上田敏が源氏文化の力を信じておらず、『源氏物語』を「衣装・意匠」の一つとして理解したからではないだろうか。

そもそも、『源氏物語』という文学作品それ自体が、俗事の最たるものである。にもかかわらず、その後の文化人たちはこの物語から高尚な「文化」を作りあげてきた。明治時代・大正時代に、再び、『源氏物語』は文学作品に戻ったのだろう。与謝野晶子の『源氏物語』の訳文だけを読むと、光源氏や藤壺たちが洋服を着ているような錯覚に陥ってしまう。

『海潮音』の場合は、フランス人形が、日本風の着物を着ているような感じを受ける。フランス人形は、ロココ風の衣装を纏っていてこそ、フランス人形だと言える。『海潮音』は、フランスの象徴詩を、『源氏物語』の大和言葉に着せ替えさせた。

樋口一葉や森鷗外は、自らの小説の構造、場面設定、人物造型、表現を、まるごと『源氏物語』に依拠した。それほど、源氏文化を認めていた。『海潮音』は、原詩があるので、表層の衣装だけ、大和言葉で「お色直し」した。それらは、作者や翻訳者の側から見た都合である。

だが、読者は、日本風の衣装を着た西洋象徴詩に接すると、「象徴詩の本質は、日本的なものだ」、「象徴詩は、『源氏物語』や『古今和歌集』と通底している」などと錯覚しかねない。いや、実際に、誤解・錯覚した詩人・歌人たちが、続出したのではないか。日本の近代詩歌の方向を決定した『海潮音』の「罪」は、決して小さくはない。さらには、西洋象徴詩と『新古今和歌集』、西洋象徴詩と芭蕉を比較してきた歌人たちや俳人たちの文化論にも、功罪の両面があるだろう。

『海潮音』には、「もののあはれ」という言葉が、何度か用いられている。ダンテ・アリギエリ「心も空に」、アンリ・ドゥ・レニエ「愛の教」などの訳詩である。上田敏の「もののあはれ」は、北村季吟が確立した「異文化統合システム」としての源氏文化を、本居宣長が転覆させようとして提出した破壊装置としての「もののあはれ」とは別物である。桂園派の香川景樹の「もののあはれ」と同じ次元の、「艶(えん)」なる雰囲気に留まる。『海潮音』は、源氏文化の構築力とも、国学の破壊力とも無縁である。だからこそ、演歌調に堕しかねない。

結局、『海潮音』は、何を狙い、何を実現したのか。象徴詩を『源氏物語』の言葉で翻訳しても、異文化の根幹を吸収できないだろう。ヨーロッパ風でもあると同時に、日本風でもある文学世界は、ヨーロッパでも、日本でもない。『海潮音』は、多国籍でもあり、無国籍でもあるのだ。そう言えば、上田敏が与謝野晶子の『新訳源氏物語』に寄せた文章は、意味深長な言葉で結ばれている。

予はたをやかな原文の調が、徒らに柔軟微温の文体に移されず、却つてきびきびした遒勁の口語脈に変じたことを喜ぶ。此新訳は成功である。

晶子の口語訳の文体は、文語文で書かれた『源氏物語』の原文とは、まったく似ていない。晶子の『新訳源氏物語』は、紫式部の『源氏物語』から十二単を剝ぎ取り、明治風の衣装にアレンジした。それを「成功である」と断言した上田敏は、晶子と同じ試みを、『海潮音』で先に決行していたのである。

「和魂洋才」ならぬ「洋魂和才」の和洋折衷が、『海潮音』では試みられた。源氏文化（北村季吟）の異文化統合システムでも、「もののあはれ」（本居宣長）の異文化排斥でもない、第三の異文化との接し方が、上田敏によって指し示されたのである。

「幸」住むと人のいふ。

言うまでもなく、カール・ブッセ「山のあなた」の訳詩に現れるリフレインである。「幸」という大和言葉が、抽象概念を表そうとしている。同様に、「真」や「誉」なども ある。大和言葉にカギ括弧を付けるだけで、抽象概念に血が通う。

だが、血が通えば、心が通うだろうか。『海潮音』は、大きな課題と宿題を近代詩歌史に残した。平凡な翻訳家ならば、日本語を欧米語に強引に近づけて、日本語の秩序を崩壊させたことだろう。上田敏は語学の天才だったので、欧米語を日本語に近づけた。印象派のクロード・モネの絵に、着物を着たフランス女性の絵「ラ・ジャポネーズ」があるが、まさにそれと同じことを、上田敏は『海潮音』で成し遂げたのである。

上田敏は、西洋の象徴詩を日本文化の中に組み込んだ。それが、最大の功績である。ただし、その「日本文化」は、「源氏文化」でも、「反・源氏文化」でもなかった。

西洋文学の流入によって、日本文化の要塞が破壊されぬためには、西洋文学とどのように向き合えばよいのか。そして、西洋文化と戦うにせよ、溶け合うにせよ、『源氏物語』をどのように活用するか。そこが、近現代の詩歌人の戦略の分岐路となる。

源氏文化が目指すのは、「異文化との立体化」である。ならば、立体化や融合、調和を目指すためには、翻訳の際にはどうあるべきなのか。『海潮音』の問いかけは、まことに重い。

24

在原業平になりたかった男……与謝野鉄幹

友を恋うる男

与謝野鉄幹(寛、一八七三〜一九三五)という名前を聞いた瞬間に、「妻をめとらば才たけて」と高唱したくなる。この「人を恋ふる歌」は、『鉄幹子』(明治三十四年)の刊行に二年先立つ、雑誌『伽羅文庫』では、「友を恋ふる歌」というタイトルだった。その第五聯。

人やわらはむ、業平が
小野のやまざと雪を分け
夢かと泣きて歯がみせし
むかしを慕ふむらごころ。

在原業平(八二五〜八八〇)は、鉄幹が求めてやまない「友」の理想像だった。『伽羅文庫』では、選ぶべき友の理想は、「八分の侠気二分の熱」とある。後に、「六分の侠気四分の熱」と推敲されて、侠気(男気)の割合が減少した。業平の人生のどこに、「八分の侠気」があったのか。生涯で

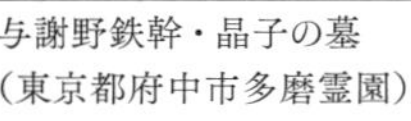
与謝野鉄幹・晶子の墓
（東京都府中市多磨霊園）

三千七百三十三人の女性と交わったという業平の恋愛伝説に、鉄幹は憧れているのではない。鉄幹にとって、業平は「女を恋する男」ではなく、「政治的な志を、同志と熱く語り合う友情の持ち主」だった。その証拠が、小野の山里に降りしきる冷たい雪を融かした、業平の熱涙である。『伊勢物語』の第八十三段。業平が親しんできた惟喬親王が突然に出家して、洛北の小野の山里に隠棲した。業平は雪の降りしきる正月に、小野を訪れて、泣きながら歌を詠んだ。

忘れては夢かとぞ思ふ思ひきや雪踏み分けて君を見むとは

鉄幹は、この段を踏まえて、「男の中の男である業平が、惟喬親王と会うために、雪を掻き分けながら小野の山里に詣でて、『これは悪い夢ではないか』と泣いて切歯扼腕した平安時代の昔を慕う私の侠気を、友情の何たるかを知らない世間の軽薄な人々は笑うだろうか。笑いたくば、勝手に笑うがよい」と歌っている。

ならば、惟喬親王（八四四～八九七）とは、何者か。文徳天皇（第五十五代、在位八五〇～八五八）の第一皇子であるにもかかわらず、六歳下の異母弟（第四皇子）の惟仁親王、後の清和天皇（第五十六代、在位八五八～八八〇）に皇位を攫われた悲劇の貴種である。

惟喬親王の母は紀氏、清和天皇の母は藤原氏。摂政・関白として政治の実権を掌握し、天皇の外戚として皇位継承にも容喙する藤原氏の専横に、業平は憤り、立ち向かい、敗北し、涙した。

すなわち、鉄幹の憧れた業平とは、「国家を憂え、権力の座にある政治家の堕落と腐敗を許せない人間」だった。業平自身も平城天皇（第五十一代、在位八〇六～八〇九）の孫でありながら、藤原氏に排斥された過去を持っている。

新詩社の社友でもある栗島狭衣（一八七六～一九四五）に、『詩人業平』（明治三十四年）という著書がある。ここには、面白い説が書かれている。すなわち、業平は、高貴なる敗北を喫した惟喬親王の仇敵どもに、一矢報いる機会を狙っていた。そして、藤原氏の傀儡として即位した清和天皇の后候補である二条の后（藤原高子、八四二～九一〇）に接近した。清和天皇は、即位時点で数えの九歳。高子は、天皇より九歳も年長である。成熟した大人の女性である高子が、少年天皇の愛に満たされるはずはなく、男盛りの業平に靡くのは必然だった。入内の前にスキャンダルが露顕すれば、藤原氏も打撃を受けるだろう。

だが、ここで、業平に誤算が起きた。「天皇の后（后候補）と不義密通したうえで、公然と高子を捨てて、清和天皇だけでなく、背後にいる藤原氏に大恥を掻かせる」という業平の政治的な壮図は、途中から業平が高子を本気で愛してしまったので、狂い始めたのだ。業平は、政治だけでなく、恋にも本気になった。彼は、結果的に「恋する男」となったが、その本質は「政治的人間」だった。……

このような栗島狭衣の描く業平像は、そのまま鉄幹の胸に宿っていた業平像でもある。「国士＝壮士」たらんとした鉄幹にとって、業平は「詩人と政治家」が一つに解け合った理想の男性像だった。

日蓮・秀吉・業平、そして鉄幹

『紫』（明治三十四年）は、鉄幹の第四詩歌集である。ここに、十九聯から成る長詩「日本を去る歌」

が載る（詩の初出は『明星』）。その第二聯で、鉄幹は自らの「精神の血脈」を明らかにしている。

ああわが国日本
ああわが父祖の国日本
日蓮を生みし国
秀吉を生みし国
わが渇仰（かつがう）の古き友業平を生みし国
ここに十九世紀の末
誤つて詩人われ鉄幹を生みし国
ああわれ去るに忍びんや

『立正安国論（りっしょうあんこくろん）』を著した信念の宗教家である日蓮（一二二二〜八二）、果敢に兵を用いる武の人であった豊臣秀吉（一五三六または三七〜九八）、そして憂国の詩人業平が、鉄幹の真の「父祖」として渇仰されている。最終聯にも、この三人の名前が特記されている。

女性的で優柔不断な偽りの「詩人」ばかりが、明治の日本には蔓延し、偽りの「平和」が維持されている。政治的な志を燃焼させる業平のような詩人を求めもしないし、認めもしない今の日本に、自分の居場所はない。だから、自分は日本を去る、という訣別宣言である。

鉄幹にとって、『伊勢物語』は政治の書だった。そう言えば、第十章で見たように、明治時代の初期に、『源氏物語』が女子教育に不要だという批判が起きた時、旧長州藩士の近藤芳樹は、反論を試みた。藤原氏の頭中将が、皇族出身の光源氏に負け続ける『源氏物語』は、天皇親政賛美と佞臣排除を主題とする政治の書である、というのだ。

さらには、中世の草庵文学である『徒然草』も、江戸時代以来、「政治読み」をされてきた。それによれば、兼好は、後醍醐天皇の南朝に心を寄せる忠臣だった。わざと足利尊氏の執事・高師直(こうのもろなお)の艶書(ラブレター)の代筆に失敗して、師直に恥を掻かせた。あまつさえ、自分と若い女性との恋愛を偽装し、それが露顕したのを恥じて出奔したと見せかけて、全国を自由に旅した。そして、南朝に心を寄せる人々を糾合し、北朝に対抗した、という伝説があるのだ。

森鷗外と親しかった津和野藩出身の福羽美静(ふくばよししず)は、津和野藩を脱藩した国学者・大国隆正(おおくにたかまさ)(野之口(ののぐち)隆正)の弟子である。その大国には『兼好法師伝記考証』があり、兼好の政治的な活動について、詳しく触れている。

司馬遼太郎の『竜馬がゆく』には、高杉晋作(一八三九〜六七)が大坂滞在中に『徒然草』を読んでいたというエピソードが紹介されている。これは、高杉の師である吉田松陰(一八三〇〜五九)が説いた「草莽崛起(そうもうくっき)」の理想像に、南朝の忠臣である兼好のイメージが合致したからだろう。そういう思想史的な背景を知らなければ、高杉晋作と『徒然草』は結びつかない。

鉄幹の父の与謝野礼厳(れいごん)(一八二三〜九八)は、西本願寺派の僧だったが、幕末期には国事に奔走した。その血を引く鉄幹の熱き心は、天下国家を動かす詩歌を、心から志向していた。鉄幹は、『伊勢物語』や『源氏物語』を文学作品とは読まず、天下国家を動かす「文化論=文明論」の書と理解していたのである。

紀有常へのまなざし

『紫』には、『伊勢物語』を詠んだ歌もある。

有常が妻わかれせしくだりよみて涙せきあへず伊勢物語

鉄幹も、晶子と結婚する以前に、離婚をめぐって苦しんだ体験がある。鉄幹は、『伊勢物語』の紀有常（八一五〜八七七）が離婚する場面を、我が身となぞらえたのかもしれない。だが、不幸中の幸いで、有常には「心の友」である業平がいた。

鉄幹が泣いたのは、『伊勢物語』第十六段である。在原業平の妻は、紀有常の娘である。有常の妹の静子は、文徳天皇の更衣で、惟喬親王の生母である。有常は、業平と一緒に、渚の院で惟喬親王と桜の花を愛で、酒を飲み、風流な和歌を詠んだ仲間である。

惟喬親王の失意は、親王の母方の伯父である紀有常の失意でもある。心は麗しいけれども生活は貧しい有常を見限って、永年連れ添った妻が、尼となって家を去ることになった。鉄幹は「妻わかれ」と歌っているが、正確には、夫が妻から見捨てられたのである。

有常は、そんな妻でも、せめてもの餞別を贈ろうとするが、悲しいかな、先立つ財力がない。それを見かねた親友の業平が、替わりに大量の餞別を贈ってくれた、という話である。

男（有常）の心を知る者は、配偶者である妻ではなく、友（業平）だった。この場面に、鉄幹は大量の涙を降り注いだ。妻から見捨てられた紀有常への同情の涙だったのか。それとも、業平の友情に感動しての感涙だったのか。それとも、両者が入り交じった複雑な涙だったのか。

さて、『明星』明治三十四年八月号と九月号に、「伊勢物語評話」という座談会が載った。参加者は、鉄幹・晶子のほか、鉄幹の師である落合直文、詩人の前田林外(りんがい)(一八六四～一九四六)、前述した栗島狭衣、そして「宇治の山人」(医師で俳人の佐々木巽か、一八八〇?～一九三八)である。

紀有常を描く『伊勢物語』第十六段に関して、鉄幹は、天下国家を論ずる夫の志を理解できない妻の、了見の狭さを嘆く。妻は、夫の志を支えず、生活の貧しさを恥じている。前田林外も、夫に寄生している東洋の婦人は、夫を助けて事をなそうという気概に乏しく、逆境の夫を見捨てるのは情けない、などと猛批判している。

女性代表の晶子は、女の側が一方的に悪いわけではないのだ、二人の性格が合わなかったのが本当の理由であり、別れるのは運命だった、と紀有常の妻を擁護している。

『伊勢物語』を「男読み＝政治読み」する鉄幹や林外、さらには栗島たちと、「女読み＝恋愛読み」する晶子との対照が、何とも鮮やかである。時代は、そして日本文化は、このあたりに、大きな峠と分水嶺があったのではないか。

公と私のどちらに重きを置くかで、公私の逆転現象が起き始めた。晶子の姿勢は、『伊勢物語』だけでなく『源氏物語』にも向けられた。「一夫多妻の中で生きざるをえなかった女たちの、家庭生活における愛の苦しみを描いたもの」として、『源氏物語』が読み改められる。すなわち、紫式部が『源氏物語』を執筆した原点に回帰したのだ。

藤原定家が『源氏物語』を用いて「和歌文化」を構築して以来、『源氏物語』は単なる文学作品ではなくなり、日本文化へと離陸した。そして、日本文化を作るシステムの中核として、『源氏物語』は機能し続けたのだった。それが、近世の「源氏文化」や、「もののあはれ」文化となった。

与謝野晶子によって、『源氏物語』は公的な側面、社会的な側面、政治的な側面を失い、文化装置ではなくなった。「私＝プライベート」なものへと回帰したのだ。その流れが、二十一世紀の現代まで続いている。

鉄幹の政治読みは、古典文学を、現実や生活ではなく、理念の表明だと理解した。鉄幹が目指したのは、日々の生活の充実などではなく、理念的なもの、理想的な文化だった。彼が夢見たのは、新しい文化と新しい国家、すなわち新しい文化国家の創造だった。

みやこ鳥、みやこのことは、見て知らむ。
　我には告げよ。国の行する。
（『東西南北』）

業平は隅田川のほとりで、都の恋人の安否を尋ねたのではない。都では、今も、藤原氏たちの私利私欲の専横が続いていることだろう。だから業平は、自分の見届けられない都と国の行末を、「ありやなしや」と尋ねたのだ、と鉄幹は気づいたのである。

25

「西下り」した女業平……与謝野晶子

源氏文化の分水嶺

与謝野晶子（一八七八～一九四二）の登場によって、『源氏物語』という「作品」は息を吹き返したけれども、異文化統合システムとしての「源氏文化」は衰退した。と言うよりは、源氏文化は消滅へと向かい始めた。

晶子は、「源氏文化」を昇華させたのではなく、消滅させたのだと、私は考える。彼女の口語訳の発明によって、『源氏物語』は天下国家を論じる文化論や文明論ではなくなり、女性の不幸を写し出す文学作品へと、リセットされた。そして、瀬戸内寂聴の現代語訳まで、この流れは続いている。

『源氏物語』は復活したけれども、源氏文化は厳冬の時代を迎えた。

晶子には、『新訳源氏物語』という抄訳（ダイジェスト）と、『新新訳源氏物語』という全訳がある。文学作品としては、最初の抄訳の方が格段に、それも何十倍も優れており、近代小説としても卓越している。

なまじ学術的な雰囲気を漂わせた『新新訳』には、アラが目立ち、少なくとも私は感動できない。晶子の口語訳の神髄は、大胆きわまりない『新訳』（それも第一巻）の方にある。その『新訳』の第一巻は、明治四十五年（大正元年）の刊行であり、晶子が鉄幹を追ってパリへ旅立った時期と重なる。シベリア鉄道経由でヨーロッパに到着し、パリで鉄幹と再会を果たした晶子は、ヨーロッパ滞在中に懐妊したため、鉄幹よりも一足先に、船で帰国の途に就いた。その旅行記と滞在記が、詩歌集『夏より秋へ』である。その代表作は、あまりにも有名である。

ああ皐月仏蘭西の野は火の色す君も雛罌粟われも雛罌粟

この歌は、何と『伊勢物語』を下敷きにしている。業平と二条の后が、武蔵野に逃げ込み、火を付けられそうになる場面である。なお、この歌が、初案の段階では、まだ『伊勢物語』を意識していなかったであろうことは後述する。

夫の鉄幹は、『伊勢物語』を天下国家の書として読んだが（前章参照）、晶子にとっては「男と女の愛」の波紋を描いた書だった。しかも、彼女自身が置かれている状況と、ぴったり重なっていた。晶子は、『伊勢物語』の世界を生きていた。

「源氏文化」とは、和歌文化の別名であり、『古今和歌集』『伊勢物語』『源氏物語』の三つの古典を「三位一体」として構築された「平和への祈り」であり、「異文化統合システム」だった。鉄幹の政治読みは、源氏文化の本来の姿だと言える。

晶子が『伊勢物語』の世界の中を生きて呼吸しているのは、自らの生活感情を古典文学の再現として理解することであり、そこには文化論・文明論の要素が希薄である。

晶子は約半年間、パリに滞在した。『夏より秋へ』に収められた短歌や詩を読むかぎり、異文化との戦いや葛藤は感じられない。日本にいる間には、パリにいる鉄幹を恋い、パリに滞在中は日本に残してきた子どもたちを思う。妻として、母として、晶子は逞しく生きた。晶子は、日本人として文明の違いを思索したのではなく、女性としてパリで生活した。『伊勢物語』に依拠した点では鉄幹と同じだが、晶子は『伊勢物語』を武器として現実世界と戦ったのではない。『伊勢物語』という古典が、彼女の現実だったのである。

晶子の雛罌粟と『伊勢物語』

晶子の代表歌である「雛罌粟」の歌は、なぜ『伊勢物語』の影響下にあると認定できるのか。在原業平の東下りを語る第十二段の本文を、掲げよう。

> 昔、男ありけり。人の娘を盗みて、武蔵野へ率(ゐ)て行く程(ほど)に、盗人(ぬすびと)なりければ、国(くに)の守(かみ)に搦(から)められにけり。女をば、叢(くさむら)の中に置きて、逃げにけり。道来(みちく)る人、「この野は、盗人あなり」とて、火、付(つ)けむとす。女、侘(わ)びて、
>
> 武蔵野は今日(けふ)はな焼きそ若草の夫(つま)も籠(こ)もれり我も籠(こ)もれり
>
> と詠(よ)みけるを、聞きて、女をば取りて、共に率(ゐ)て往(い)にけり。

業平と二条の后（藤原高子(たかいこ)）の恋が、この歌の背景にある。清和天皇の后である高子を、業平が掠奪して逃亡を試みる。だが、愛の逃避行は失敗に終わる。

鉄幹と再会した「仏蘭西の野」が、晶子には『伊勢物語』の「武蔵野」の再現であるかと思われた。真っ赤な「火の色」のコクリコ（雛罌粟・虞美人草(ぐびじんそう)・ポピー）が一面に広がり、「火、付けむとす」とあ

る『伊勢物語』の世界そのままに、自分たち夫婦が火に包まれたかと思えた。むろん鉄幹が業平で、晶子は二条の后（藤原高子）である。

二条の后が業平のことを思って、「夫も籠もれり我も籠もれり」と叫んだように、晶子は鉄幹を思って、「君も雛罌粟われも雛罌粟」と歌った。原歌（本歌）の「夫も……我も……」という対句を、「君も……我も……」と歌い直している。そして、「籠もれり……籠もれり」というリフレインを、「雛罌粟……雛罌粟」に置き換えた。「コモレリ」と「コクリコ」が、どちらも「コ」で始まる四音節であるという点までが共通している。

鉄幹と晶子は『伊勢物語』とは違って、「盗人」ではない。だが、極度の文学的なスランプに苦しむ鉄幹と、日本に何人もの子どもたちを残してきた晶子には、ある種の負い目があったことだろう。だが、それを吹き飛ばすような愛の情熱が、「雛罌粟」の歌で爆発している。

なお、晶子の絶唱「雛罌粟」の歌は、最初は、次のような表現であった。

若ければ仏蘭西にきて心酔ふ野辺の雛罌粟街の雛罌粟

この初案から『夏より秋へ』の完成形態までの距離は、大きい。「心酔ふ」ではなく、「火の色」が加わった時に、晶子の心の奥底から『伊勢物語』の恋心が噴出してきたのである。ここまで来て初めて、「君も雛罌粟われも雛罌粟」のリフレインが生きた。

「雛罌粟」の歌の周辺

晶子には、愛に陶酔すると同時に、愛を罪だと考える傾向があった。『みだれ髪』の次の歌は、「君も雛罌粟(コクリコ)われも雛罌粟(コクリコ)」の遙かなる原型だと思われる。

　むねの清水あふれてつひに濁りけり君も罪の子我も罪の子

「君も……我も……」という対句が、「雛罌粟」の歌と一致している。
晶子がはっきりと『伊勢物語』の書名を出したのは、合同歌集『恋衣』である。「曙染」の巻頭歌。

　春曙抄に伊勢をかさねてかさ足らぬ枕はやがてくづれけるかな

『春曙抄』は、江戸時代に源氏文化を確立した北村季吟が著した『枕草子』の「注釈付きの本文」である。江戸時代以降、昭和前期まで、清少納言の『枕草子』は、季吟の『春曙抄』で読まれ続けた。「曙染」は染色の技法であるが、『枕草子』の「春は曙」を意識しているのだろう。晶子は、『春曙抄』の版本を持っていたと思われる。

この歌で「伊勢」とあるのも、『伊勢物語』の江戸時代の版本だろう。だが、季吟の著した「注釈付きの本文」である、『伊勢物語拾穂抄(しゅうすいしょう)』の可能性もある。

晶子は、王朝文学の雰囲気に浸っている。作品の中に入り込み、その空気を吸って生きている。王朝文学を用いて彼女が生きている日本社会を変革しようとか、外国文化と戦おうとは考えていない。

『恋衣』には、「反戦詩」として著名な「君死にたまふことなかれ」が載るが、「あゝをとうとよ、君を泣く、」という冒頭の一行が明示しているように、社会詠ではなく、人事詠・家族詠である。晶子は、現実的な日常生活を、何よりも大切にする。彼女の世界は、古典文学に浸っても、現実的であり、具体的なのだ。

北村季吟の著した版本を読んでも、季吟が作りあげた「文化」を理解しようとはせず、原文を理解するために、自分の解釈に自信のない箇所の注釈部分のみを、参考にしたのだろう。季吟の思想や教訓は、捨て去られた。

晶子には、形而上学的な思索や、抽象的なロゴス精神があったのだろうか。『夏より秋へ』は、三部構成であるが、最後の部分は短詩の集成である。そこには、ニイチェ・カント・ゲエテ・ニウトン・バウドレエル・ヅルレエヌなどの哲学者や詩人、科学者の名前が見える。

ヨーロッパに滞在した晶子は、強大なヨーロッパ文明に対して、脅威や憧憬を感じただろうか。『新訳源氏物語』の第一巻を上梓したばかりの彼女は、帰国後の『新訳源氏物語』の続刊に、ヨーロッパ体験を反映させただろうか。私には、「否」という結論しか見えてこない。『夏より秋へ』には、セエヌ川を歌った詩がある。

船にも岸にも灯がともる。
セエヌ川よ、
やつぱりそなたも泣いてゐる、
女ごころのセエヌ川………

晶子はセエヌ川のほとりにたたずむと、隅田川のほとりで都に残した愛人を偲んだ業平を思い出したのだろう。自分は今、「東下り」ならぬ「西下り」をしている。セエヌ川で、日本に残した子どもたちを思って涙する自分は、業平と同じ立場で苦しんでいるのだ。この感慨は、イギリスに渡るために船に乗る場面でも繰り返される。

そう言えば、『夏より秋へ』の短詩の二つ目が、彼女の文学観を端的に表明していると思われる。

一人称にてのみ物書かばや、
われはさびしき片隅の女ぞ。
一人称にてのみ物書かばや、
われは、われは。

むろん、三人称で書かれた詩も、交じってはいる。けれども、晶子が志向するのは、たとえ三人称で書かれていても、実質的には「われ」を歌った一人称の世界なのである。

その子二十(はたち)櫛に流るる黒髪のおごりの春のうつくしきかな　『みだれ髪』

この歌で「その子」という三人称で歌われているのは、作者自身の姿である。「その子二十」は「われ二十」と同じ意味なのだ。晶子は一人称の世界を生き、愛する夫や子どもたちや弟に、二人称で呼びかけ続ける。

晶子の浪漫性のありか

鉄幹が大スランプに陥る一方で、晶子の名声が高まってゆく趨勢は、何となくだが理解できる。近代は、一人称と二人称の私的な文学世界へと移行し、鉄幹が求めた天下国家の文学は、次第に読者の広範な支持を得られなくなってゆく。

近代は戦争の世紀であり、人間性を疎外する文明の悪しき側面が増殖していった。しかるに、短歌は、文明悪や世界悪と戦う武器ではなく、新しい文明を建設する手段でもなく、文明の前に押しひしがれる「私」の弱い心を歌うものとなった。ここで、短歌は源氏文化と袂を分かったのである。浪漫主義の代名詞である『明星』の晶子にとっては、「私＝われ」を歌うことが、彼女なりの浪漫精神の発露だった。それは、「公」の世界に執着する鉄幹たちの浪漫精神とは、別のものだった。

26 佐佐木信綱と古典文学

『思草』と『徒然草』、その思索性

『思草(おもいぐさ)』(明治三十六年)は、佐佐木信綱(一八七二〜一九六三)が数えの三十二歳で世に問うた第一歌集である。信綱と言えば、国文学の泰斗。特に、『万葉集』の研究で知られる。

ところが、『思草』には『万葉集』の影響はそれほど濃くはない、と感じられる。この歌集の二大キーワードは、「神」と「罪」だが、どちらも『万葉集』経由ではない。

私には、意外なことに、『徒然草』の世界が濃厚に投影されていると感じられた。中世の草庵文学、別の言い方をすれば、自照文学への共感が信綱の原点なのではないか。『徒然草』の影響を感じさせる近代歌人は意外に少ない。

信綱には、『校註徒然草』(明治二十五年)がある。数えの二十一歳での著作である。『徒然草』を若年から読みこなし、咀嚼・吸収していた痕跡を、『思草』から探ってみよう。

大木曾やをぎその山の山おろしに千年の老木空に声あり

ますぐなるひとすぢ道のつれ〴〵に折りてはすつる秋草の花

わたし待つ翁媼の物語かゝる所もうき世なりけり

この三首の何気ない配列の背後に、『徒然草』の作者・兼好の和歌を思い浮かべれば、一つの解釈が浮上してくる。

ここもまた憂き世なりけりよそながら思ひしままの山里もがな

江戸時代の伝説では、出家した兼好が都を遠く離れ、木曾の山中で気ままに暮らしていると、国守が騒々しく狩に来たので、兼好は、「ここもまた憂き世なりけりよそながら思ひしままの山里もがな」と詠んで、都に戻ったと言う（『吉野拾遺』）。初句には、「住めばまた」と「ここもまた」という、二つの本文がある。この有名な伝説を、国文学者の信綱は、当然、知っていたことだろう。だからこそ、「大木曾」「をぎそ」「つれぐ」などの言葉が、近接して用いられたのではないか。正岡子規にも「こゝも猶うき世なりけり草鞋編む田舎のをぢの背の上の蠅」（『竹の里歌』）がある。

きちがひとうたひはやしてきちがひになりしこゝろを知る人のなき

この信綱の歌は、『徒然草』第八十五段の、「狂人の真似（まね）とて、大路を走らば狂人なり。悪人の真似とて、人を殺さば、悪人なり」との照応を味わうべきだろう。

利のやつこ位のやつこ多き世に我は我身のあるじなりけり

この歌は、『徒然草』の第三十八段「名利に使はれて、静かなる暇なく、一生を苦しむるこそ愚かなれ」という思想に共鳴しているのだろう。また、「心の師とはなるとも、心を師とせざれ」という仏典の教えも、入り込んでいるのかもしれない。『思草』と『徒然草』と響き合わせると、信綱が生来、持っていた隠遁志向と、反世俗性、そして思索性が明らかとなる。

『思草』と『源氏物語』、その官能性

短歌表現の要諦は、類型に依拠しながら表現を生み出す一方で、類型と袂を分かち、個性を獲得する点にある。

燃えたてる炎の烟その中にまぎれ入るべきわが身ともがな
見てもまた逢ふ夜まれなる夢の中にやがてまぎるるわが身ともがな

「燃えたてる」が、信綱の歌である。「見てもまた」は、『源氏物語』若紫巻で、光源氏と藤壺の二人が密通した「もののまぎれ」の場面の挿入歌である。二つの歌は、第五句の「わが身ともがな」だけでなく、「中に」「まぎる」という語彙まで一致している。つまり、信綱は光源氏の情熱的な恋心に、没入的に感情移入して若紫巻を読んだ体験があったのだ。さらに、若紫巻の光源氏の歌は、次の信綱の歌にも命を与えている。

ぬば玉の夜半のさ霧にまぎれ入りてさながら消えむ此身ともがな

「まぎれ入りて」とあるので、信綱が明らかに若紫巻を踏まえている事実がわかる。「さながら」は、『源氏物語』の本文にある「やがて」という言葉を直接に踏まえて、近代的に言い換えたのだろう。「夢」を「霧」に置き換えたのも、近代的である。『徒然草』の孤独な隠遁志向とは対照的な、永遠の愛を求めて止まない恋の炎が、若き信綱の心を灼（や）いていた。

高麗人（こまうど）は内裏（うち）にまゐりて鴻臚館あした静に牡丹はな散る

上の句は、『源氏物語』桐壺巻の世界を踏まえているようで、実のところは反転させている。桐壺巻では、高麗人を内裏に呼ぶことがタブーだったので、帝の意向を受けた右大弁（うだいべん）が、光源氏を鴻臚館（こうろかん）へと連れて行き、高麗人に光源氏の未来を占わせた。信綱の歌では、高麗人が内裏へ参上した後の鴻臚館の情景を歌っている。そして、光源氏ではなく、異国の女性のイメージを持つ「牡丹」の花が眼目である。

牡丹さく春のあしたをめされたる楊家のむすめ宮にまうのぼる

「楊家のむすめ」は、むろん楊貴妃のこと。李白の詩によって、楊貴妃は牡丹の花に喩えられてきた。信綱には、楊貴妃タイプの肉感的な女性に吸引される傾向があったのだろうか。ならば、信綱のイメージする藤壺もまた、官能的な楊貴妃タイプのヒロインだっただろう、などと想像するのも楽しい。

『思草』と『伊勢物語』、その哲学読み

『伊勢物語』は、与謝野鉄幹と晶子が、夫婦で全く異なる読み方をした古典だった。ならば、学究の人である信綱は、『伊勢物語』をどのように読んだのだろうか。

信綱は、鉄幹のような「政道読み」でも、晶子のような「女の苦しみ読み」でもなく、『伊勢物語』を『伊勢物語』として読んだのだと思われる。

よしや君いづちゆくともわればかり君思ふ人はあらじとぞ思ふ
わればかりもの思ふ人はまたもあらじと思へば水の下にもありけり

「よしや君」が信綱の歌で、「わればかり」が『伊勢物語』の第二十七段の歌である。『伊勢物語』の表現を微妙に変え、男女関係も入れ替えて、信綱は歌っている。

行けば行きとまればとまる我影のありやなしやもわきがたの世や
おぼつかな夢かあらぬかおぼろ夜の梅ちる庭に君が声する

共に信綱の歌。「ありやなしや」は、『伊勢物語』の第九段で、業平が隅田川のほとりで詠んだ、「名にし負はばいざ言問はむ都鳥我が思ふ人はありやなしやと」を踏まえる。「夢かあらぬか」は、

『伊勢物語』の第六十九段で、業平と伊勢斎宮の贈答の中にある、「君や来し我や行きけむ思ほえず夢かうつつか寝てか覚めてか」を踏まえている。確かに、そうではあるのだが、これらは『伊勢物語』のイメージだけで詠まれたのではない。

信綱は、「影」が存在しているのか、非在なのか、と問うている。加えて、影を生み出している「我」もまた、この世に存在するのか、非在なのかを、疑っている。ここに、『徒然草』などの中世草庵文学に憧れる信綱の、思索的な一面がある。

信綱の思弁的な性格は、中世の『源氏物語』の注釈者たちが、「帚木」や「幻」や「夢浮橋」などという巻名の背後に、「有」（存在する）、「空」（存在しない）、「亦有亦空」（存在すると同時に、存在しない）、「非有非空」（存在するのではないが、存在しないのでもない）という、「存在のあり方」の四通りを読み取ってきた解釈史を揺曳させている。

この四通りの世界認識は、『源氏物語』を原文で読む際の必須文献で、信綱も読んだに違いない北村季吟の『湖月抄』で、何度も登場する説である。そして、『思草』で、何度か登場する「禅（仏教）」の世界とも通底する思想である。

「夢かあらぬか」も、「非有非空」の世界認識を表明している。信綱は『伊勢物語』を、『源氏物語』の研究的な読みに裏打ちされて、「哲学読み」したのである。

『思草』と釈迢空、その古代性と近代性

そのほか『思草』には、『平家物語』の壇ノ浦の場面（「うみのそこ」の「安き国」）、『土佐日記』（「海賊の追ひく」）、西行（「山家集」「風に靡く」）、古典和歌（「あはんあはじ」「いとせめて」「むすぶしづく」）など

が踏まえられている。むろん、『万葉集』や『古事記』の影響もある。

最後に、信綱の初期短歌に、後年の釈迢空を思わせるような短歌が存在している事実を、指摘しておきたい。

鵜かごおきて水を眺むる鵜つかひの踏みしだきたる撫子の花
しと〳〵と露したゞりてほの暗き岩屋の奥にかはほりの飛ぶ

「踏みしだきたる撫子の花」は、釈迢空の「葛の花　踏みしだかれて、色あたらし。この山道を行きし人あり」（『海やまのあひだ』）と近接する美意識である。そもそも、「ふみしだく」という動詞は、古典和歌では、鳥や獣が草や葉を踏み散らかすという意味で用いられる場合がほとんどである。ただし、例外的に次のような歌がある。

夏狩（なつがり）の勢子（せこ）踏みしだきわくる野にしほれやすらむさゆりばの花　殷富門院大輔（いんぷもんいんのたいふ）

古典学者だった信綱は、「勢子」を「鵜つかひ」に、「さゆりばの花」を「撫子の花」に歌い替えて、近代短歌に仕立てたのではないだろうか。それを発展させて、釈迢空は、葛の花を自らが踏みしだくという歌を詠んだ。

そして、「しと〳〵と」の歌は、釈迢空の小説『死者の書』の冒頭部分の「した　した　した」を連想させる。

地の底三千尺の底にありて片時やめぬつるはしの音
つとめをへて此世にいづる坑夫らがつく息くろし雨の夕暮
とこやみの闇の底より何ならむ我を呼ぶらむ声の聞ゆる

信綱には、「地の底」へと吸引される強烈な心性があった。「地の底三千尺」で「つるはしの音」を響かせる「坑夫」たちが、地上の信綱を呼ぶ声を、はっきり聞き分けてもいる。信綱は石炭によって産業革命を成し遂げつつある近代日本を生きながら、「とこやみの闇の底」から湧き上がり、近代人を古代へと呼び戻そうとする原始的な声を聞き届けた。

古代と近代の融合を巧みに利用して「近代的な古代」を創出したのが釈迢空（折口信夫）だったとすれば、古代・王朝・中世・近世・近代の文化をすべて両立させ、立体化させたのが佐佐木信綱だったのだと、私は思う。信綱は、『万葉集』だけの歌人ではなかった。

27

佐佐木信綱の『新月』

『新月』と『源氏物語』

『新月』は、佐佐木信綱の第二歌集で、大正元年の刊行である。信綱は、数えの四十一歳だった。この時期までくると、さすがに『万葉集』の言葉が多く見られるようになる。それでも、『源氏物語』を踏まえた歌も少なくない。

天人(あまびと)かまぼろしびとか法(はふ)けづき奇(くす)しき恋に身は衰へぬ

「法けづき」のルビは「はふ」とあるが、正しくは「ほふ」である。歴史的仮名づかいでは、「仏法」などの仏教語関係は「ほふ」、「法律」などは「はふ」と使い分ける。

さて、「法けづく」は、『源氏物語』の帚木(ははきぎ)巻に見られる特徴的な言葉である。辞書で「ほふけづく（法気付く）」を引くと、その用例として、必ず帚木巻の文章が挙がっている。「雨夜(あまよ)の品定(しなさだ)め」で、頭中将が夕顔（常夏(とこなつ)の女）とのはかない契りを語ったあとで、世の中には非の打ち所のない女など、どこにもいない、と述懐する。その後で、頭中将が、

「吉祥天女を思ひ掛けむとすれば、法気付き、奇しからむこそ、また、侘びしかりぬべけれ」

と冗談を言ったので、集まっていた男たちは大笑いした。非の打ち所のない吉祥天女のような美女を愛人にすれば、それこそ抹香臭くて、人間離れしていて、男には耐えられないだろう、というのだ。信綱は、この有名な場面を踏まえ、人間である自分が愛した女性は、まるで「吉祥天女」のような、天人か幻影かと思われる絶世の美女だったので、この世離れした宗教的な恋により我が身は衰えた、と嘆いている。

『源氏物語』の「法気付き、奇しき恋」は、否定的なニュアンスだが、信綱は命に替えてでも、破滅に終わってでも成就したい恋、という意味で用いている。信綱には、もしかしたら破滅願望があったのかもしれない。

夜居の僧と帝とむかひいましつる如きおもひに二人黙しぬ

「夜居の僧と帝」とあったら、『源氏物語』薄雲巻に決まっている。光源氏の憧憬の人であった藤壺が、数えの三十七歳で逝去した。藤壺の産んだ子が冷泉帝で、これまで帝は自分が桐壺帝の子であることを疑いもしなかった。ところが、生前の藤壺の苦悩を知っている「夜居の僧都」は、帝に向かって、「あなたは光源氏の子なのです」と、真実を告げてしまう。これが、いわゆる「夜居の僧都の密奏」である。

夜居の僧都は、冷泉帝に真実を教えたいという気持ちと、それが混乱を招くであろうこととの間で、悩んでいる。出生の秘密を聞かされた帝はもっと深刻で、「あさましう、珍らかにて、恐ろしうも、悲しうも、さまざまに御心乱れたり」というありさまだった。

言葉も出ない帝の心の混乱を語る薄雲巻の場面を踏まえて、信綱は、自分と女が、それと同じような心境で対面していた、と歌っている。ということは、信綱の口か、女の口かのどちらかから、過去の恋の過ちが告白され、聞く方は衝撃を受けて沈黙している、というのだろう。

　　ふと聞けば河原の小石ひとつ〱語らふ声すおぼろ夜にして

春の夜の河原で、誰かが語り合う声がする。それは、小さな石たちが語り合っていたのだという、幻想的な歌である。

ただし、この歌の発想は、『源氏物語』蓬生巻から得られたのかもしれない。末摘花が荒れ果てた邸宅で貧窮していた頃、光源氏が明石から都へ呼び戻されるという慶事があった。この場面で、都のありとあらゆる人が光源氏の帰京を喜んだという場面で、「たびしかはらなどまで、喜び思ふ」と書かれている。

「たびしかはら」の「たびし」は「礫＝小石」のことで、「かはら」は「瓦」である。つまり、「たびしかはら（たびしがはら）」は、小石や瓦のように、取るに足らない身分の者たち、という意味になる。『枕草子』や『うつほ物語』にも見えるが、信綱は『源氏物語』蓬生巻を読んで、自らのボキャブラリーに加えたのだと思われる。『源氏物語』は、小石のような者までが、人間らしい感想を口々に述べているという文脈だが、信綱は「小石」そのものが言葉を口にしていると歌っている。

信綱の歌の「小石」は、「たびし（礫）」を強く連想させるし、「河原」は、発音が同じ「瓦」を連想させる。短歌は、言葉で出来ている。だから、歌人の言葉が、どこから詩嚢に加えられたかが重要なのだ。信綱にとっての『源氏物語』は、重い意味を持つと言ってよい。

『新月』のキーワードは「船」

『新月』には、「火の恋」や「水の恋」をモチーフとする恋歌が目立つ。それらは情熱的と言うよりは、破滅的な印象を受ける。

死の島の城の大扉(おほど)をまぼろしが閉(とざ)すひびきの胸をうつ夜(よる)

この歌は、象徴主義絵画の傑作として知られるアルノルト・ベックリン「死の島」(一八八〇〜八六年にかけての連作)の、我が国における最初期の享受例として注目される。

だが、歌集『新月』の全体を見渡せば、最大のキーワードは「船・舟」だと考えられる。これほど、「船」、およびその縁語(櫂・湊・帆など)が数多く用いられている歌集も珍しい。また、先ほどの「死の島」の歌には「船」という言葉はないものの、元となった有名な絵画を思い浮かべれば、「船」の要素が内在していることに気づく。

問ひますな、密猟船に生ひ立ちて海を家とし思ふ少女(をとめ)ぞ

「密猟船」という言葉が、何とも衝撃的である。海賊の娘の立場で、「男の人よ、私の名前や素性を

聞かないで下さい」と歌っている。この歌の発想も、『源氏物語』夕顔巻に由来しているのだろう。夕顔が「海人の子なれば」と口ずさむ場面で、紫式部は『和漢朗詠集』「遊女」の項目に納められている古歌を引用している。それが、「白波の寄する渚に世を過ぐす海人の子なれば宿も定めず」である。危険な恋、破滅に繋がる恋の予感が、信綱の「密猟船」の歌には漂っている。

大船はいかりを捲きぬいざさらば我らの恋も終ならむか
碇まき憂の海を大船はひそかに出でぬ、物おともなく

歌集の中では、「大船」という言葉が最も目に付く。「大船」は本来、「大船に乗ったように」という比喩があるくらいだから、安心できる、というニュアンスである。しかし、信綱の「大船」は、恋の終わりを告げ、「憂」に満ちている。生の不安を歌う「大船」は、「小舟」とほとんど同じ意味である。どんな大きな船でも、運命的な恋の前には無力であり、生の不安を象徴するものとなる。

黒き帆はくらき入江を遠く行く、我がよる樹陰物おともなし
港口、黒き息して大船のひとつ入り来ぬ初冬のあさ
船腹が黒う光れる秋の日の退潮時の物のかなしみ

昔話や伝説では、「白い帆」は吉報で、「黒い帆」は凶報である。「黒き息」も、蒸気船が黒い煙を吐きながら入港してくる姿を歌っているが、ここに不吉の臭いを嗅ぐのは、私だけではあるまい。しかも、「物おと」もしない、無音の世界である。黒い「船腹」もまた、死のイメージと深く結びつい

ている。船が人生の象徴であるとするならば、信綱の思い描く生は、死と深く結びついている。

秋の日はほばしらもなき敗船（おいぶね）を淡く照らしぬ河口（かはぐち）の朝

帆柱さえ失った破船。それが、四十一歳の信綱の心象風景だったのだろうか。ただし、次の歌からは、態勢を立て直そうとする決意が、ほの見える。

舟破れはなれ小島（をじま）に着きし身ぞ島つくりせむ歎きてあらじ

舟が難破して、絶海の孤島に漂着した『ロビンソン・クルーソー』を思わせる。信綱は、そういう状況の中で、「国つくり」ならぬ「島つくり」に挑もうとする。ここに、「死の島」が「生の島」へと転換する、大きな機運が得られた。だから、「船」もまた、明るいイメージを帯び始める。

まかがやく豊旗雲の国さして紅（くれなゐ）の帆は大海（おほうみ）を行く

『新月』には、大げさに言えば、「死への願望」が顕著である。けれども、生の方向へと踵を返そうとする意志が目覚めつつある。だから、「黒い帆」だけではなく、「紅の帆」が詠まれることになったのである。

さて、『新月』のみならず、信綱の生涯の代表歌とされるのが、次の一首である。

佐佐木信綱の歌碑
（奈良市薬師寺の境内）

ゆく秋の大和の国の薬師寺の塔の上なる一ひらの雲

この歌の成功は、死のイメージと生のイメージが、どちらも入り込まなかった点にあるのだろう。「一ひらの雲」は、白雲。信綱の目には、それが「白帆」や「真白帆」に見えたのではなかったか。船のように、秋空という大海原を漕ぎ渡ってゆく雲を、それが薬師寺の塔の真上に差し掛かった一瞬において静止させ、歌に詠んだ。雲が船ならば、塔は「港」である。やがて港から船が出てゆくように、雲も流れ始める。宗教的な安らぎを与えてくれる「港」を出て、この「雲＝船」は、これから、どこを目指すのだろうか。

ちなみに、『新月』らしい問題作としては、「蛇遣（つか）ふ若き女は小屋いでて河原に落つる赤き日を見る」などがある。一読忘れがたく、心に残る。

『まひる野』と、窪田空穂の「神」

『まひる野』と『源氏物語』

窪田空穂（うつぼ）（通治、一八七七～一九六七）の第一詩歌集『まひる野（の）』は、明治三十八年に刊行された。彼は前年に、東京専門学校を卒業したばかりで、数えの二十九歳だった。

空穂は国文学者として業績を残し、戦後には『源氏物語』の現代語訳も試みている。ただし、『まひる野』の中で、明らかな「源氏取り」は、次の一首のみである。

細く洩りし灯影消えたる真夜中を弦鳴（ゆづる）らしぬ木のこれの院

「木のこれの院」の部分は、印刷の際の誤植があるようで、解釈不能である。ただし、『空穂歌集』（明治四十五年）では、「木のくれ（こ）の院」と改められており、「木暗の院（このくれ）」（木々が鬱蒼と生い茂って暗い家）という意味なのだとわかる。

すなわち、この歌は、「なにがしの廃院」で、夕顔が正体不明の物の怪（もののけ）（通説では六条御息所の生霊）に取り殺され、光源氏が魔除けのために、「弓弦（ゆづる）、いとつきづきしく打ち鳴ら」させたという、『源氏物語』夕顔巻に想を得ていたのである。

このほか、明瞭な「源氏取り」とは断定できないまでも、この歌と地下水脈で繋がっていそうな歌が、散見する。

燭とりてものゝけはひにうかゞへば闇に立ちけり一本銀杏

さだ過ぎし女か秋ゆく野に立ちてゆらぎて見する一本銀杏

空穂にとっての「一本銀杏」は「秋野」を行く「さだ過ぎ」た女であり、「もの（＝物の怪）」の気配を濃厚に漂わせていた。すなわち、光源氏より七歳も年長で、四季の中では秋を愛し、何度も生霊や死霊となった六条御息所のイメージである。空穂は、六条御息所や夕顔のような女性に、恐れや憧れを抱く青年だったのだろう。

『まひる野』には、亡母の墓に関して、夕顔巻にもある「けうとし（＝気疎し）」という形容詞を用いている。ただし、物の怪となって恋敵を取り殺した六条御息所の怨念や、その六条御息所の憎悪を呼び込んでしまった夕顔の娼婦的な魔力や、二人の妖女が生死をかけた戦いを繰り広げているのを目撃した光源氏の戦慄は、空穂の歌からは感じられない。空穂は、「生」の感情の爆発ではなく、現実世界や日常生活に突然に出現する「裂け目」を、オブラートにくるんで歌っている。

なお、「銀杏」という木は、『源氏物語』の磁場の外部にある。銀杏は、『源氏物語』には出てこない。「一本銀杏」の歌は、『疑似・源氏物語』、あるいは『類似・源氏物語』の世界というべきだろう。

空穂と近代文語

『まひる野』を読んでいると、彼の後年の国文学者のイメージからすると意外なことだが、表記や文法の面で、いささか窮屈に感じることがある。

　黄昏（たそがれ）の神やゐまさむ水につゞく樗（あふち）の杜の枝ひろき蔭

空穂以外の歌人でも、当時の歌集には「ゐます」という表記が多いが、「ゐる」の尊敬語は「ゐます」ではない。「います」が正しい。つまり、「いまさむ」とあるべきである。

　憧れつ新しきえぬわが胸のおぞきに似ぬや天（あめ）飛ぶ雲よ

初期の空穂には、このような「つ」が目立ち、文法的に窮屈な印象を受ける。しかも、この歌の場合には、初句と二句目の意味が、一読したのみでは、読者に伝わってこない。「憧れつ新し／消えぬ」なのだろうが、しっくりこないと感ずるのは私だけだろうか。

　落栗の焼くる間（ま）待ちて唄ひにし唄の童（わらべ）のおよづけゝむか

『源氏物語』の難解語の一つが含まれる。成長する、大きくなる、という意味の動詞は、「およづく」ではなく、現在では「およすく」ないし「およすぐ」が正しいとされる。『空穂歌集』では「およずく」と訂正してある。

疾くくとこそ促せれ。

これは、短歌ではなく、詩の一節である。「促せれ」は、文法的に間違いではないが、かなり窮屈に感じられる。「促すれ」が自然ではないだろうか。

以上、空穂ファンには、まことに申し訳ないことであったが、「後出しじゃんけん」で、揚げ足取りをいくつか試みた。窪田空穂ほどの歌人・国文学者であっても、その出発期には「近代文語＝疑似文語」を用いて短歌を詠んでいた、ということである。

十一世紀の『源氏物語』の時代から、十二世紀の院政期までの王朝和文を基準として体系化されたのが、正統的な文語文法である。そうではない「バーチャル文語」の一種が、近代文語なのだ。

江戸時代までは、古今伝授の伝統もあって、和歌の世界では「正統的な文語」が遵守（あるいは墨守）されてきた。ただし、「仮名づかい」に関しては、古今伝授の人々は「定家仮名づかい」を用いていたので、契沖や宣長たちが確立した「歴史的仮名づかい」は、まだ歌人の共通理解とはなっていなかった。

近代の「短歌革新」は、仮名づかいはともあれ、正統的な文語文法の規範を弱めた。『源氏物語』などの王朝文学の雰囲気を利用している短歌であっても、近代的に変型された人工的な古語で詠まれることがあった。そこが、旧派和歌と近代短歌の違いである。明治時代の旧派和歌の歌人たちは、疑

窪田空穂記念館
（長野県松本市）

似文語ではなく、正統的な文語で歌っている。

空穂の「神」とは？

『まひる野』の最大のキーワードは「神」である。ちなみに、『まひる野』が刊行された時点で、空穂は既にキリスト教の洗礼を受けていた。

何はあるも神は安きに導かむ東は京か舟流れ行く
離しおきてふたゝび合す今日の日を神や笑まして見そなはすらし

この二首の「神」は、キリスト教の、すなわち一神教の「神」だろう。「手を執りて泣きぬ我が世の運命（さだめ）もてわが名を君に負はすとしては」という歌も、キリスト教の運命論（宿命論）だと思われる。ならば、八百万（やおよろず）の日本的な「神」は、どのくらい交じっているのだろうか。『まひる野』から、「神」に関わる語句を、抜き出してみよう。

黄昏（たそがれ）の神、葉守の神、神の面影見せて秋の風吹く、秋はしも神の賜へる饗宴ぞ、
松のけはひの神さびて、夜を守る神、夢の神、縁領（えにしし）る神、小野を統（す）べたまふ神

神は、黄昏や夜という時間帯の中にも、夢の中にも、秋という季節の中にも、野にも山にも、木々の葉の中にも、あまねく宿っている。ならば、アニミズムの宗教観であり、世界観なのだろうか。

そういう問題意識で、『まひる野』を読み返すと、神にも不在の時があるようだ。

山祇（やまつみ）のゐまさぬ冬を山に入りこぼれ松葉を掻きてぬすみぬ

くどいけれども、ここでも「いまさぬ」が正しい。「山祇（山の神）」は、「葉守の神」のように、奥山の木々の葉に宿っているのだろう。木々が落葉した冬には、神は不在となる。そして、春になると、若葉の芽生えと共に、神は再び姿を現してくる。

空穂の生きる明治時代の日本にも、神が常在しているわけはないだろう。文明開化は、芸術の「冬」を到来させた。だから、空穂は短歌で神を歌うことで、神と春を呼び戻そうとしたのかもしれない。「古代の神」と似た、「近代の神」を。疑似文語ならぬ「疑似神」である。

そう考えれば、空穂の心の奥底に宿っているのは、本居宣長の言う「もののあはれ」と近い「神」だったのかもしれない。

そゞろにも逐はるゝごとき思ひして京に入りけり青葉するころ

われと識らぬこの悲のゆゑを説けと人わりなくも春の夜を泣く

「そぞろにも」とは、「漫然と、当てもなく、そわそわと」などの意味ではなく、「自分でも説明のつかない衝動に突き動かされながら」という意味だろう。「物の怪（もののけ）」の「もの（＝そぞろ神）」に、心を占められた状況なのだ。

自分の前で泣いている女は、自分でもわからない恋の悲哀を抱え、その理由を教えてくれと、「わりなく＝理無く」（理屈を超えた衝動に取り憑かれて）泣いている。

明治の日本には、近代文明でも解明できない不条理の悲哀が、いくつも存在している。そのような感情が、旅や恋の場面で、突如として空穂の前に噴出してくる。

むろん、『まひる野』に見る空穂の「もののあはれ」は、世界秩序をまるごと破壊するような衝動ではない。だが、文明の埒外にある「もの＝神」と、空穂が生きる文明社会とを、何とか接着させようとする試みだったように思われる。

比喩の王国としての空穂短歌

『まひる野』のレトリックで、すぐに気づくのは、比喩の乱舞である。たとえば、「似る」という動詞の頻度を数えてみよう。たちどころに何十首もが見つかるだろう。「似る」という直喩は、「ごとし」と同じで、異なる二つのものの間に共通点を発見して、それらを強引に接着させる技法である。世界の裂け目の彌縫術だと言ってもよい。それほど、近代日本と近代人には、綻びが目立っていた。

夢にしてわが憧れし花に似ずい春はかへりて眼に満つれども
深緑天にも似よいと野をば染め星にも似よいと据ゑし夏の人

空穂の歌は、世界に遍満していながら、なかなか顕在化してくれない神に呼びかけているのだろう。人間の心は、神と一体化して幸福であるべきなのに、理想とはまったく似ていない現実がある。だから、現実は夢に「似よ」と、歌人は強く願う。「比喩」という強力な接着剤を駆使することで、ゾルレン（憧れ）とザイン（現実）が合い寄り、接近し、接着する。このとき、人間の詠む短歌に、「神」が降誕する。

比喩が氾濫する『まひる野』は、言葉の王国に、近代の負の側面を癒す「比喩」という薬を注入して、「近代の神」を降臨させようとする招魂術だったのだと思われる。

若山牧水のあくがれた「城」と「国」

牧水と「運命の女」

増進会出版社『若山牧水全集』は、編年体に構成されている。中でも、第一巻の「歌集未収録歌」は、若山牧水（一八八五〜一九二八）の初期短歌を網羅しており、この歌人の発想の原型が露出している。その牧水の心に、これから分け入ってゆこう。まず、遠景ではあるが、明瞭に『源氏物語』の世界が見えてくる。

しをりせし花白菊は枯れにしもうつり香ゆかし源氏物語
紅梅の枝を朝日のこぼれ来て源氏にうつすうぐひすのかげ

これらは、書物としての『源氏物語』を詠んでいる。むろん、与謝野晶子の『新訳源氏物語』は出版されていない時期である。簡単な頭注が付いた博文館「日本文学全書」シリーズ（明治二十三年）の『源氏物語』なのか。あるいは、それ以外のダイジェスト本だったのか。

白菊の花を、『源氏物語』の栞として挟んだというのも面白いが、「紅梅」の歌は、『源氏物語』に紅梅巻があることまで踏まえている。しかも、その紅梅巻には、「心ありて風の匂はす園の梅にまづ鶯の訪はずやあるべき」という和歌もある。

牧水の次の歌は、『源氏物語』の内容にさらに深く触れている。

人まちて桜吹雪の中にたつ細殿口のおぼろ夜の月
花多き香を其ままに女御います椿御殿の朧夜の月

「細殿」と「桜」、そして「朧月夜」。まさに、『源氏物語』花宴巻である。この巻で、光源氏は偶然に、謎の女と契る。彼女は、光源氏の異母兄である朱雀帝（この時点ではまだ東宮）への入内が予定されている「いわく付きの女性」だった。

高貴な「女御」が住んでいる場所を、藤壺や桐壺や梅壺ではなく「椿御殿」という設定にしているのが、牧水の「椿」の花への憧れを物語っているのだろう。

さらに、次の歌。牧水には、よほど「運命の女」へのあくがれがあったものと推察される。

うす朧も月の香に似よものみなのあはきをめづる夕顔のやど

ここには、『源氏物語』夕顔巻が揺曳している。光源氏は、正体不明の女と契り、官能の渦に巻き込まれ、すんでのところで自分の命まで失いかけた。

園田小枝子という女性は、牧水にとっては、朧月夜や夕顔のような「運命の女」ではなかったのか。『源氏物語』の朧月夜や夕顔へのあくがれが、後に出会った小枝子との愛を燃え上がらせ、悲恋に終わらせたのかもしれない。

刀への憧れ

牧水の初期短歌のキーワードの一つに「刀」、すなわち「武具」がある。落合直文に、「緋縅（ひをどし）のよろひをつけて太刀はきて見ばやとぞ思ふ山ざくら花」という歌があるが、牧水もまた、「剣（刀）と桜（花）」に、強烈にあくがるる若者だった。

明治三十五年、『秀才文壇』四月号や『中学文壇』五月号に掲載された歌に、早くも「刀」の言葉が見える。また、「かぶと」「つるぎ」「初陣」「楯」など、「武」の縁語も、たちどころに発見できる。

桜狩り若き公達酒に酔うて帯べる刀の腰重げなり
ものみすと大刀ぬきもちて只一人辿る山路に鳴く時鳥

「若き公達」は、『源氏物語』の貴公子ではなく、『平家物語』に登場する武士の「若公達＝若武者」だろうか。「ものみす」（物見す、斥候す）の歌は、どことなく戦国時代の合戦の雰囲気が漂う。

初期短歌で顕著だった「武」のキーワードが、生涯、消え失せることはあるまい。ならば、どうなったのか。後年の牧水の短歌に充溢する「死」を厭わない心こそ、初期短歌の「刀」の要素が昇華した思想だったのではないかと、私は思う。

毒の香君に焚（た）かせてもろともに死なばや春のかなしき夕べ　『海の声』

恋に命をかける覚悟。それが、牧水と小枝子との恋を、永遠のものとした。この時、牧水の心には「大刀」が秘められていたと言っても、間違いではなかろう。牧水が愛した旅も、酒も、ある意味で命を削る「刀」であり、自己に課せられた運命と闘う際の武器なのだった。

さらには、次の歌の「男」という言葉も、「刀を心に帯びた者」の意味であり、「若武者」「若公達」などとも言い換えられるだろう。

男なれば歳（とし）二十五のわかければあるほどのうれひみな来よとおもふ　『独り歌へる』

「男」と抽象化されることで、恋に生き、恋に死のうとする「近代の若武者＝若山牧水」は、「昔、男ありけり」と表現された在原業平へと、急速に接近した。初期短歌には、「振分髪（ふりわけがみ）」という言葉が見られ、『伊勢物語』第二十三段（筒井筒）を踏まえている。「春日野」（第一段）の歌もある。

小枝子との苦しい恋を体験した牧水は、朧月夜や夕顔を愛した光源氏だけでなく、在原業平の「恋」の純粋さをも体験し尽くした。

「昔、男ありけり」ではなく、「今、男あり」という気概で歌われた牧水の恋歌には、鋭い匕首（ひしゅ）が含まれている。それが、彼の短歌の魅力の源泉となっている。

「城」と「姫」へのあくがれ

再び、初期短歌から、牧水の想像力のＤＮＡを抽出する作業に戻る。初期短歌で頻度の多い言葉の一つが、「城」である。刀を帯びた若武者の住むのが、「城」。私などは、少年時代に熱中した『新諸国物語』（北村寿夫）の浪漫世界を連想した。あるいは、吉川英治の『神州天馬俠』の世界だろうか。しかも、牧水の城には、「落城」の影が濃い。

吾れとわが城をやかむのたゆたひに北斗七星かげうすうなりぬ（青史を読みける折り）
のがれむか城もろともに死せむかの軍議の広間燭ふけ渡る

自決した我が身もろとも、炎に包まれて「落城」するという幻想に、牧水は惑溺している。「北斗七星」とあるので、日本史ならば、北斗七星（妙見菩薩）を崇拝した平将門（?～九四〇）や千葉氏に関わる歴史なのでもあろうか。中国史ならば、『三国志』であろうか。

「落城」と近接するイメージを持つ「ふる城」も、二度ほど歌われている。書物で読んだ「青史＝歴史」の知識を、自らの奔放な想像力で膨らませたのだろう。牧水の夢見る城には、「姫」が住んでいる。そして、その姫もまた、「落城」の危機に直面している。

森の城に姫や待つらむ潮こえて夕日にかへる白き鳩かな
冬枯の木の間にちりぬ山茶花は亡びむ城の姫逝きしごと

この二首は、どちらも鳩や山茶花を歌っている。

「白き鳩」は、瑞兆である。けれども、ここでは、姫が用いている伝書鳩なのだろうか。この設定の根底に、「落城の姫」という悲劇的イメージがあることは確実である。正確に言えば、落城という運命にさらされる薄幸の美姫へのあくがれである。

「冬枯の」の歌は、山茶花の散り方に、落城の姫の薄幸の最期を重ねている。そのイメージが、朧月夜や夕顔を経て、園田小枝子に至るのであろう。何とかして、自分が「薄幸の美姫」を支えてあげたい、助けてあげたい、という願望を抱かせる女性像、ということである。

ちなみに、「亡びむ城」は、文法的にかなり窮屈である。「逝きし」という過去の助動詞があるので、「亡びむ」の「む」が、落ち着かない。「亡びし城の姫逝きしごと」だと、「し」が重複するので、婉曲の助動詞「む」を用いたのだろうが、いささか無理筋である。幻想なので、現実世界の言語文法に従っていない、ということだろうか。

山を見よ山に日は照る海を見よ海に日は照るいざ唇（くち）を君　『海の声』

この「君」の原型が、初期短歌における「姫」なのではなかろうか。

心の「国」を求めて

牧水の初期短歌のキーワード「城」は、類義語である「国」という別のキーワードと、密接に繋がっている。

とても世の秋は寂しく冷たきにふかれて風の国に去（い）なばや
ながき夜や小草のくにの草姫の虫をつどへて恋の譜つくる

よき国のありとおもひぬ野の牛の春の日あふぐ瞳の奥に

「国」のほかに、牧水は「島」という言葉にも、強いあくがれがあったようで、これは「城」や「国」とも近似関係にあると考えられる。「恋の島」の歌もあるが、これは「姫」の住む「城」のイメージと近い。そして、「恋の国」とも、限りなく近い。

牧水が現実に生きている世界とは別に、もう一つの夢幻的な世界がある。それが、「あきかぜの国」「落日の国」「春野の国」「夏の国」などと歌われるような、美しい「国」である。

初期短歌で注目すべきは、次の一首ではないか。

人の国へ秋の海越え山をこえなみださそはむ風と吹かばや

明治三十八年の作である。古典和歌や王朝物語における「人の国」は、都に対する地方、あるいは、日本に対する外国の意味であるが、この歌は、「ここではない、もう一つの世界」くらいの意味なのだろう。

牧水には、刀を帯びた武者や、悲劇的な運命に泣く姫君の住む城や島が、もう一つの「あくがれの国」を形成しており、その国へと、無性に引き寄せられる心がある。それが、牧水の「旅」のエネルギーともなっている。

牧水の代表作の一つが、ここで思い浮かぶ。

幾山河越えさり行かば寂しさの終（は）てなむ国ぞ今日（けふ）も旅ゆく　『海の声』

若山牧水の生家
（宮崎県日向市）

この歌の直後には、「古城（ふるしろ）」が歌われている。すなわち、牧水の初期短歌の原型が濃厚に表れている連作だと言える。そうであるならば、「寂しさの終てなむ国」とは、この「国」から寂しさがなくなるとか、なくならないとかの次元ではなく、「寂しさのない、もう一つの国」が最初から、この世とは別の場所にある、その「国」に自分は旅をして辿り着きたい、と歌っていることになるのではないか。

自分が今、生きているのは、現実世界という「寂しさの国」である。だが、どこかには、「寂しさのない国＝寂しさの終てなむ国」があるはずだ。

この世では寂しさの根源へと突き進み、寂しさの極大値にのたうつからこそ、その正反対の「国」に強くあくがれる。それが、牧水短歌の原型であった。

30 若山牧水と『伊勢物語』

牧水の「心の国」と、村井弦斎

引き続き、牧水短歌の原質について考える。牧水のエッセイ「おもひでの記」に、「私が生れて初めて小説といふものを読んだのは（中略）絵入郵便報知新聞に載つてゐた村井弦斎作『朝日桜』といふものであつた。振仮名を拾つて駒雄静子（？）の恋物語に胸を躍らせて読み耽つたのが最初であつた」と回想されている。

人間は誰しも、最初の一回を鮮烈に覚えているものだ。最初に読んだ本は、特に、後に文学者となった者には、終生、大きな刻印を残すものである。村井弦斎（げんさい）（一八六四～一九二七）は、専ら『食道楽（くいどうらく）』の作者として現代では知られるが、大衆小説を数多く残している。

『朝日桜』は、本居宣長の「敷島のやまと心を人問はゞ朝日に匂ふ山桜花」という和歌を巻頭に掲げ、日本男児が、日清戦争の時代に世界的に大活躍し、大英帝国を追い詰め、ジブラルタルに迫る、という波瀾万丈の冒険譚である。戦いの中に、美女との恋が搦めてある。

前章で見たように、牧水の心には、「刀＝武」と、「姫」の住む「城＝国」への強烈なあくがれがあった。そのあくがれの種子は、この村井弦斎が蒔いたものだった。

牧水は、高等小学校の二年生の頃に、村井弦斎の『小猫』や『桜の御所』も読んだという。『小猫』の冒頭は、安房の国の鏡ヶ浦の光景から始まる。牧水の延岡中学時代の日記に、『南総里見八犬伝』の話題が何度か出ることと照らし合わせれば、牧水の心の中で、「安房の国」が格別の意味を持った「刀と姫と城の国」として理想化されていたことがわかる。房総半島の突端が、牧水と小枝子の「恋の国」となったのは、必然だろう。

弦斎『桜の御所』は、室町時代の三浦を舞台としたもので、まさに「刀と姫と城の国」が描かれている。少年時代の牧水の心は、この小説のストーリーと登場人物に、大いにあくがれたことであろう。

一般的には、牧水の文学観を論じて、国木田独歩や田山花袋から説き始め、自然主義への傾倒を結論とする論調が多いようである。けれども、牧水の「心の国」が、村井弦斎の大衆的で、ある意味で通俗的な冒険小説によって作り上げられた事実を、忘れてはならない。

むろん、牧水にとって、国木田独歩の影響は巨大である。だが、それは独歩が自然主義だからではなく、弦斎の世界とも通じる「国」の存在を、牧水に開示してくれたからなのだろう。

牧水と『源氏物語』

牧水は大正四年、『作者別万葉全集』のために書き記した紹介文の中で、東京に出てきてすぐに『源氏物語湖月抄』を買い求めたが読まなかった、と書いている。むろん、『湖月抄』をまるごと読む時間はなかっただろう。だが、『湖月抄』を買うほどに『源氏物語』に関心があった事実が、何よりも重要である。「牧水にとっては、『万葉集』がすべてである」という先入観も、捨て去るべきではなかろうか。

『独り歌へる』の末尾近くに、次の歌がある。

あるときはありのすさみに憎かりき忘られがたくなりし歌かな

『源氏物語』の劈頭、桐壺帝が愛する桐壺更衣を失った直後の文章に、「なくてぞとは、かかる折にやと見えたり」という、有名な文章がある。ここに関して、『湖月抄』を初めとする注釈書は、出典不明の古歌が紫式部によって引用されているのだ、と指摘する。

あるときはありのすさびに憎かりき亡くてぞ人は恋しかりける

「すさみ」と「すさび」は同段通音である。更衣が生きている時には、桐壺帝のあまりの寵愛ぶりに、人々はややもすれば、更衣のことを憎らしいと思うこともあった。だが、彼女が亡くなった今となっては、彼女の良いところだけが思い出されて恋しい、という内容である。

牧水は、この古歌に、小枝子を失った自分自身の心を重ね合わせたのではなかったろうか。彼女と別れる前の牧水は、疑念や嫉妬で苦しんだこともあった。だが、別離した後では、彼女のことが慕わしくてならない。「忘られがたくなりし歌」とは、『湖月抄』に指摘されている「あるときはありのすさびに憎かりき亡くてぞ人は恋しかりける」という古歌を指すのだろう。だから、『独り歌へる』の歌は、『源氏物語』の注釈書に書いてある『あるときはありのすさびに憎かりき亡くてぞ人は恋しかりける』という古歌は、小枝子との別離に泣く私にとって、今では忘れられない歌となった」という意味である。

小枝子との別離に泣く牧水の心は、『源氏物語』の世界へと吸い込まれていった。さらに、その九首後の歌。巻末からは七首目である。

かなしきは夜のころもに更ふる時おもひいづるがつねとなりぬる

夜、独りで床に就く時、かつては共寝した小枝子のことが思い出されてならない、という意味である。これは、『源氏物語』が下敷きにした『長恨歌』の古い本文である「旧き枕故き衾、誰と共にか」（流布本では「翡翠の衾は寒くして、誰と共にか」）を踏まえているのだろう。これは、葵の上と死別した光源氏の孤閨の哀しみを語るものとして、葵巻で引用されている。ここでも、小枝子追慕の思いが、牧水の肉体からあくがれ出でて、『源氏物語』が作り上げた「愛の国」へと吸引されているのである。

『伊勢物語』を読む牧水

だが、牧水の本質は、『源氏物語』よりも『伊勢物語』へのあくがれの強さにあるようだ。牧水の日記から、彼が『伊勢物語』に関して書き綴った箇所を抜き出してみよう。まず、明治三十七年五月十六日に、「夜、神田の古本屋をあさる。伊勢物語に、大見より注文の三角教科書をたづねて、得たり」とある。七月十五日、「伊勢物語をよむ」。十二月十五日には、「春陽堂より、紅葉の「浮木丸」鏡花の「通夜物語」及び米古の絵葉書「伊勢物がたり」を送り来る」、とある。

今、引用したのは、増進会出版社版『若山牧水全集』の本文だが、昭和五年の改造社版『牧水全集』でも、「米古」とある。だが、春陽堂から、『伊勢物語』の絵葉書を出した画家は「米古」ではない。「半古」、すなわち、梶田半古（一八七〇～一九一七）である。

最初の誤植が、出版社を変えても、現在まで訂正されずに踏襲されている。日記の他の部分にも、誤植かと疑われる箇所が散見される。牧水熱が高まっている現在だからこそ、正確な翻刻が提供されないものかと願っている。

さて、梶田半古が『伊勢物語』を題材として描いた絵葉書を、私は八枚ほど見た。中でも、「むさし野」と題された絵葉書は絶品である。『伊勢物語』を描いた美術作品をこれまで数多く見てきたが、半古の武蔵野は突出した傑作だと思える。この絵を見て、牧水の「武蔵野」熱がいっそう掻き立てられたであろうことは、容易に想像がつく。

竹久夢二が吉井勇の『新訳伊勢物語』（大正六年）の挿絵として挿入した「隅田川（都鳥）」の場面にも匹敵する名作である。夢二の描いた都鳥の絵は、牧水の絶唱「白鳥は哀しからずや空の青海のあをにも染まずただよふ」を念頭に思い浮かべながら描いたのではないかと思われるほど、牧水の世界と親近感がある。同様に、半古の描く「むさし野」は、牧水のあくがれた「恋の国」と親近性がある。『源氏物語』とは違い、『伊勢物語』は短時間で味読できる。しかも、愛の情熱を美しく結晶させている。牧水は鋭い直感で、『伊勢物語』の本質を摑み取った。そして、自らのあくがるる心の向かうべき「国」の一つに、この『伊勢物語』の「愛の国」を加えたのである。

牧水の短歌に見る『伊勢物語』

牧水は『伊勢物語』を読んで、その語彙を身につけ、短歌に詠み込んだ。『独り歌へる』から用例を挙げよう。

A　おのづから熟みて木の実も地に落ちぬ恋のきはみにいつか来にけむ
B　せめてたゞ恋に終りの無くもがなよりどころなきこのあめつちに
C　少女等のかろき身ぶりを見てあればものぞかなしき夏のゆふべは

Aは、『伊勢物語』第八十一段「塩竈にいつか来にけむ朝凪に釣する舟はここに寄らなむ」を踏まえる。業平が日本国中「六十余国」を経巡った中で、陸奥の塩竈を風流の極致だと感じたという本歌を、牧水は恋の国の遍歴が極点に達したことに転じている。

Bは、母と子の死別をテーマとする『伊勢物語』第八十四段の「世の中に避らぬ別れの無くもがな千代もと祈る人の子のため」を本歌としている。牧水は、男と女の別れがいつまでも来ないことを祈っている。

Cは、『伊勢物語』第四十五段の「暮れがたき夏の日暮らし眺むればそのこととなくものぞかなしき」の語彙を用いて、夏の夜の、ゆえ知らぬ悲しみを歌っている。

このように、『伊勢物語』を完全に咀嚼し、自らの詩嚢に加えた牧水だが、彼の『伊勢物語』への愛着は、「武蔵野」への熾烈な愛に根ざしていた。

「東下り」ならぬ、「人のすなる東上り」（エッセイ「早稲田より」）をして延岡から東京へ出た牧水は、上京後すぐに、武蔵野を逍遙する楽しみを覚えた。「武蔵野」というエッセイによれば、彼の武蔵野への思いは、延岡時代から、『太平記』や『伊勢物語』を読むことで高まっていたという。『伊勢物語』の第十二段の「むさし野はけふはなやきそわか草のつまもこもれりわれもこもれり」という和歌を含む全文が、エッセイ「武蔵野」には書き写されている。「にげにけり」が「上げにけり」と誤植

若山牧水の銅像
（宮崎県日向市牧水公園内）

されていたり、あちこちで牧水による本文の写し間違いがあるのが愛嬌だが、彼は『伊勢物語』を「理想の愛の国」として理解していた。だから、自分の主観を優先し、自分勝手に本文を写し変えることもできたのである。

牧水は、「つまもこもれりわれもこもれり」と口ずさみつつ、北原白秋などの男友達と武蔵野を逍遥した。だが、国木田独歩が佐々城信子（ささきのぶこ）という美女と武蔵野を逍遥したように、いつか、自分も恋人と二人で、武蔵野を「愛の国」へと変えたいものだと夢見ていた。その思いの強さが、園田小枝子を呼び寄せたのだろう。

31 若山牧水と古典和歌

岩波文庫の『若山牧水歌集』（伊藤一彦編、二〇〇四年）は、読めば読むほどに新しい発見がある。永遠の青年というべき天才・若山牧水の出発点は、『万葉集』の歌言葉を、西行風の流麗な調べに乗せて歌うことにあった、と考えるのが普通だろう。だが、『古今和歌集』『伊勢物語』『源氏物語』などの歌言葉を用いた、印象深い歌もある。

　病む母をなぐさめかねつあけくれの庭や掃くらむふるさとの父　『路上』

牧水が得意とする完了の助動詞「つ」の二句切れ。「なぐさめかねつ」の部分に、深い思いが籠もっている。『万葉集』にも、「あが恋はなぐさめかねつ真日（まひ）長く夢に見えずて年の経（へ）ぬれば」の先例があるが、「病む母を」とあるので、ここは『古今和歌集』に学んだ歌言葉だと考えるべきだろう。

　わが心なぐさめかねつ更級（さらしな）や姨捨山（をばすてやま）に照る月を見て

「姨捨山」の「姨」が、牧水の歌の「母」に響いているのではないか。

死は見ゆれど手には取られず、をちかたに浪のごとくに輝きてあり　『死か芸術か』

人間には不可視の「死」という概念を、精一杯、視覚的に歌っている。「(目には)見ゆれど手には取られず」の部分が、この歌の要である。この発想と歌言葉は、『古今和歌集』と密接な関係にある王朝物語から学んだものである。

ありと見て手には取られず見ればまたゆくへも知らず消えし蜻蛉(かげろふ)　『源氏物語』蜻蛉巻

目には見て手には取られぬ月のうちの桂(かつら)のごとき君にぞありける　『伊勢物語』第七十三段

手の届かぬ恋をモチーフとする王朝和歌の言葉を、死の歌に転用したのが、牧水の『死か芸術か』の工夫であり、才能である。

牧水は、また、貧苦と闘った歌人でもあった。

長火鉢にひとりつくねんと凭りこけて永き夜あかずおもふ銭のこと　『白梅集』

ユーモラスなので、思わず笑いを誘われる。「永き夜あかず」の部分に、万感の思いが潜んでいる。これも、古典和歌や古典物語に学んだボキャブラリーである。

鈴虫の声の限りを尽くしても永き夜あかずふる涙かな　『源氏物語』桐壺巻

秋の露やたもとにいたく結ぶらむ永き夜あかず宿る月かな　『新古今和歌集』

ただし、古典においては「あはれ」を噛みしめる永き秋の夜を、貧しさと闘い、眠れぬ夜の長さに切り替えた点に、近代人・牧水の面目が躍如としている。

このように、近代人である牧水は、王朝和歌や王朝物語の歌言葉を、本来の語意と語法のままで踏襲しているわけではない。根本的に古語を近代的に変容させた用例も、多く見受けられる。

薪に樵るはやしの雑木つのぐみて茜さす見ゆ山のひなたに　『渓谷集』

王朝の勅撰和歌集に見える歌ことば「つのぐむ」は、葦・荻(おぎ)・薄などが、角(つの)を出すようにして尖った芽を出すという意味の動詞である。別に尖っているわけではない雑木林の芽生えを牧水が歌ったのは、「誤用」ぎりぎりの使用である。

居すくみて家内しづけし一銭の銭なくてけふ幾日(いくひ)経にけむ　『くろ土』

「幾日」は、『古今和歌集』や『伊勢物語』などでは「いくか」と発音する。「いくひ」は、近代の「疑似古文」であり、「近代文語」である。

前章で見たように、牧水は、ことのほか『伊勢物語』の和歌を愛していたようだ。二条の后との恋に破れ、東下りの旅に出る貴種流離譚のヒーロー・在原業平に、自分自身を喩えることもあったに相違ない。

A　白つゆか玉かとも見よわだの原青きうへゆき人恋ふる身を　『海の声』
白玉か何ぞと人の問ひしとき露と答へて消えなましものを　『伊勢物語』第六段

B　秋、飛沫、岬の尖りあざやかにわが身刺せかし、旅をしぞ思ふ　『死か芸術か』
唐衣着つつなれにしつましあればはるばるきぬる旅をしぞ思ふ　『伊勢物語』第九段

C　栖めるかぎりのやどかりをみな殺しつくし静けき岩になすよしもがな　『みなかみ』
いにしへのしづのをだまき繰り返し昔を今になすよしもがな　『伊勢物語』第三十二段

読者の魂をゆるがす牧水の歌の悲痛な調べ。それには、恋に泣き、旅の途上で涙した在原業平の歌言葉の数々が寄与している。歌言葉だけでなく、恋愛観・人間観・社会観・自然観・運命観などをも、牧水は『伊勢物語』から学んだ。『伊勢物語』の和歌の多くが『古今和歌集』に入っていることは、言うまでもない。

その一方で、「酒」をモチーフとする牧水の歌には、『万葉集』の大伴旅人の酒の歌の影響は顕著だが、王朝の歌言葉を見出すことができないようだ。そこが、また興味深い。

32 原阿佐緒の『涙痕』を読む

王朝語の綴れ織り

原阿佐緒（あさお）（一八八八～一九六九）は、与謝野晶子に認められて歌人として出発した。「アララギ」入会後の石原純（一八八一～一九四七）との恋愛事件や、「アララギ」追放後にバーのマダムとなった経歴も、よく知られている。

第一歌集『涙痕（るいこん）』は大正二年、北原白秋『桐の花』や斎藤茂吉『赤光』と同じ年の刊行で、数えの二十六歳だった彼女の文学精神の原型が見て取れる。すなわち、阿佐緒短歌の「古典性」である。『涙痕』を通読すれば、「王朝語」が綴れ織りになっていることに気づく。これらは、『源氏物語』や『伊勢物語』などの古典文学を原文で読まないと習得できない性質のもので、現代語訳などで接しても、とうてい身につかない。

A　ものうしと思へる時もたちがたき愛執をこそ二なくめでぬれ

B　わが涙無期に湧くてふいみじかることを除きてたのむものなし

C　こと〴〵に水とも火ともいと猛にきはめをつけて恨まるゝよし

D　今ぞ泣くおほよそ人とことならず君をもてなし死にやりしこと

とりあえず四首だけあげた。これらの歌は、特定の物語の特定の場面を引用しているわけではない。古文を読んでいるうちに、おのずと身についた王朝語である。だからこそ、逆に、阿佐緒の古典への親炙ぶりが証明できる。

Aの「になし」（二無し・似無し）は、二つと無い、無比であるの意。Bの「むご」（無期）は、際限が無い、終わりが無いの意。Cの「まう」（猛）は、勢いが盛んであるの意。これらは大和言葉ではなく、漢音であるが、例外的に王朝物語や王朝和歌の中でも使用されてきた言葉である。

Dの「おほよそびと」は和語で、世間一般の人の意。

これらの王朝語は、『源氏物語』『伊勢物語』『竹取物語』などを原文で読んで記憶したものだろう。

本歌からの大胆な飛躍

『涙痕』には、『伊勢物語』の本歌取りも多い。だが、本歌の詠まれた状況を大きく改変して、自分の現実を歌っている。

E　誰も見るかの月のごととらずして見てのみ足れる人とするかな　『涙痕』

目には見て手には取られぬ月のうちの桂のごとき君にぞありける　『伊勢物語』第七十三段

F　浅間の火煙にしるしわが胸の火は何にしもみとめたりけむ　『涙痕』

信濃なる浅間の嶽に立つ煙遠近人（をちこちびと）の見やはとがめぬ　『伊勢物語』第八段

G　夕されば恋しきかたに啼きわたる雁をも見んと柱にぞ倚る　『涙痕』

三芳野の田面(たのむ)の雁もひたぶるに君が方にぞ寄ると鳴くなる　『伊勢物語』第十段

Eは、『伊勢物語』と重複する語彙が多いし、内容的にも類似しており、明らかな本歌取りと認定できる。ただし、『伊勢物語』の「見ているだけで満足できない恋」を、阿佐緒は「見るだけで我慢するしかない恋」へと組み換えている。

Fは、『伊勢物語』と重複する語彙が多いが、本歌にない「火」を二度も用いて、恋の煙の本源としての「胸の火」＝「思ひという火」の燃焼を高らかに歌い上げている。『伊勢物語』の恋する男・在原業平に、阿佐緒は成りきっている。彼女は、恋に生きる「女・業平」たらんとしたのである。

Gは、「雁」を、恋する女心の象徴とする見立てが、『伊勢物語』と一致している。「柱にぞ倚(よ)る」の「倚る」は、『伊勢物語』の「寄ると鳴くなる」の「寄る」からの連想が、大きく飛躍したのだろう。古典を踏まえつつ、古典から離陸する大胆さは、阿佐緒の古典摂取のスタイルだと認定できる。

H　捨ても得ぬ保ちもあへぬ恋ゆへにわが煩ひのしげきことかな　『涙痕』

淡雪のたまればかてにくだけつつ我が物思ひのしげきころかな　『古今和歌集』詠み人知らず

I　ゆくりなくめぐりあひける悪縁の過去をかなしみ生きぞわづらふ　『涙痕』

五月雨に沼の岩垣水越えていづれかあやめ引きぞわづらふ　『平家物語』源頼政

Hは、『古今和歌集』の恋歌などに見られる「しげきころかな」という常套句を、一文字だけ違えて「しげきことかな」とすることで、近代短歌に生まれ変わった。なお、「恋ゆへに」は、「恋ゆゑに」が正しい歴史的仮名づかいである。

Iの「生きぞわづらふ」は、「いきわづらふ（生き煩ふ）」という複合動詞の中に、係助詞の「ぞ」が割って入ったものだが、和歌や短歌ではあまり目にしない。もしかしたら、『平家物語』で著名な源三位頼政（げんざんみよりまさ）の「ひきぞわづらふ」という言い回しを一文字だけ変更して作られた言葉ではあるまいか。生きることの苦しさは、近代文学の主要テーマである。それを、阿佐緒は短歌の世界に導入した。

「恋多き女」という自画像

阿佐緒には、「女・業平」だけでなく、さまざまなセルフ・イメージがあった。

J　月草の花の色にも似しと見る冬の夜の灯にぬるゝわが顔　『涙痕』

夜も昼も夢見る花と日のさゝぬ影に咲かまし月草のごと　『涙痕』

いで人は言（こと）のみぞ良き月草の移し心（うつしごころ）は色ことにして　『古今和歌集』詠み人知らず

『古今和歌集』の「月草」は、『源氏物語』宇治十帖で匂宮（におうみや）の好色さを示すために引用されている。月草（露草）で染めた衣の色は移ろいやすいので、次々に別の女性へと心を移してゆく匂宮の「あだなる心＝心軽さ」の比喩とされた。

Jの二首で、阿佐緒は「月草の花の色」に、自分自身の心を託している。阿佐緒は、「女・匂宮」であり、「恋多き女」という自画像を、短歌で詠んでいるのだ。

K　かの花も五月の雨にうつろひぬながき涙にあせし頬のごと　『涙痕』

花の色はうつりにけりないたづらに我が身世にふるながめせしまに　『古今和歌集』小野小町

L　この女さびしき女死を思ひ歌を思ひて今日もなほ生く　『涙痕』

Kは、人口に膾炙した小町の名歌を、近代短歌に翻案したものである。「恋多き女」である阿佐緒は、「今・小町」という自画像も描いているのだ。

Lは、一人称の「われ」を、三人称の「女」へと組み換えたもの。これは、三人称の「女」で、自らの恋愛を綴った『和泉式部日記』の手法である。阿佐緒は、「今・小町」であり、「今・和泉式部」なのでもあった。

「はふらかす」という破滅願望

王朝語を駆使して、古典物語や古典和歌の世界を近代短歌で歌うこと。それが、原阿佐緒の戦略だった。ならば、『涙痕』の中の最大のキーワードは何だろうか。

「あぢきなし」「けうとし」という形容詞は、使用回数はさほど多くないが、その言葉の担う意味の重さと切実さのゆえに、読者の心に、ずしんと響く。

M　あぢきなしこのうつし世の過現未のすべてに満つるわが涙かな　『涙痕』

N　あらかじめ知りつといふもけうとかりかなしき破壊をまのあたり見て　『涙痕』

「あぢきなし」は、やるせない、面白くない、努力しても無意味だ、などの意。「けうとし」は、気に入らない、気味が悪い、などの意。

Mの歌で、過去・現在・未来の三世にわたって、自分の人生は「涙」に満たされてきたし、涙に満たされているし、満たされるに違いないと、阿佐緒は悟った。その自己認識は、彼女にとっての世界認識だった。

世界は、自分という人間の主観によって作り出された幻想に過ぎないけれども、それにしては、自分を悲しませる悪意に満ちている。そう悟った時、阿佐緒は「あぢきなし」という古語を、我が身に引き寄せ、引き受けた。そして、「あぢきなき世」を、精一杯「あぢきなく」生きぬこうと決意した。

Nの歌は、自分の世界がまるごと「破壊」された今になって、それをあらかじめ覚悟していたはずの自分が感じた幻滅感を、「けうとし」と言い据えている。

この歌集『涙痕』は、既に述べたように阿佐緒の二十六歳の刊行であり、この時、彼女は既に一児の母だった。そして、その後には数奇な人生が待ち受けていた。その残酷な世界に向けて、「あぢきなし」「けうとし」という二つの言葉を噛みしめながら、彼女は突き進む。墜ちるところまで、墜ちよう、と。

「はふらかす」（放らかす）という動詞が、ここで彼女の下降する人生に「高貴なる敗北」の色合いを加味した。

O　われと身をはふらかすさへあやしまぬ変りたる世にまた君を見じ　『涙痕』

P　生きながらはふらしめなむ女にて美しくこそ酔ひ伏せる間に　『涙痕』

Q　寂しくも投げ出されし身のはては歌ふに泣くにおのがまゝなる　『涙痕』

OとPは、「女の幸福」を自ら放棄する決心を歌う。だが、Qは、我が身は運命から見捨てられたからこそ、自由自在に歌えるのだという逆転の発想を述べている。「おのがまゝなる」と居直る、したたかな女。古典を摂取するだけ摂取して、しかも近代の覚醒した女たらんと志した原阿佐緒。その苦闘と野心のすべてが、『涙痕』にはある。

33

北原白秋と『小倉百人一首』

詩の韻律と、歌の韻律

北原白秋（一八八五〜一九四二）の「短歌」と「詩」を考察することで、近代の韻文リズムをもたらすものが何であるか、考えたい。短歌は、言うまでもなく定型詩であり、その形式自体がリズムを内在している。一方の詩は、形式ではなく言葉と文体がリズムを作り上げる。

ところが、大変に興味深いことに、かつては「歌人」と「詩人」とは同一人物であることが多かった。北原白秋も、そのような文学者の典型である。彼の文学的な出発点と到達点を探ることで、詩の根拠が判明するような予感がある。

そもそも、私たち日本人が、「言葉」それ自体の美しさと不可思議さとを体感するのは、いつなのだろうか。言葉の意味ではなくて、言葉それ自体のリズムの美しさを知るのは、いつなのか。母の背中で聞いた子守歌か。子ども同士で遊んだ時に、意味もわからず歌った「わらべ歌」なのか。テレビから流れてきて、聞くともなく覚えたドラマの主題曲や歌謡曲なのか。

私は、『小倉百人一首』（以下『百人一首』）に代表される和歌の朗詠の心地よさが、子ども心に与える影響の大きさに、人々がもっと気づいてよいのではないか、と常々考えている。

日本語の言葉のリズムを和歌が代表し、その和歌の魅力を『百人一首』が凝縮している。古典文学としての『百人一首』は、近現代短歌や近現代詩にも影響を及ぼし続け、多くの人々に愛唱されている。近代詩歌の愛唱性の源には、『百人一首』がある。この当たり前のことを、確認してみようではないか。

北原白秋の短歌と『百人一首』

北原白秋の短歌の中から、『百人一首』の影響を受けたと思しいものを挙げてみよう。アルファベットを付したものが北原白秋の短歌であり、そのあとに「*」を付したものが典拠としての『百人一首』である。この一覧を見ただけでも、白秋の短歌と『百人一首』の関係の密接さと濃密さがわかるだろう。

A
黒耀の石の釦（ぼたん）をつまさぐりかたらふひまも物をこそおもへ
白き猫泣かむばかりに春ゆくと締めつゆるめつ物をこそおもへ
あはれなるキツネノボタン春くれば水に馴れつつ物をこそおもへ
*長からむ心も知らず黒髪の乱れて今朝は物をこそおもへ　（待賢門院堀河）

B
ナイフとりフオクとる間もやはらかに涙ながれしわれならなくに
へら鷺の卵かへすとなまけものなまけはてたるわれならなくに
吹く風はせちに心をかきむしる人間界のわれならなくに

＊陸奥（みちのく）の信夫（しのぶ）もぢずり誰（たれ）ゆゑに乱れそめにしわれならなくに　（源融）

C

廃れたる園に踏み入りたんぽぽの白きを踏めば春たけにける
天の河棕櫚と棕櫚との間より幽かに白し闌けにけらしも
篠竹の竹の撓みに置く霜の今宵は白しふけにけらしも
＊鵲（かささぎ）の渡せる橋に置く霜の白きを見れば夜ぞ更けにける　（大伴家持）

D

恋すてふ浅き浮名もかにかくに立てばなつかし白芥子の花
＊恋すてふわが名はまだき立ちにけり人しれずこそ思ひそめしか　（壬生忠見）

E

歎けとていまはた目白僧園の夕の鐘も鳴りいでにけむ
思ひきや霧の晴間のみをつくし光りゆらめく河下見れば
＊歎けとて月やは物を思はするかこち顔なるわが涙かな　（西行）
＊わびぬればいまはた同じ難波なるみをつくしても逢はむとぞ思ふ　（元良親王）

F

抜手を切り一列にゆく泳手の帽子ましろに秋風の吹く
かうかうと今ぞこの世のものならぬ金柑の木に秋風ぞ吹く
目に見えて門田の稲葉吹く風もとりわけて今朝は秋めきにけり
＊夕されば門田の稲葉おとづれて蘆のまろやに秋風ぞ吹く　（源経信）

G

春過ぎて夏来るらし白妙のところてんぐさ取る人のみゆ
白妙のころもたゆけく筌の笛吹きて遊べり韓(から)の人かも
白妙のころもたゆけき韓人(からびと)がのうのうと挽く長柄(ながえ)大鋸(おほのこ)
しろたへの衣なほ干す屋根の上に月いよよ澄みていよよ白しも
＊春過ぎて夏来にけらし白妙のころも干すてふ天の香久山　（持統天皇）

H

漕ぎつれていそぐ釣舟二方に濡れて消えゆくあまの釣舟
南海の離れ小島の荒磯辺(ありそべ)に我が痩せ痩せてゐきと伝へよ
和田の原ながれ逆巻く波間より煙あがれり船通ふらし
＊わたの原八十島かけて漕ぎ出でぬと人には告げよあまの釣舟　（小野篁）

I

かうかうと風の吹きしく夕ぐれは金色の木々もあはれなるかな
見るからに秋のあはれに吹きしくは金色の木の嵐なりけり
＊白露に風の吹きしく秋の野はつらぬきとめぬ玉ぞ散りける　（文屋朝康）
＊吹くからに秋の草木のしをるればむべ山風を嵐といふらむ　（文屋康秀）

J

人ひとりあらはれわたる土の橋橋の両岸ただ冬の風
＊朝ぼらけ宇治の川霧たえだえにあらはれわたる瀬々の網代木(あじろき)　（藤原定頼）

K

月の夜のましろき躑躅(つつじ)くぐりくぐり雉子(きぎす)ひそみたりしだり尾を曳き

あなかそか雪と霰のささやきをききて幾夜かわがひとり寝む
＊あしびきの山鳥の尾のしだり尾の長々し夜を一人かも寝む　（柿本人麻呂）

L
田末（たずゐ）わたる時雨の雨は幽（かす）かながら初夜（しよや）過ぎて出づる月のさやけさ
＊秋風にたなびく雲の絶え間よりもれ出づる月の影のさやけさ　（藤原顕輔）

M
世の中は常かなしもよ沖の島ここの辺土の松風のこゑ
＊世の中は常にもがもな渚漕ぐ海人の小舟の綱手かなしも　（源実朝）

N
夜をこめて空に幽かに揺るる凧の何かしら放つその火花はも
＊夜をこめて鳥の空音ははかるともよに逢坂の関は許さじ　（清少納言）

O
玉の緒の絶ゆる事無く童（わらべ）にて遊び恍（ほ）れてむ親の御前に
＊玉の緒よ絶えなば絶えねながらへば忍ぶることの弱りもぞする　（式子内親王）

以上、『桐の花』『雲母集（きららしゅう）』『雀の卵』の三つの歌集から、明らかに『百人一首』を意識していると思われる作品ばかりを、抜き出して見た。言葉の次元での引用に留まっている短歌もあれば、発想自体を『百人一首』に仰いでいる短歌もある。北原白秋の全歌集を詳細にひもとけば、もっとたくさんの用例を発見できることだろう。

また、北原白秋は「しづこころなし」という言葉が好きだったようで、いくつかの作品でこの語を使用している。

わかきひののもののといきのそこここにあかきはなさくしづこころなし
楂古聿（チヨコレート）嗅ぎて君待つ雪の夜は湯沸（サモワル）の湯気も静こころなし
春はもや静こころなし歇私的里（ヒステリー）の人妻の面（かほ）のさみしきがほど

これらの短歌の「字眼」とも言うべき「しづこころなし」の源泉は、あるいは『百人一首』の、「久方の光のどけき春の日にしづこころなく花の散るらむ」（紀友則）という歌ではないか。もちろん、『百人一首』だけからでは北原白秋の短歌の独特のリズムは発生してこない。けれども、かなり隠蔽されてはいるものの、北原白秋の短歌を支える言葉が、『百人一首』に多くの源を有している事実が明らかになったと思う。

北原白秋の詩と『百人一首』

では、詩人としての北原白秋は、どうなのだろうか。短歌の世界（五七五七七）においては、かなりの頻度で『百人一首』（短歌と同じ五七五七七の韻律を持つ和歌）を引用していた彼は、詩の世界ではどうなのか。結論を先に言っておけば、あまり『百人一首』の言葉を使用していないようだ。けれども、『百人一首』の痕跡のような表現は、いくつか指摘できる。今は言葉の問題なので、詩の表題は省略して、表現のみを引用する。

A
①わかき日のなまめきのそのほめき静こころなし。
わかき日の薄暮(くれがた)のそのしらべ静こころなし。
わかき日のその夢の香(か)の腐蝕静こころなし。
わかき日のその靄に音(ね)は響く、静こころなし。
わかき日は暮るれども夢はなほ静こころなし。
②いづこにか敵のゐて/つけねらふ、つけねらふ、静こころなく。
*久方の光のどけき春の日にしづこころなく花の散るらむ　(紀友則)

B
①釣舟の漕ぎいづる/入江ちかく
②島かけて、八十嶋かけて、/大海に舟満ちつづけて。
*わたの原八十島かけて漕ぎ出でぬと人には告げよあまの釣舟　(小野篁)

C
人こそ知らね、アカシアの/銀の木の芽も涙する。
*わが袖は潮干に見えぬ沖の石の人こそ知らね乾く間もなし　(讃岐)

D
鵲のしろき下羽根、/月の夜と移る空なり。
*鵲の渡せる橋に置く霜の白きを見れば夜ぞ更けにける　(大伴家持)

E
①夏が来た、
②夏が来ただな、夏が来ただな/海から山から夏が来ただな。

③夏は来れり、／薄玻璃に。
④夏となりぬる。
⑤五月よ、塔の／反り見て。／早や干す、白き／子の衣
＊春過ぎて夏来にけらし白妙のころも干すてふ天の香久山　（持統天皇）

F
これやこれ、／餓に堕ちたる天竺の末期の苦患。
＊これやこの行くも帰るも別れては知るも知らぬも逢坂の関　（蟬丸）

G①若草色の夕あかり濡れにぞ濡るる／雨の日のもののしらべの微妙さに
②濡れにぞ濡れて、真実に／色も匂もよみがへる。
③金のピアノの鳴るままに、／濡れにぞ濡るれすべもなく
＊見せばやな雄島の海人の袖だにも濡れにぞ濡れし色は変はらず　（殷富門院大輔）

H
うちいでて、／あまりりす眩ゆき園を、／明日こそは／手とり行かまし。
＊田子の浦にうちいでて見れば白妙の富士の高嶺に雪は降りつつ　（山部赤人）

I
凋れたる官能の、あるは、青みに、／夜をこめて霊の音をのみぞ啼く。
＊夜をこめて鳥の空音ははかるともよに逢坂の関は許さじ　（清少納言）

J
①ヲンナコドモハツナデヒク、カガヤクウミヲバヒキアグル

②世の中よ、あはれなりけり。／常なけどうれしかりけり。
③夕浪千鳥群れかへる／蜑の小舟のそれならで
＊世の中は常にもがもな渚漕ぐ海人の小舟の綱手かなしも　（源実朝）

これらは、常識的には「慣用的表現」ないし「定型句」であって、『百人一首』という特定の先行文献の引用ではない、ということにはなろう。ここまで「引用」の認定基準をゆるめてしまえば、すべての表現が何かしらの引用ということになってしまい、収拾がつかなくなる、という心配もあるかもしれない。

しかしながら、北原白秋という詩人が自分の言語感覚の奥深くに『百人一首』の表現を埋蔵させていて、自家薬籠中のものとしていたことは確かである。本人は、もはや『百人一首』からの引用という意識は持っていなかったかもしれない。古典の言葉であるとか、和歌の言葉であるとかの意識すら、あるいはおぼろだったかもしれない。けれども、そのような薄暮のような言語感覚の中から白秋の詩は誕生したのであり、それは『百人一首』に代表される古典和歌の世界と強く結びついていた。では、『百人一首』（五七五七七の定型詩）の表現の一部を引用することで、白秋はどのような言語空間を構築したのか。Gの②にあげた「濡れにぞ濡れて」を、例にして考えよう。

キャベツ畑の雨

冷びえ（ひえ）と雨が、さ霧（きり）にふりつづく、
キャベツのうへに、葉のうへに、

雨はふる、冬のはじめの乳緑の
キャベツの列に葉の列に。（以下、二聯から七聯まで省略）

鳥が鳴いてる……冬もはじめて真実に
雨のキャベツによみがへる。
濡れにぞ濡れて、真実に
色も匂もよみがへる。

新らしい、しかし、冷たい朝の雨、
キャベツ畑の葉の光。
雨はふる。生きて滴る乳緑の
キャベツの涙、葉のにほひ。

（『東京景物詩及其他』）

この詩は、七音と五音を基礎として構成されている。

575／75／575／75（第一聯）
775／75／75／75（第八聯）
575／75／575／75（第九聯）

もっとも、定型詩に近いという印象を薄めるための工夫がいくつか施されている。第一聯の冒頭は、

「冷びえと、雨がさ霧にふりつづく」ではなくて、「冷びえと雨が、さ霧にりつづく」と読点が打たれている。これは、「さ霧」を強調するためではなく、音韻のパターン（五七調）を目立たなくするためではなかろうか。

第八聯の「鳥が鳴いてる……冬もはじめて真実に」の「……」の記号は、「775」の発音のしにくさを踏まえての、休止記号（息継ぎ）だろう。五音と七音との交互出現から形成されている詩の中で、「濡れにぞ濡れて」はぴたりとはまり込んでいる。決して浮いていない。「ぞ」の係り結びの混乱は、定型詩のようでありながら定型詩でない「キャベツ畑の雨」にふさわしい。

『百人一首』では、「濡れにぞ濡れし色は変はらず」という表現であった。しかし、白秋は、雨に濡れてキャベツの色も匂いも変化した、変わった、と歌っている。これは、一見すると、『百人一首』の表現を裏返したものとも考えることができる。しかし、そうだろうか。もう一度、『百人一首』を引用してみる。

見せばやな雄島の海人の袖だにも濡れにぞ濡れし色は変はらず

雄島の海人の袖の色は、海水に「濡れにぞ濡れ」たけれども変化しなかった。しかし、私の袖は涙に「濡れにぞ濡れ」て色がすっかり変わってしまった。第五句「色は変はらず」の真実の意味は、「色変はりたり」だったのである。白秋の詩想は、『百人一首』のそれを正確に受け止めている。

このように、白秋の詩は、かなり本質的な影響を『百人一首』から受けている。それは、短歌ほどは明確ではなかったが、重要な「詩的源泉」だった。そこで、北原白秋の詩と古典文学全般との関連について、考えを進めよう。

松尾芭蕉の影響した詩歌

白秋は、芭蕉をよほど好きだったと見える。さまざまな影響関係が発見できる。まずは、短歌から見てゆく。

道のべの馬糞ひろひもあかあかと照らし出されつ秋風吹けば　『雲母集』

この歌は、芭蕉の二つの異なる作品を合成したものである。

道のべの木槿(むくげ)は馬に喰はれけり
あかあかと日はつれなくも秋の風

俳句というジャンルの持っている「軽み」「滑稽感」が、白秋の作品にそのまま踏襲されている。この短歌から考えれば、白秋の「吐血」と題する詩の一節も芭蕉の影響を受けたものであることが自明である。

罌粟畑(けしばたけ)日は紅々と、
水無月の夕雲爛(あか)れ、
鳥鳴かず。

「赤」は「黄」と並んで白秋の好む色彩なのだが、そのような個人的な嗜好に芭蕉の「あかあかと」という発句が合致したことが判明する。「吐血」では、「秋」という季節は変更を加えられて「水無月＝夏」になっている。けれども、「つれなくも」という言葉のニュアンスは、「爛れ」という詩語の中によく保存されている。

白秋の詩には、「あかあかと」という言葉がよく出てくる。たとえば、「乳母の墓」という詩。

あかあかと夕日てらしぬ。
その中に乳母と童と
をかしげに墓をながめぬ。

（中略）

あかあかと夕日さす野に、
南瓜花（かぼちやばな）をかしき見れば
いまもはた涙ながるる。

五七調で書かれた、リズムのよいこの詩は、やはり芭蕉の「あかあかと」の句を踏まえていると言ってもよいだろう。一つの発句が、さまざまな白秋の詩歌を生み出している。

ところで、芭蕉と言えば、問題作がある。

海くれて鴨のこゑほのかに白し

この句の「鴨のこゑほの／かに白し」の部分は、現代の俳句用語で言えば、「句またがり」の手法で作られている。五七五のリズムをあえて犠牲にして出来あがったこの句を、白秋は「秋の日」という詩で引用している。

知らぬ他国の潟海(がたうみ)に鴨の鳴くこゑほのじろく、
魚市場(さかないちば)の夕映が血なまぐさそに照るばかり、
人立ちもないけうとさに秋も過ぎゆく、ちんからと。

芭蕉の発句の季語は「鴨」で、季節は「冬」である。白秋の詩は「秋」をうたったものであるから、もとになった発句の季節感は無視されている。それともう一つ、重要なのは、「鴨のこゑほのかに白し」という原句が、「鴨の鳴くこゑほのじろく」と改作されている事実である。「秋の日」の引用した部分の音律は、

7・5・7・5
7・5・7・5
7・5・7・5

となっており、このリズムを崩すことは白秋の詩歌観では許されないことだった。「血なまぐさそに」という舌足らずの表現も、七五調の文体を厳守するために必要なことだったのであり、「俳聖」芭蕉の作品であったとしても、この音律には従うべきものと考え、白秋は芭蕉の字句の改作を断行し

ているのである。
　五音と七音から形成されている白秋の詩歌は、無限に古典文学をちりばめているが、それは古典文学の内在しているリズムが白秋の心に強く訴えたからであり、必ずしも古典文学の「思想」が感銘を催したからではない。
「ひなた」という詩の冒頭の二聯を引用してみる。

　石の面にほのとぬくみて。
　菊の香や、
　保つ日向や。

　ここには、芭蕉の「菊の香や奈良には古き仏たち」がかすめられている。けれども、芭蕉の発句の持つ「ゆかしさ」「したわしさ」というものは完全に払触されている。この詩の最後の聯は、

　なにか倦む
　童ごころ。

であり、白秋独自の倦怠感が歌われている。ここまでくると、「ひなた」という詩に芭蕉の発句の影響を指摘する意義は、ほぼ完全に消滅する。しかし、「菊の香や／保つ日向や」という、いささか耳

ざわりな「や」の繰り返しはなぜ発生したのであろうか。やはり、白秋にとっては「菊の香」という言葉が「菊の香や」という形態（五音）で記憶されていたし、その最小単位で詩作に応用されたからだろうと考えるのが、自然である。その記憶を形成したのは、芭蕉の発句だったに違いない。

柿本人麻呂の和歌と白秋

白秋は、『万葉集』からも数多くの「詩語」を学んでいる。例えば、次の通り。

湿潤（しめり）ふかき藍色の夜（よ）の暗さ……
かへりみすれば
いと黒く、はた、遠き橋のいくつの
そのひとつ青うきしろひ、
（「夜の官能」）

やや薄黄ばむ小篠に
陽のあるほどのけざむさ。
見つつし行けば明るく、
かへり見すれば風あり。
（「篠原」）

この二つの詩は、いずれも柿本人麻呂の代表作として名高い和歌を引用したものである。

東(ひんがし)の野に陽炎(かぎろひ)のたつ見えてかへりみすれば月かたぶきぬ

白秋は「うしろを振り返る」「振り向く」という意味の言葉を詩に用いる際に、「かへりみすれば」という『万葉集』に由来する七音の単語（活用形）を嵌め込んだのである。「夜の官能」の音律は、

6・5・5
7
7・6・4
5・7

という破調である。「篠原」の方も、

7・4
7・4
7・4
7・4

であって「七五調」ではない。けれども、「かへりみすれば」の部分だけは「七音」を守っている。くどいかもしれないけれども、「かへりみる」ではなく、「かへりみすれば」で一セットなのだ。

柿本人麻呂と言えば、彼に仮託された有名な和歌がある。

ほのぼのと明石の浦の朝霧に島隠れゆく舟をしぞ思ふ　『古今和歌集』

この和歌は、「歌聖」人麻呂を代表する作品として、中世において広く享受されてきた。そして、この歌には「和歌」の奥義と「人生」の奥義が内在しているとして、さまざまな秘説が生まれた。この伝説的な和歌を、白秋がどのように自分自身の詩歌の中に嵌め込んでいったか、そのプロセスを次に観察してみることにしたい。

すずかけの木とあかしやとあかしやの木とすずかけと
舗石みちのうす霧に
ほのぼのと人をたづねてゆく朝はあかしやの木にふる雨もがな　『桐の花』

白秋は、「ほのぼのと」という言葉をよく用いている。この歌は、白秋の愛好する「ほのぼのと」という詩語がどのような古典に起因しているのかを私たちに教えてくれているのではなかろうか。

まず、詞書で「うす霧」という言葉が用いられているが、これは歌の中の「朝」と響き合い、人麻呂歌の「朝霧に」を読者に強く連想させる。「ほのぼのと」が人麻呂と白秋とに共通することは、既に指摘した通りである。問題は、白秋の短歌の中の「あかしや」という植物名である。これは白秋の歌を読んでいるだけではわからないことだが、白秋の歌が人麻呂の和歌を引用していることを考え合わせると、初めて白秋の脳裏で展開した「意識の流れ」が明確になってくる。

人麻呂の「明石（＝あかし）の浦」という地名が、白秋の短歌では「あかしや」という植物名に変奏されているのである。白秋の創作意識が、はたして「言葉遊び」というものであったか、無意識の連想であったか、よくはわからない。けれども、この白秋の歌は、人麻呂の和歌の高度な引用によって成立しているものだった。

白秋の短歌を、もう一首あげよう。

霜さむき孟宗原に燃ゆる火のほのぼのと赤し夜や明けぬらん　『雀の卵』

この歌は、複雑な成立事情を持っている。「燃ゆる火のほのぼのと」の部分（正確には、「燃ゆる火のほ」の部分）には、『古事記』で、オトタチバナヒメノミコトが、夫のヤマトタケルに向かって詠みかけた歌を引用している。

さねさし相模（さがむ）の小野に燃ゆる火のほなかに立ちて問ひし君はも

「ほのぼのと」という言葉は、「もゆる火の」という神話に由来する歌が導いたものである。ところが、白秋にとっては、「ほのぼのと」という言葉は、人麻呂の「ほのぼのと明石の浦の朝霧に島隠れゆく舟をしぞ思ふ」という和歌と、切っても切れない関連性を有していた。そのために、「明石」という地名の連想が白秋の脳裏において進行し、「ほのぼのと赤し」という言葉つづきを彼に採用させたのである。

先ほどは、「明石」という地名が「あかしや」という植物名に変形されていたし、今度は「赤し」

という形容詞に変形されている。この変形の背後には、白秋の古典に対する深い認識がある。
これまで、白秋の短歌作品における「ほのぼのと」を見てきたが、白秋の詩ではどうだろうか。

ほのぼのと
朝明の霧に動（ゆる）ぎつつ
九百九町はやはらかに
醒むるよ。

（「全都覚醒賦」）

白秋の詩作品では、「ほのぼのと」という言葉はよく出てくるが、それが「あかし」と結合している具体例は発見できなかった。しかしながら、今あげた『全都覚醒賦』では、「ほのぼのと」が「朝（あさ）明（け）の霧」と連結しており、明らかに柿本人麻呂の歌を踏まえていることが理解できるのである。では、次の作品はどうか。

朝明の霧にむせびし
西国（にしぐに）の新らしき香（か）よ。

そが鈍（にぶ）き笛のもとより、
鶩の鳥は鳴きてのぼりぬ。

ひとむれのその鳴きごゑよ、

しらしらとわれに寄り来つ。　（「鵞鳥と桃」）

二聯と三聯とが、松尾芭蕉の「海くれて鴨のこゑほのかに白し」を引用していることは明らかである。けれども、今は人麻呂の影響を論じているので省略に従う。

一聯の「朝明の霧にむせびし」には、「ほのぼのと」という言葉もないし、「明石」を連想させる言葉もない。だが、「全都覚醒賦」の表現を知っている私たちには、これが「ほのぼのと明石の浦の朝霧に」の本歌取りであることが理解できる。

興味深いのは、「全都覚醒賦」では、「朝明」を「あさけ」と読ませていたのに対し、「鵞鳥と桃」では「あさあけ」と読ませている事実である。これは、発音上の要請であって、「五音」と「七音」との交互出現を可能にするための工夫である。「全都覚醒賦」の「朝明の霧に」は、七音でなければならないので「あさけのきりに」と読むし、「鵞鳥と桃」の「朝明の」は、五音でなければならないので「あさあけの」と読むのだ。

雑木（ざふき）こそうれしかりけれ。
そのにほひも。
ほのぼのと。靄と雨。
なづさひつつ。　（「雑木」）

「ほのぼのと」と「靄」とが近接している。靄と霧は近い。このことから、これも地下水脈としては人麻呂の歌が影響していると言ってよかろう。

紫の
靄と雲、
月はあり、ありかのみ。

ほのぼのと
また開く、
雨あとや、吾がとぼそ。

（「夜ごろ」）

この詩でも、「霧」ではなく「靄」である。「ほのぼのと」は、「靄と雲」を通して見る月のありさまであり、「開く」という動詞を修飾する言葉でもある。「開く」の主語は当然「とぼそ」であろうが、既に、白秋という詩人が好む「ほのぼのと朝明の霧」という表現を知っている読者にとっては、「朝」が「開く」というニュアンスまで感じ取ることが可能である。

この「夜ごろ」という詩には、人麻呂の歌と重なる表現は「ほのぼのと」しか存在しない。けれども、両者の間には大きな発想の通路がつながっている。白秋の詩で、「ほのぼのと」と「開く」とが「また」という言葉で微妙な連結をしているのは、この詩が、「五音」の反復によって成立している特殊なリズムを持っているからだろう。

その他、「御船謡（みふなうた）」という作品には、

朝開、朝のみ霧の

という一節が発見できる。神武天皇が東征に向かった船出を歌った詩である。神武天皇が「お船出（ふなで）」をした宮崎県の美々津（みみつ）は、白秋と親しかった若山牧水の郷里に近い。ここにも、「ほのぼのと明石」の歌の影響が隠顕している。ちなみに、この詩のタイトルの「御船謡」が、人麻呂の歌の下の句「舟をしぞ思ふ」を白秋に連想させたのだろう。

以上、北原白秋の詩歌と古典文学との関係を探ってみた。ここでは、『百人一首』と松尾芭蕉と柿本人麻呂とに限定したが、同じような作業を、他の古典文学との間でも試みたい。古典和歌や発句のリズムが、近代詩歌に何をもたらしたのか。「近代詩歌の独自の達成」を云々する以前に、古典和歌との正しい間合いを正確に測定する必要がある。それが、口語自由詩や近代短歌のリズム感覚を考える、次の作業の出発点となるだろう。

神武天皇の船出の記念碑
（宮崎県日向市美々津町）

34 北原白秋『桐の花』と、「もののつれづれ」

前章で見たように、北原白秋は自らの短歌や詩の中に、「古典和歌の言葉」を積極的に埋め込んでいた。この種子が発芽して、「近代詩歌の心」が花開いた。古い言葉が、新しい心を生んだのである。

古典和歌の言葉を種として

『後拾遺和歌集』曾禰好忠

鳴けや鳴け蓬が杣のきりぎりす過ぎゆく秋はげにぞ悲しき

『桐の花』

朝顔を紅く小さしと見つるいのち消えむとぞする鳴け鳴け鈴虫

もしも、白秋の「鳴け鳴け鈴虫」が、好忠の「鳴けや鳴け……きりぎりす」の近代化だとするならば、『桐の花』の巻頭を飾った「春の鳥な鳴きそ鳴きそあかあかと外の面の草に日の入る夕」という歌は、好忠の「鳴けや鳴け」の反転形だということになる。

既に指摘があるように、白秋の「な鳴きそ鳴きそ」は、『万葉集』の「ほととぎすいたくな鳴きそ」や、『古今和歌集』の「きりぎりすいたくな鳴きそ」の歌を直接の源流とはするのだろうが、白秋の脳裏には曾禰好忠の「鳴けや鳴け」も「近代短歌の種子」の一つとして、意識されていたのではなかったか。

唐衣ひもゆふぐれになる時は返す返すぞ人は恋しき　『古今和歌集』詠み人知らず
惜しめども春の限りの今日の日の夕ぐれにさへなりにけるかな　『伊勢物語』第九十一段
すずろかにクラリネットの鳴りやまぬ日の夕ぐれとなりにけるかな　『桐の花』

白秋の「日の夕ぐれ」は、言葉の重なりからは『伊勢物語』を直接の種子とするのだろう。しかし、『伊勢物語』が「今日の日の／夕ぐれ」という箇所で、句の切れ目を跨いでいることを考慮すれば、白秋は『古今和歌集』の「ひもゆふぐれに」をも意識していたかと思われる。だからこそ、『古今和歌集』の「返す返すぞ人は恋しき」という情感が、すずろかなクラリネットの響きの中に籠もったのである。

前章では、白秋の詩歌における『小倉百人一首』の影響力の大きさを、「春過ぎて夏来にけらし」の本歌取りの例などを通して指摘した。また、柿本人麻呂の作とされる「ほのぼのと明石の浦の朝霧に島隠れゆく舟をしぞ思ふ」を意識した歌が多い事実にも着目した。

本章では、「日の夕ぐれ」にも摂取された『伊勢物語』の影響を見届けたい。白秋は、『伊勢物語』の世界に何を追加して、近代短歌の扉を開いたのだろうか。

『伊勢物語』の近代化

『桐の花』には、四百四十九首の短歌と、六編の文章が収められている。文章の中には、西欧の詩人たちの名前が乱舞していて、まことにきらびやかである。だが、ただ一人だけ、我が国の古典歌人の名前が明記されている。それが誰あろう、在原業平なのだ。

　業平の高い調（しらべ）はまさに感じ易い夜の螢のセンチメントである。（中略）而（しか）しなほ苦い近代の芸術にはまだその上に堪へがたいセンジュアルな日光の触覚と渋い神経の瞬きとを必要とする。

白秋は、『伊勢物語』のセンチメント（情緒・感傷）に、センジュアル（官能的な）雰囲気を追加したのが自分の短歌である、と宣言している。

　白玉か何ぞと人の問ひし時つゆと答へて消えなましものを　『伊勢物語』第六段
　空いろのつゆのいのちのそれとなく消なましものをロベリヤのさく　『桐の花』

ロベリヤの歌は「白き露台」という連作に含まれる。その冒頭には、「かはたれの白き露台に出でて見つわがおもふ人はいづち去にけむ」とあり、『伊勢物語』第九段の「わがおもふ人はありやなしやと」を連想させる。

在原業平と二条の后（藤原高子）との悲恋を種子とし、草の上にびっしりと置く露を、香りを漂わせながら群がり咲くロベリヤ（ロベリア）の花の瞳に置き換えている。

　いにしへのしづのをだまき繰り返し昔を今になすよしもがな　『伊勢物語』第三十二段
　うらうらと二人さしより泣いてゐしその日をいまになすよしもがな　『桐の花』

『桐の花』の、「これやこの絹のもつれをときほぐしほのかに夜を待つすべもがな」も、「なすよしもがな」から連想されているのだろう。なおかつ、「絹のもつれをときほぐし」という裁縫の仕種は、「しづのをだまきくりかへし」という糸紡ぎの動作とも密接に関連している。

過ぎ去った昔を今に再現したいと願っている、その「昔」が、幸福な日々ではなく「二人さしより泣いてゐし」日々だというのが、白秋の歌の切なさである。

武蔵鐙さすがにかけて頼むには問はぬもつらし問ふもうるさし　『伊勢物語』第十三段

問へば言ふ問はねば恨む武蔵鐙かかる折にや人は死ぬらむ　同

わがどちよ寂しきどちよつねに見て思へばくるし泣かざれば憂し　『桐の花』

『伊勢物語』の「武蔵鐙」は、都に妻のいる男が、武蔵の国で別の女と二股を掛けてしまったので、男も妻も苦しむという設定である。白秋は、寂しい者同士の男女が、何をしても、何をしなくても苦しいという、近代人の屈折した恋心を歌っている。近代の純愛は、なぜかしら古典の三角関係と似てしまうのだ。

『桐の花』には、『伊勢物語』第三十三段の「よしやあしや」という地の文（散文）を取り込んで詠んだ、「よしやあしや君が銀座の入日ぞらほのかに暮れて夜となりにける」がある。

『伊勢物語』第一段（『小倉百人一首』にもあり）の「みちのくのしのぶもぢずりたれゆゑに乱れそめにしわれならなくに」の最終句「われならなくに」を種子とした短歌は、『桐の花』にいったい何首あることか。

白秋は、『伊勢物語』の純粋で、ある意味「単純・単調」な恋の苦しみを、複雑化して近代短歌にしている。つまり白秋は、『伊勢物語』と近代、日本と西洋とを立体化させているのだ。本書の最大の眼目は、江戸時代の北村季吟の「異文化統合システム」と、本居宣長の「異文化排斥の思想」とを比較・対照させることにあった。そして、わが国の最良の古典文化が前者であったけれども、近代の扉を開いたのは後者である、という歴史の皮肉を明らかにした。そのうえで、宣長のもたらした「近代」の限界を問おうとしている。

宣長の思想の本質は、「もののあはれ」。この過激なまでの破壊思想を、北原白秋はどのように捉えていたのだろうか。

「もののあはれ」から「もののつれづれ」へ

『桐の花』の冒頭三首目に、早くも「もののあはれ」という言葉が使われている。

しみじみと物のあはれを知るほどの少女(をとめ)となりし君とわかれぬ

「物のあはれを知る」ことの大切さを、宣長は『源氏物語』の主題論とからめて力説した。光源氏が藤壺と、命を賭けて「道ならぬ恋」に突進したように、白秋も「人妻」との愛を、彼女の夫から姦通罪で訴えられる覚悟で貫いた。

だが、『桐の花』の「もののあはれ」は情緒に留まる。なぜならば、白秋の文学者としての信念は、日本の古典と近代、日本と西洋の「立体化」とを志していたからである。白秋の文学観や文明観は、宣長が越えようとした北村季吟の「源氏文化＝和歌文化」と同じものだった。季吟の時代には、「和・漢・梵」（日本・中国・インド）の三階建て構造だったが、明治維新後には「和・漢・洋」の異文化統合が必要とされた。それを成し遂げた歌人・詩人の一人が、白秋だったのではないか。南蛮文化への強烈な傾倒も、「異文化統合」という視点から捉え直すべきだと思う。

白秋短歌の特質の一つに、視角・聴覚・嗅覚・触覚・味覚などを「共通感覚」として重ね合わせることがある。これは、彼が個人としても「感覚の立体化」を志向していた事実を照らし出している。白秋は、宣長の「もののあはれ」をはるかに超えている。

白秋が、業平のセンチメントに、近代のセンジュアルを加えるべきだと述べていることは既に述べた。その文章の直後に、「公卿の物の哀れよりも弥（いや）さらに病児の温かいその吐息を、私の神経は悲しむ」と書いている。

わかきひのもののといきのそこここにあかきはなさくしづこころなし

手の指をそろへてつよくそりかへす薄らあかりのもののつれづれ

「もののつれづれ」は、「もののといき」をさらに深化させたもので、「もののあはれ」を乗り越え、変容させた白秋の造語であると考えられる。理由のない、それゆえに根源的な倦怠感（アンニュイ）を、白秋は「もののつれづれ」と表現した。そして、この「もののつれづれ」の香りや色合いを表現した短歌を集めたのが、歌集『桐の花』である。

白秋の「もののつれづれ」は、異文化排除の思想ではない。伝統的な「源氏文化」の近代における復活なのだ。

ゆふぐれのとりあつめたるもやのうちしづかにひとのなくねきこゆる

「とりあつむ」という動詞は、『源氏物語』でもしばしば用いられている。白秋は、「もののあはれ」と「もののといき」、さらには「もののつれづれ」などを取り集めて、近代短歌の新しい領域を発見したのである。

「もののあはれ」と革命……石川啄木

『伊勢物語』の「昔、男ありけり」

文語歌人が、近代歌人へと脱皮できた数少ない成功者の一人。それが、石川啄木(一八八六〜一九一二)である。どこに、彼の成功した要因があったのだろうか。

夜おそく戸を繰(く)りをれば
白きもの庭を走れり
犬にやあらむ

○うつかりしながら家の前まで歩いて来た時、出し抜けに飼ひ犬に飛着かれて、「あゝ喫驚(びつくり)した。こん畜生!」と思はず知らず口に出す――といふやうな例はよく有ることだ。

『一握(いちあく)の砂(すな)』

『悲しき玩具(がんぐ)』「歌のいろ〳〵」

啄木は、『徒然草』第八十九段の「猫又(ねこまた)」のエピソードを念頭に置いている。連歌僧が夜遅く帰宅して、飼い犬に飛びつかれた話である。啄木は、遅くまで新聞の校正をして深夜に帰宅し、飼い犬に飛びつかれた。

だが、『徒然草』の話は連歌僧が失敗したところで終わっているのに対して、啄木は飼い犬に吠えられた後で、「こん畜生!」という悪口を言い返した。「悪口」こそが、彼の最大の武器だった。『徒然草』を引用しながら、啄木は不如意きわまりない世界に向かって悪態をつき、反撃を開始する。

啄木は、古典文学と決して無関係ではないのだ。『一握の砂』を読んでいると、啄木の短歌が、『伊勢物語』なしには生まれなかったことがわかる。そして、古典の世界を近代的に変容させていることも理解できる。

よく知られているように、『伊勢物語』の各章段は、「昔、男ありけり」という書き出しを持つ。啄木は、この王朝物語の語法を、近代短歌に再生させた。

以下、ことわらない限り『一握の砂』

かなしきは
飽くなき利己の一念を
持てあましたる男にありけり

路傍（みちばた）の切石（きりいし）の上に
腕拱（く）みて
空を見上ぐる男ありたり

この近代短歌は、文語的な発想から生まれている。

昔、男ありけり。その男、飽くなき利己の一念を持てあましけり。いかに悲しかりけむ。
昔、男ありけり。その男、路傍(みちばた)の切石(きりいし)の上に腕拱(く)みて、空を見上げてゐたり。

啄木の近代短歌は、王朝の『伊勢物語』の「散文」を、「五七五七七」の定型に組み換えた。和歌の背景を説明するだけだった散文にも、韻文に匹敵する価値があると認めたのである。「三行分かち書き」という表記スタイルも、韻文と散文が激しくせめぎ合う啄木の文体にふさわしいものだった。
啄木の念頭にあった「短歌の原型」と、生まれ落ちた近代短歌を、三つだけ並置しておこう。

昔、女ありけり。男の言ひつけに背(そむ)かじと、心を砕きけり。男、それを見て、かなしく思ひけり。

女あり
わがいひつけに背かじと心を砕く
見ればかなしも

昔、児(こ)ありけり。生まれて、やがて死にけり。真白なる大根の根の、肥(こ)ゆる頃なり。

真白なる大根の根の肥ゆる頃
うまれて
やがて死にし児のあり

昔、若き英語の教師ありけり。夏休み果てしが、そのまま、帰り来(こ)ざりけり。

夏休み果ててそのまま

かへり来ぬ
若き英語の教師もありき

啄木短歌の行間からにじみ出る詩情は、『伊勢物語』の文体、それも散文の「地の文」が近代化したものだったのである。啄木が『伊勢物語』を意識していたかどうかではなく、結果的に、啄木が『伊勢物語』の散文を近代化させた点が重要なのだ。

根源的な破壊願望

啄木の短歌は、文化的な地下水脈で『伊勢物語』と繋がっていた。では、『源氏物語』や源氏文化とは、どういう関係にあるのだろうか。次の一首が、啄木の本音だろう。

治まれる世の事無さに
飽きたりといひし頃こそ
かなしかりけれ

この前後には「友」の歌が並び、「友共産を主義とせりけり」という歌もある。たとえ友の思想であったとしても、啄木の本音も入り込んでいると考えるのが自然だろう。

啄木は、「平和」に飽き足らなかった。正確には、「偽りの平和」を心から憎悪した。むろん、啄木にも、市井の暮らしに満ち足りる心情を歌ったものもある。

まれにある
この平(たひら)なる心には
時計の鳴るもおもしろく聴(き)く

ある日のこと
室(へや)の障子(しやうじ)をはりかへぬ
その日はそれにて心なごみき

「平なる心」「心なごみき」とは、平和・調和・和解・和合・融和などという「和の精神」である。平和の尊さを、『源氏物語』『伊勢物語』『古今和歌集』から抽出したのが、中世の「古今伝授」の系譜に繋がる人々であり、それを集大成したのが、江戸時代の和学者・北村季吟だった。その季吟を用いて、天下泰平の元禄時代を出現させたのが、柳沢吉保だった。これが「源氏文化」である。その源氏文化を否定し、天下泰平に飽きたらず、乱を呼び込もうとしたのが、本居宣長の「もののあはれ」の思想だった。「もののあはれ」は、根源的な破壊願望のことだというのが、本書の一貫した文化史観であった。

啄木は、「平なる心」を「まれ」にしか持てず、「心なごみき」と感じられたのは「ある日」一日だけのことだった。彼は、短い人生のほとんどを「和」とは無縁に生き、むしろ「和」を積極的に破壊しようとした。

一度でも我に頭を下げさせし
人みな死ねと
いのりてしこと

どんよりと
くもれる空を見てゐしに
人を殺したくなりにけるかな

死にたくてならぬ時あり
はばかりに人目を避けて
怖き顔する

ゾルレン（あるべき自己、あるべき国家）と、ザイン（現にある自己、現にある国家）とが、大きく乖離している時、「あるべき自己」や「あるべき国家」を奪回するために、ロマン主義者が取る行動として、自殺・他殺・革命などの過激な行動がある。

石川啄木は、正真正銘のロマン主義者だった。与謝野晶子の夢みるロマン主義は、人々を現世のしがらみから解放した。それが、恋の力だった。人々の魂は、地上の束縛を脱して、天界を飛翔した。だが、明治維新が実現してまもなかったので、ロマン主義者たちの倒すべき「醜悪な国家」、そして唾棄すべき「未熟な自己」は、まだ形を取っていなかった。与謝野鉄幹の天下国家を憂うるロマン主義は、その時点で、早くも社会変革の烽火を上げたものだったが、文学的な波紋は大きかったものの、社会的な波紋は小さかった。

啄木の時代になってようやく、「醜悪な近代国家」と「近代人たり得ない未熟な自己」とが、明瞭な姿を現したのである。明治三十七年から始まった日露戦争が一つの分水嶺であったし、明治四十三年の大逆事件も象徴的な節目だった。

ロマン主義が、解放から破壊へと大きく舵を切る時代の転換点に、啄木は立っていた。数えの二十七歳（満二十六歳）で、肺結核のために病死した啄木は、自殺も他殺も革命も為しえなかった。だが、後世の人は、病死した彼に対して、自殺者や革命家のイメージを強く抱いている。

近代の「もののあはれ」の破壊力

本居宣長が『源氏物語』の中から抽出した「もののあはれ」とは、季節の移ろいに感動する優雅な美学などではなく、人間の自由な生き方を束縛する悪しき世界を、まるごと破壊しようとする「ちゃぶ台返し」の爆弾だった。

この破壊力抜群の爆弾を、近代短歌という武器に装塡したのが、石川啄木の文化史的な役割だったのではないか。

何がなしに
息きれるまで駆け出してみたくなりたり
草原（くさはら）などを

何がなしに
頭のなかに崖ありて
日毎(ひごと)に土のくづるるごとし

ゆゑもなく海が見たくて
海に来(き)ぬ
こころ傷(いた)みてたへがたき日に

「何がなしに」や「ゆゑもなく」は、無性に、堪(こら)えようもなく湧いてくる強烈な情動であり、それは理性や常識では抑えることができない本能である。今の自分、今の国家からの脱出を痛切に願う本能である。それは、すぐにでも「現にある自己」や「現にある国家」への破壊衝動へと転化する。

病のごと
思郷(しきやう)のこころ湧く日なり
目にあをぞらの煙(けむり)かなしも

やまひある獣(けもの)のごとき
わがこころ
ふるさとのこと聞けばおとなし

この「病＝やまひ」が、啄木の発見した近代的な「もののあはれ」なのだろう。ただし、「ふるさと」を思う時には破壊衝動が弱まる。むしろ、この心弱りに心惹かれる読者も、多いだろう。「平和」を志すベクトルが発動しているからだ。つまり、「源氏文化」への回帰衝動である。しかし、近代人たらんとする啄木は、なおも破壊を願う。

友も妻もかなしと思ふらし——
　病みても猶、
　革命のこと口に絶たねば。
『悲しき玩具』

何となく、
自分を嘘のかたまりの如く思ひて、
目をばつぶれる。
『悲しき玩具』

「嘘のかたまり」である自分を、破壊せねばならない。いや、自分を「嘘のかたまり」にした社会を破壊したい。この時、嘘のかたまりである石川啄木の短歌は、世界のアキレス腱を鋭く突き刺す「真実」の凶器となった。啄木は、宣長が「もののあはれ」に込めた願いを継承したのである。

36

斎藤茂吉『赤光』と「もののあはれ」

王朝和歌の著名フレーズ

斎藤茂吉（一八八二〜一九五三）の『赤光』（大正二年）は、近代短歌のみならず、近代文学の金字塔である。だが、彼の近代短歌は、『古今和歌集』『伊勢物語』『源氏物語』という、王朝文学の三位一体の文化システム（＝源氏文化）を瓦解させ、『万葉集』を基軸とした新しい文学システムの構築たりえているだろうか。そこを問いたい。

監獄に通ひ来しより幾日経し蜩啼きたり二つ啼きたり

ルビは初版による。改選版では「いくひ」のルビが消えた。源氏文化に属する歌人であれば、百人中百人が「幾日」という漢字には「いくか」とルビを振る。いや、『万葉集』でも「いくか」である。第三十一章でも、若山牧水が「幾日」を「いくひ」と読んでいた。だから、「いくひ」と読んだのは、茂吉だけの問題ではない。近代短歌が、「近代文語＝疑似文語」で詠まれている事実を、明瞭に示している。

『赤光』の「監獄に」の歌は、過去の「し」（き）や完了の「たり」などの文語の助動詞を用いているが、茂吉は王朝文学にも『万葉集』にも従っていない。彼は、古代人でも王朝人でもなかった。そして、古代や王朝と断絶した近代人でもなかった。

『赤光』の中に万葉語が目立つのは当然として、源氏文化はどれくらい残っているだろうか。

これやこの昨日(きぞ)の夜(よ)の火に赤かりし跡どころなれけむり立ち見ゆ
これやこの行くもかへるも面(おも)黄なる電車終点の朝ぼらけかも

『小倉百人一首』の「これやこの行くもかへるも別れては知るも知らぬも逢坂の関」（蟬丸）を用いていることは、自明である。火事跡の歌は「これやこの」という言葉だけの借用だが、電車の歌は、徒歩・牛車・馬で旅する蟬丸の歌を、電車で移動する近代人の姿に重ね合わせ、逢坂の関所を電車の終電駅に置き換えている。つまり、王朝和歌に発想を得ている。

たらの芽を摘みつつ行けり寂しさはわれよりほかのものとかはしる
支那国(しなこく)のほそき少女(をとめ)の行きなづみ思ひそめにしわれならなくに
七夜(ななよ)寝て珠るる海の香をかげば哀れなるかもこの香いとほし
白波の寄するなぎさに林檎食(は)む異国をみなはやや老いにけり

それぞれの歌の言葉の典拠を、挙げておこう。

嘆きつつひとり寝(ぬ)る夜(よ)の明くる間(ま)はいかにひさしきものとかはしる　『小倉百人一首』道綱の母

陸奥(みちのく)のしのぶもぢずり誰(たれ)ゆゑに乱れそめにしわれならなくに　『小倉百人一首』源融

五月(さつき)待つ花橘の香をかげば昔の人の袖の香ぞする　『古今和歌集』詠み人知らず

白波の寄するなぎさに世を尽くす海人(あま)の子なれば宿も定めず　『新古今和歌集』『和漢朗詠集』詠み人知らず

このように、茂吉の歌には、王朝和歌がかなり濃厚に残っている。

人麻呂の伝承歌

茂吉に『柿本人麿』という大著がある。ただし、以下の文章では人名を「人麻呂」と表記する。実像が定かでない人麻呂には、本人の実作ではない伝承歌がたくさんある。その筆頭が、『古今和歌集』の次の一首である。

ほのぼのと明石(あかし)の浦の朝霧に島隠れゆく舟をしぞ思ふ

この歌が、人麻呂を「歌聖」から「歌の神」へと昇格させた。茂吉は、この伝承歌に触れてはいるが、素っ気なく紹介しただけである。だが『赤光』を読むと、茂吉短歌は、この王朝の伝承歌と深く関わっていることがわかる。なお、北原白秋も、この「ほのぼのと明石」の歌を何度も本歌取りしていることを、第三十三章で確認した。

さて、茂吉の歌を見てゆこう。

きさらぎの市路（いちぢ）を来つつほのぼのと紅き下衣（ちよつき）の悲しかるかも

「ほのぼのと紅き」という表現は、「ほのぼのと明石」という和歌があって初めて可能となる。「明石」の「あか」が、色彩の「赤」に通じているからである。なお、「市路」という言葉も万葉語で、「安倍（あべ）の市路」などと詠まれている。ちなみに、「安倍の市」は、王朝和歌にも詠まれ続けている。『赤光』の「ほのぼのと」の用例を続ける。

ほのぼのとおのれ光りてながれたる螢を殺すわが道くらし

雪のなかに日の落つる見ゆほのぼのと懺悔（さんげ）の心かなしかれども

この二首の「ほのぼのと」という言葉の裏にも、「赤」という色彩が貼り付いている。真っ暗な闇の中で光る螢の「明るさ」が「明石＝赤」と深層で通じており、真っ白な雪の中に沈む落日の「赤＝明石」が、「ほのぼのと」という言葉を呼び出してくる。人麻呂の実作ではない「ほのぼのとあかし」の歌は、茂吉の脳裏に深く染みついていた。

赤光のなかに浮びて棺（くわん）ひとつ行き遙けかり野は涯（はて）ならん

野の涯まで運ばれてゆく死者の棺が、赤い光の中に浮かんでいる。言わば、「野」という大海の上に浮かんだ「舟」、それが「棺」である。茂吉は、「ほのぼのと明石の浦の朝霧に島隠れゆく舟をしぞ思ふ」という歌を、自分の目の前の葬儀の光景と重ねて歌っている。茂吉にとっての「人麻呂＝人麿」は、『万葉集』の歌人だけでなく、『古今和歌集』以後に伝説となった「柿本人麻呂＝人丸」でもあったのだ。

「もののあはれ」から「生の疲れ」へ

近代以前には、「源氏文化」（北村季吟）と「もののあはれ」（本居宣長）との対立があり、それが近代短歌にも持ち越された。本書では、近代歌人たちの「近代」の意味を、源氏文化と「もののあはれ」のどちらに近いかという観点からも検証してきた。茂吉は、どうなのか。

> ことわりもなき物怨(ものうら)み我身にもあるが愛(いと)しく虫ききにけり
> さだめなきものの魘(おそひ)の来る如く胸(むな)ゆらぎして街をいそげり
> 鳥の子の㲉(すもり)に果てむこの心もののあはれと云はまくは憂し

「ことわりもなき物怨み」は、理由のないルサンチマンのことで、宣長の「もののあはれ」と、かなり近い。虫たちも、別に理由があるからではなく、生きることそれ自体が悲しくて鳴いている。そのような虫を愛しく思うほど、茂吉の物怨みは強い。

「ものの魘(おそひ)」は、「物(もの)の怪(け)」から連想された造語だろう。何か不吉な物が、街を歩く自分に取り憑(つ)こうとしている。古代の病人が病み臥(ふ)す部屋ではなく、近代都市である東京を、得体の知れぬ魔物が跋扈しているのだ。

「毈＝巣守」は、孵化しない卵のこと。王朝和歌でもしばしば詠まれ、『源氏物語』に用例がある。切実に願った望みが実現せず、心の中で腐ってゆくことを、茂吉は「すもり」に喩えている。問題は、そのことを「もののあはれと云はまくは憂し」と言っている点である。

巣守のように願いが叶わず、抑圧されたままで終わる不幸な卵がある一方で、願いが叶って孵化し、大空に飛び立つ幸福な鳥たちもいる。世の中は不公平である。それに対して、自分はどう抗議すべきか。この怒りを、「もののあはれ」という言葉だけで片付けられてしまうのは、面白くない。そのように、茂吉は歌った。

斎藤茂吉の墓
（山形県上山市宝泉寺境内）

「ことわりもなき物怨み」に身を灼かれ、「ものの魘」にうなされ、「もののあはれ」という言葉では律しきれない感情に苦しむ茂吉。本居宣長は「もののあはれ」を武器として、近世の安定した（固定した）身分秩序を転覆させようとした。宣長の「もののあはれ」は、士農工商の「偽りの身分秩序」を打ち破り、四民平等の近代の扉を開いた。だが近代になっても、人間の苦しみは消滅しなかった。むしろ、増殖する一方だった。そこを、茂吉はどう歌ったか。

やはらかに濡れゆく森のゆきずりに生の疲の吾をこそ思へ
これの世に好きなんぢに死にゆかれ生きの命の力なし我は

これらの「生の疲」や「生きの命の力なし」という言葉は、象徴詩であっても、「写実」ではない。にもかかわらず、リアリティが籠もっている。命が細るのは、「もののあはれ」の爆発できない状況が続いたために、自分の命のエネルギーそのものが減退してゆくからである。義理の母親との不義を貫いて美しく命を燃焼させたのは、光源氏のような古代人だけである。近代人には、とてもできることではない。

けだものは食(たべ)もの恋ひて啼き居たり何(なに)といふやさしさぞこれは
はるかなる南のみづに生れたる鳥ここにゐてなに欲(ほ)しみ啼く

人間は自らの命を細らせ、自殺する。それと対照的に「けだもの」は、ひたすら生きようとする。だが、動物園に捕らわれた「けだもの」は、命を燃やすことができない。この時、「けだもの」は「もののあはれ」のエネルギーを発散できない近代人の正確な写像となる。

宣長は、感情を錆(さ)び付かせずに、本能に従って人を愛せばよい、道徳（＝文明）よりも大切なものが愛だ、と説いた。けれども、獣が本能のままに交わり、肉を食っても、崇高ではない。本能を奪われたものが必死にそれを回復しようとする「ちゃぶ台返し」が、「もののあはれ」だからである。

茂吉の「写生」は、崇高なものも崇高でないものも、本能も文明も、野蛮も洗練も、ありのままに写し出す。それが、茂吉の求めた「写生」なのだった。

37 島木赤彦『切火』と、近代文語

赤彦と王朝和歌

島木赤彦（一八七六～一九二六）の『切火』（大正四年）は、数えの四十歳で出版された第二歌集である。不惑を迎えたこの年、赤彦は「アララギ」の編集兼発行人となった。「アララギ」という短歌運動の代名詞ともなっている島木赤彦の短歌の原型を、見届けたい。

　夕映空まつ平らなる海のいろに我も染りて物をこそ思へ

歌集の九首目に現れる歌である。「物をこそ思へ」は、『万葉集』には用例が見当たらない。『小倉百人一首』の「御垣守衛士の焚く火の夜は燃え昼は消えつつ物をこそ思へ」（大中臣能宣）のように、王朝和歌には「物をこそ思へ」が頻出する。

　いとどしく夕日に光るバナナの葉深み重なり未だは暮れず

　バナナの皮剝きて投げたりさし出の磯岩黒きゆゑ波は青きか

『新編国歌大観』によれば、「いとどしく」は四百六十七例を検索できる。そのうち、『万葉集』の用例は皆無である。「さし出の磯」も、『万葉集』に用例はなく、『古今和歌集』の「塩の山さし出の磯に住む千鳥君が御代をば八千代とぞ鳴く」以来、王朝和歌ではしばしば詠まれている（第二十一章参照）。赤彦は、歌枕（甲斐の塩山）ではなく、「海に突き出した磯」という普通名詞で用いているのだろう。

赤彦と『万葉集』の関係は当然であり、自明である。だからこそ、赤彦と王朝和歌の関係の意外な深さにこだわってみる価値があると思う。

近代文語の確立

旧派和歌が、近代日本を王朝語（『古今和歌集』『伊勢物語』『源氏物語』の言葉）で歌ったのに対して、「アララギ」は近代日本を『万葉集』の語句と文法で歌った。時代と言葉の距離は、旧派和歌よりもさらに開いた。その結果、文語文法から見たら、かなり無理筋の「近代文語＝疑似文語」が通用するようになる。赤彦の歌にも、時として、文法的に窮屈な言い回しが見受けられる。

大海（おほうみ）のまん中にして島なるや流人（るにん）踊りは悲しきろかも
青々し芒のなかに一ぴきの牛を追ひ越しはろかなる道
俎の魚いきいきと眼をあけり暮れ蒼みたる梅雨（つゆ）の厨（くりや）に
せんすべを知らなき時は口あきてつぎの嚔（くさめ）を待つまん真昼

「天なるや」という古代の用例はあるが、「島なるや」は珍しい。「悲しきろかも」という万葉語と、「まん中」という近代口語とのミスマッチ感も、赤彦らしい。

「青々」は、通常は形容動詞で「青々と」と用い、「青々し」という形容詞にはならない。『新編国歌大観』では、「あをあをと」も「あをあをし」も、検索できない。『万葉集』も含めて、歌言葉ではないようだ。近代短歌は、新しい詩語を創出した。それが、近代文語なのである。

「眼をあけり」も、四段動詞「あく」の已然形（または命令形）に、完了の「り」が接続したと考えれば、間違いではない。「あけたり」が普通だと思うが、おそらく赤彦は、口語の下二段動詞「あける」で、この歌を発想したのではないか。口語の「あける」が、文語の「あけり」に化けた点が、近代文語の真骨頂である。

「せんすべを知らず」や「せんすべ知らに」は、正統な文語である。だが、「せんすべを知らなき」は、「知らない」という口語が近代文語になったものである。「せんすべ」の部分が正統な文語のままなので、ミスマッチ感が高まり、相当な無理筋である。

良く言えば、「アララギ」は文語文法を墨守しない。破格や破調を恐れない。悪く言えば、古代でも王朝でも近世でも近代でもない、バーチャルな日本語が作られた。

「なりけり」から見えてくるもの

赤彦の『切火』は、二百六十三首の短歌作品を収録している。その中で、「なりけり」という語法が、九首ある。断定の助動詞「なり」に、過去（詠嘆）の助動詞「けり」が連接したもので、「何とまあ、……だったのであるなあ」という驚き・発見・気づきのニュアンスを表す。動詞「成る」の連用

島木赤彦の墓
（長野県諏訪郡下諏訪町）

形「なり」に「けり」が続いた例は除いて計算したが、二百六十三首のうちの九首（三・四％）というのはかなりの頻度である。

『新編国歌大観』で「なりけり」を検索すると、何と九千二百首以上がヒットする。天文学的に膨大なので、そこから動詞「成る」の連用形＋助動詞「けり」の例をカットできないけれども、助動詞「なり」＋助動詞「けり」の用例が圧倒的多数である。その九千首近くの「なりけり」の中に、『万葉集』の「なりけり」は、わずか三例しかない。つまり、赤彦の愛用した「なりけり」は万葉語ではない、という結論になる。

赤彦の「なりけり」の用例を挙げておこう。

一人なりけり・女なりけり・夕なりけり・面わなりけり・をはりなりけり・少女（をとめ）なりけり・真昼なりけり

「なりけり」は、王朝和歌の語法ではあるが、この中で『新編国歌大観』で検索できるのは、「夕なりけり」だけである。それ以外は、九千例あってもヒットしない。

雪のふるひとつ草屋（くさや）に赤き灯がほうと点（つ）きぬる夕なりけり　　『切火』

王朝和歌で「夕なりけり」でヒットした例を見ると、勅撰和歌集の中には見当たらない。つまり、「夕なりけり」は古典和歌では正統的な語法ではないということである。

秋はなほ霧の籬に鹿鳴きて花も露けき夕なりけり

これは『六百番歌合』の藤原（中山）兼宗の歌で、相手方からは、「夕なりけり」という歌の終わり方が良くない、という批判を受けている。判者の藤原俊成も、「夕なりけり」は良くないと認めつつ、歌の全体的な内容で「勝」とした。
赤彦が『切火』で愛用した「なりけり」は万葉語ではなく王朝語なのだが、「なりけり」の上に置かれている名詞が王朝風ではなく、ましてや万葉風でもない。近代文語を用いた近代短歌であるゆえんである。

「んとす」を愛した赤彦

『切火』には、赤彦の代表作「夕焼空」があり、その歌の中に「んとす（むとす）」という文語が用いられている。この用法は、赤彦が非常に好んだものである。

夕焼空焦げきはまれる下にして氷らんとする湖の静けさ
ゆゆしくも揺れ流らふ霧の流れ傘をかたむけ雨にならんとす
幾夜さの集ひのはてにおぼろなる百姓の眼のねむらんとする

「む（ん）とす」「む（ん）ず」は、今にも実現しそうな事態を推量するニュアンスである。漢文訓読調のイメージが強いが、古典歌謡でも用いられている。赤彦の念頭にあったのは、『古事記』の神武天皇をめぐる歌だろう。

狭井河（さゐがは）よ雲立ち渡り畝火山（うねびやま）木の葉さやぎぬ風吹かむとす

『切火』には、先に引用した三首を含めて、十四首もの「んとす」が発見できる。正岡子規にも、「いちはつの花咲きいでて我目には今年ばかりの春ゆかんとす」があり、その影響もあっただろう。「む（ん）とす」は、『新編国歌大観』では、約千二百の用例がヒットする。うち、『万葉集』はわずか三例。だから、「む（ん）とす」も万葉語というわけではない。王朝語なのだ。しかも、平安・中世・近世の「む（ん）とす」の用例を、見渡していると、ほとんどが「む（ん）とすらむ（ん）」という語法であり、しかもそれが第五句の「止め」であることに気づく。

花も散り人も都へ帰りなば山寂しくやならむとすらむ　西行『山家集（さんかしゅう）』

ただし、助動詞の「らむ」を、「アララギ」の歌人たちは極度に嫌う。「らむ」の代わりに「かも」や「も」を置くのだ。赤彦の『切火』にも、「ながき命を進ぜんとすも」「心寂しくならんとするも」という歌がある。例によって、『新編国歌大観』を検索すると、「むとす（る）も」「んとす（る）も」の用例は、一例もヒットしない。赤彦の好んだ近代文語だと言えるだろう。

ただし、赤彦の代表作「氷らんとする湖の静けさ」のように、文末には位置せず、連体形で体言を修飾する用例を捜せば、王朝和歌にも少しは見つかる。

星の影西に巡るも惜しまれて明けなむとする春の夜の空　藤原定家
山の端（は）に入りなむとする月影を我によそへてあはれとも見よ　源頼政

島木赤彦の第二歌集『切火』は、ロマンチシズムの傾向があるとされるが、確かに万葉調とは一線を画している。「アララギ」の歌人もまた「王朝和歌＝源氏文化」の土壌の上に言語表現を試みていた。その試行錯誤が、「近代文語」の発明と確立になったのだと思われる。

伊藤左千夫と日露戦争

38

左千夫と近代文語

伊藤左千夫（一八六四〜一九一三）の『左千夫歌集』（大正九年）は、没後七年目（七回忌）に刊行された歌集で、長歌や旋頭歌を含めると二千首近くが収録されている。巻頭の「伊藤左千夫年譜稿」は森林太郎（鷗外）によるもので、「歌会に莅む」などの格調高い言葉で、左千夫の五十年の人生が刻まれている。たくさんの女児に恵まれながら、四人の男児のすべてに夭折された私生活や、『野菊の墓』以外にも小説を書き続けた文学人生が、鷗外の史伝の筆致で浮かび上がる。

この年譜によれば、左千夫と鷗外は、観潮楼歌会のはるか以前に、橘東世子（橘守部の息子の妻）と関澄桂子とを通して共通の接点があったこともわかる。「アララギ」の代表歌人である伊藤左千夫は、橘守部の国学とも深く関わっていた。若き日には、守部の子孫が継承した「旧派和歌」とも、ゆかりがあったのである。

だが、左千夫短歌の特質として最初に気づくのは、王朝和歌のボキャブラリーが極めて少ない事実である。必然的に左千夫短歌には古代語が多くなるが、やはり近代的に変型されている。

とつ国の使の臣等まごころゆ年ほぐらむか天津御門に

「まごころゆ」が「真心から」の意味であることは、自明である。「まごころ」は『万葉集』には存在しないが、江戸時代の国学者たちが好んで和歌に詠んでいる。ただし、「まごころゆ」という用例は、『新編国歌大観』では皆無である。すなわち、左千夫の「まごころゆ」は近代文語である可能性が高い。

誤解がないように言えば、「心ゆ」あるいは「心ゆも」という用例は『万葉集』にある。それを拡大して「真心ゆ」という近代文語を新造したのが左千夫だったのである。

動作の起点や経由地を示す序詞「ゆ」は、古代歌謡と『万葉集』にのみ用例が見られる。「心ゆ」の用例は、近世後期の国学者たちにもない。まして「真心ゆ」はない。

真心ゆはげみいそしみ尽しけむ事はたがへり惜しき大丈夫
万丈光つつめる荒み魂くだけ飛びてゆ世にあらはれぬ
（「マカロフ戦歿」）

ひむがしの海ゆ星落ち天地にかがやくひかり放ちけるかも
砕けしゆ厳のかがやき天地にとほれる見ればただならぬ玉
（「広瀬中佐」より三首）

日露戦争を題材にしている。太平洋戦争の際の「戦意高揚短歌」の起源は、これらの日露戦争詠にある。さて、左千夫の「拡大された万葉語」である「ゆ」は、「真心ゆ」だけでなく、「飛びてゆ」と「砕けしゆ」という新たな近代文語を生み出した。近代人の心の奥底から湧き上がってきた愛国心や、敗れた敵を称賛する心が、近代文語を必要としたのである。なお、「海ゆ」には違和感がない。

富士のねに雪高敷けばすがしよみ月の姫等のやすらひどころ

この歌を一読しただけで、「すがしよみ」の意味を理解できる人は、少ないだろう。しばらく考えて、和歌に用例のある「月夜良み（つきよよみ）」という言葉を思いついて、「清し良み（すがしよみ）」の意味であろうか、と推測できる。だが、いかにも無理筋である。すなわち、近代文語であるゆえんである。

左千夫の「玉＝魂」への憧れ

左千夫が近代文語で歌った「戦争」について考える前に、左千夫における「写生」について、考えておきたい。

『左千夫歌集』では、過去推量の助動詞「けむ」が多用されている。歌集冒頭近くの「鎌倉懐古」は、後醍醐天皇の第一皇子・大塔宮（護良親王（もりよし））の最期を詠んだ一首と、蒙古来襲を詠んだ三首があり、うち二首に「けむ」が用いられている。いわゆる「歴史詠」であり、左千夫は眼前の景を写実的に歌っているのではなく、過去の出来事を想像力を駆使して詠んでいる。

先ほど引用した「マカロフ戦歿」は五首の連作だが、うち三首に「けむ」が用いられている。戦場を自分の目で見届けられるのは従軍記者だけなので、左千夫は想像力で詠んでいることになる。それが、「けむ」の多用につながった。

自分の目で見た物を、ありのままに詠んで写生するのが、左千夫の作風ではなかった。

ところで『左千夫歌集』には「玉」というモチーフが頻出するが、最初に現れる「玉」は、日光で竜頭滝(りゅうずのたき)・華厳滝(けごんのたき)・霧降滝(きりふりのたき)などを実際に見て詠まれた歌である。

　岩にふりたぎつ水玉の千五百玉(ちいほたま)の玉のことごと歌にぬかましを
　おちたぎつしぶきの水に歌人の袖のしづくの玉ちりみだる

「憶高山彦九郎」

「玉」は左千夫の理想とする短歌の命であり、究極の主題でもある。玉は、歌集の随所に出現する。

　夜光る玉といふともみこころの霊にたぐへば恥ぢて砕けむ
　物質(ものさね)のよろづが上にいやさやに耀(かがや)く玉を持ちほこる国
　人の住む世界の限り照りとほる日本心(やまとごころ)のそのうつの玉

「興国の精神」より二首

『万葉集』讃酒歌にある「夜光る玉(たま)」よりも、「みこころの霊(たま)」の方が素晴らしい、と左千夫は歌う。左千夫は、心や魂に、物質よりも優越する価値があると信じている。しかも、彼の「心の玉」は幕末の志士である高山彦九郎の「国と天皇を思う真心」の象徴でもあった。左千夫は遅れてきた志士なのだ。その「心の玉」が興国につながる。「日本心」こそが「玉」の実態である。

　左千夫が生涯をかけて求めた「歌人の玉」は、「大和心＝大和魂」の別名である。左千夫短歌は「写実・写生」ではなく、「大和魂」という「心の玉」のひたすらな探究だった。心の真実、人間の真実、国の真実、文明の真実を求める心。それを「魂（＝玉）のレアリスム」と言ったら、間違いだろうか。「アララギ」＝「写実」という観念連合は、わかりやすすぎるレッテル貼りであり、真実ではない。左千夫は魂の歌人だった。

左千夫と恋愛、そして戦争

本居宣長の「もののあはれ」には、恋と戦いの二つの要素がある。左千夫の場合は、どうだったのか。まず、恋の要素から見てみよう。

『左千夫歌集』の圧巻は、長詩（新体詩）の「標野（しめの）の夕映」だろう。『万葉集』の大海人（おおあま）皇子（後の天武天皇）・額田王（ぬかたのおおきみ）・天智（てんじ）天皇の三角関係を、荘重に歌い上げている。天智天皇の妃である額田王が、大海人皇子と相思相愛の純愛関係にあることを「罪」と言いつつも、彼らの「赤心（まごころ）」は「神」が許すものであり、むしろ二人の仲を裂いた天智天皇の側に二人を「罪」に追い込んだ責任がある、とまで左千夫は歌っている。

『左千夫歌集』には、『源氏物語』『古今和歌集』『伊勢物語』の影響は、ほとんど存在しない。すなわち、「源氏文化」とは無縁である。ただし本居宣長が、光源氏と藤壺との密通や、柏木と女三の宮との密通を肯定し、共感し、感涙した姿勢と、左千夫の恋愛観は不思議と一致している。

宣長の「もののあはれ」は、『源氏物語』から作られた。なおかつ、古今伝授を核心とする「源氏文化」＝「和」の理念を転覆させようとした「破壊」思想だった。左千夫は宣長を踏まえ、しかし『源氏物語』とは無関係に、「もののあはれ」の破壊的恋情を我が物とした。

そうであるならば、「ほのかな慕情」というレッテルを貼られて久しい左千夫の小説『野菊の墓』は、本当に人畜無害な作品なのか。それとも、世界の破滅も厭わぬ激情を秘めているのか。虚心に読み直す必要があるだろう。

宣長の「もののあはれ」は、幕末の混乱と幕府の瓦解をもたらし、近代天皇制を生み出す母胎となった。新しく生み出された近代日本の秩序は、何としても守らなければならない。これが、近代歌人の戦争詠における「もののあはれ」の激情となる。

それでは、左千夫は戦争をどのように詠んでいるだろうか。日露戦争が勃発した明治三十七年に詠まれた「起て日本男児」は、二十一首から成る渾身の連作である。左千夫は、「ロシヤ」を「仇（あた）」（三例）や「敵（かたき）」（五例）であると、口を極めて罵倒する。ロシヤに対しては、「にくにくし」「えみし」「毛だもの」「醜舟（しこふね）」などと憎悪の言葉をぶつけ続ける。それに対して、日本の「もののふ」や「ますらを」の誇る武器は、「心」である。

神の名に負へる剣を人毎にこころにとぎて持てる御民等
黒鉄（くろがね）の巨（おほ）きみ艦（ふね）も名に負へるやまと魂（たま）にし御（ぎょ）してたたかへ

「黒鉄の巨きみ艦」は、連合艦隊の戦艦「敷島（しきしま）」を指すのだろう。敷島と「やまと魂」と言えば、むろん宣長の「敷島の大和心を人問はば朝日に匂ふ山桜花」という歌が連想される。日露戦争には、戦艦「朝日」と、小型艦船（スループ）「大和」も参加した。戦う「もののあはれ」が、結集していた。

宣長の「もののあはれ」は、『源氏物語』から作られ、源氏文化を覆そうとした。ただし、宣長以後の国学では、「反・源氏文化」のみが残り、その母胎となった『源氏物語』そのものへの共感が消え失せた。左千夫だけでなく、近代文学の主流派の限界も、おそらくその点にあるだろう。


本書は駆け足で、近代短歌の巨人たちを「源氏文化」との関わりで考えてきた。この分析を通して、近代短歌と近代文学の初動ミスを、少しでもあぶり出したかったからである。

この試みは、まだ志半ばである。大正デモクラシーから太平洋戦争に至るまで、そして戦中詠、戦

伊藤左千夫の墓
（東京都江東区普門院の境内）

後短歌の始動などを、源氏文化との関わりから、今後も問い直したい。そして、平和と調和の遺伝子である源氏文化の復権を、二十一世紀の短歌で成し遂げたいと念願している。それが、『源氏物語』を学んで国文学者となり、前衛短歌に衝撃を受けて歌人となった私の存在証明となると信じるからである。

終章

「もののあはれ」と日本、そして世界

「もののあはれ」と現代日本、そして日本と世界、異文化衝突と異文化統合について、深く考えさせてくれる現代小説がある。乙川優三郎（一九五三〜）の『R・S・ヴィラセニョール』（平成二十九年）である。

多くの人間は、ままならぬ人生に耐えて、生きている。自分さえ我慢すれば、偽りの安寧が得られる。そう思って我慢しているうちに、忍耐力の限界が訪れそうになる。でも、何とか制御して、それを乗り切る。

戦後日本の偽りの平和が、永く保たれたのは、これとまったく同じ事情である。個人も、国民も、国家も、耐え難きを耐えている。忍従が、近代日本という国家に生まれた者の宿命だった。近代小説は、飽きもせず、忍従の大切さを描いてきた。だが、解決につながる行動、すなわち偽りの安寧を破壊することは、読者に丸投げされていた。

近代短歌と現代短歌は、小説よりは精神の自由度が高かったけれども、戦後の前衛短歌以後は、再び自由度が低くなってきているように思う。ここで言う「自由度」とは、「真の自由」を求めて、国家や世界に立ち向かう批評精神と危機意識の発露のことである。

乙川優三郎は、直木賞の受賞作である『生きる』や、芸道小説『麗しき花実』など、完成度と芸術性の高い時代小説を書き、多くの読者を魅了してきた。その実績を自ら打ち破るかのように、ここ数年は、現代小説に取り組んでいる。彼の場合は、破壊を読者の課題として押しつけるではなく、作者と作品の問題へと内在化させている。はっきり言えば、「もののあはれ」という破壊装置を、乙川は現代小説というジャンルの内部で、新しい文化概念へと組み換えようとしているのだ。

私が日本文化史を見る基本姿勢は、本書で何度も述べてきた通りである。北村季吟の「源氏文化＝和歌文化」が成し遂げた、「異文化統合システム」を再評価したい。そして、本居宣長が唱えた、「異文化排除」の「もののあはれ」を乗り越えたい、という思いである。

本書を執筆・推敲している最終段階で、私は乙川の『R・S・ヴィラセニョール』を読んで、「もののあはれ」は、必ずしも否定すべきものではない、と思い至った。「もののあはれ」と共に歩む、異文化との新しい接し方がある、という可能性を知ったからだ。

季吟の『湖月抄』を、宣長は完全に否定して、『玉の小櫛』を著した。ところが、後世の人々は、『湖月抄』をベースとしてその中に『玉の小櫛』の学説を取り込み、『増註湖月抄』という、完璧な『源氏物語』の注釈書を作り上げた。その取り込み方は、ただ単に宣長を『湖月抄』の上に重ねただけではない。

宣長の「もののあはれ」は、「源氏文化」という基礎の「上」に積み上げるのではなく、源氏文化と「裏表」の関係で、「表裏一体」の文化構造を作り上げればよいのではないか。そのようなことを、乙川の小説を読みながら、私は考えた。

いかに美しく破壊し、その後に、どういう平和な文化を創造するか。その手本を、乙川優三郎は見せてくれた。彼は、まず、時代小説の概念を変えた。そして、現代小説の概念も一変させた。つまり、乙川は、日本の「近代小説」の概念を吹き飛ばしたのである。

その激しさは、尾形光琳の『風神雷神図屏風』を連想させる。風神と雷神は、「真に美しい日本文化」を守るために、凄まじい力を解き放つ。彼らに守られる優美な文化とは、酒井抱一の『夏秋草図屏風』に描かれた、美しい自然である。破壊と優雅。この対照的な二つの屏風は、もともとは裏と表に張り合わされていた。「裏表」、ここに二十一世紀の新しい文化創造のヒントがある。

乙川の新作『R・S・ヴィラセニョール』は現代小説だが、短編時代小説集『逍遥の季節』（二〇〇九年刊）収録の『秋草風』と合わせ読むと、乙川が現代小説に賭けた志が明瞭となる。『R・S・ヴィラセニョール』は、古代・王朝・中世・近世・近代・現代・未来のすべての時間軸と、日本・フィリピン・ハワイにまたがる東アジアの空間軸とを、まるごと一作に集合・集約して圧縮した、新しい枠組の小説である。私は、この作品を、日本の近代文学で待望久しかった「文化統合小説」であると名づけたい。時間軸と空間軸の交叉する原点Oから、新しい日本文化が生まれ出る。

時代小説短編『秋草風』のヒロインは、萌。夫と離別し、一人で糸染に取り組んでいる。彼女の染色力量は、品質にこだわる老舗の主人も認めている。誠実な雛細工職人の男に心が傾く一方で、昔からの腐れ縁の男も忘れられない。彼らが、江戸時代の根岸の里から現代へと、一斉に飛び出してきたのが、長編現代小説『R・S・ヴィラセニョール』である。

ヒロインは、フィリピン人男性の父と、日本人女性の母を持つレイ。彼女は、染色を生業とし、銀座の老舗の主人からも評価されつつある。信じた男からは妊娠中に捨てられた過去があり、気まぐれな画家の男と腐れ縁を続ける一方で、草木染に取り組む、メキシコ人と日本人との双方の血が流れる男の誠実さを信頼している。作品の構成要素自体は『秋草風』と同じだが、『R・S・ヴィラセニョール』には、『秋草風』よりも大きな「命」が宿っている。

レイの父のヴィラセニョールは、激動の現代フィリピンの歴史に翻弄された被害者であり、巨悪に復讐したい一心で日本で暮らしている。彼は、愛する家族を命がけで守る一方で、愛する家族すらも捨て、正義のために命を賭けようとする。幕末期の勤皇の志士たちを突き動かした「やむにやまれぬ大和魂」は、フィリピン人男性の心でもあった。つまり、「大和心＝大和魂」は、日本だけの文化や価値観ではなかったのだ。乙川は、日本文化の普遍性を、この文化統合小説で検証しているのだろう。

メスティソ（混血児）であるレイは、「日本の芯」である色合いを求め続けた。彼女が見出したのは、王朝文学にもしばしば登場する「蘇方（すおう）」（蘇枋）の色だった。蘇方は外来種の植物だが、それを用いて染めた赤紫色は、最も日本的で優美な色として、平安時代に好まれた。外来種でありながら、日本文化のエッセンスでもありうる蘇方。その色を追い求めるメスティソのレイ。彼女は、神仏習合以来、異文化を取り入れることで活性化し、よりいっそう洗練され続けてきた「日本文化の生命力」のシンボルだったのだ。

時代小説『秋草風』に無く、文化統合小説『R・S・ヴィラセニョール』にあるもの。それは、フィリピン現代史の暗黒面が詳細に語られている点だろう。この部分は、物語的ではなく、歴史を叙述する乾いた文体で書かれている。残酷な歴史は、「世界悪」を象徴している。そして、レイの父は、わが身を暴風に変えてまで、歴史という悪しき運命に抗う。父は、志士のように戦ったのである。そして娘のレイは、蘇方色が体現している「異文化統合」の力を現代に蘇らせ、日本文化の命を活性化するために、染色の道で戦う。

レイの日本名は、「市東鈴（しとうれい）」。タイトルの「R・S・」の由来である。「市東」は、偶然かもしれないが、蘇方の色である「紫藤（しとう）」にも通じる。さらに言えば、「紫の上」と「藤壺」、すなわち『源氏物語』の色でもある。そして、「鈴（レイ）・ヴィラセニョール」の中には、「鈴屋（すずのや）の大人（うし）」、こと本居宣長の名前が、隠されているように思う。「ヴィラ」は「家＝屋」、「セニョール」は「成人男性＝大人」を意味する。だから、「鈴・ヴィラセニョール」という名前の裏には、「鈴屋の大人」という隠された含意がある。

乙川は、この文化統合小説で、現代の「もののあはれ」を確立しようとしたのだろう。『R・S・ヴィラセニョール』、つまり、「鈴（レイ）・市東（しとう）・ヴィラセニョール」という小説によって、『源氏物語』は、二十一世紀に新生した。世界悪と戦う武器となった異文化統合システムは、二十一世紀の文学と文明の新たな芯を作り出す。

異文化統合の「源氏文化＝和歌文化」と、異文化排除の「もののあはれ」。この二つを、「表と裏」に貼り合わせて、互いに相手の力を発揮させ続けることで、「世界に開かれた日本独自の文化」が、二十一世紀に生まれ出る可能性があるのではないか。そのことを、私は乙川優三郎の『R・S・ヴィラセニョール』から教わった。

それでは、二十一世紀の短歌は、どうなのか。実作と歌論は、鳥の両翼、車の両輪である。すさまじい破壊力と、何でも取り込む柔軟な調和力。その二つが表裏一体となった「立体的な短歌」、あるいは「螺旋（らせん）構造の短歌」が、姿を現すことは可能だろうか。それが、「和歌・短歌」千三百年の歴史に、新しいページを切り開くことはありえないのだろうか。

私は、二十一世紀にふさわしい『源氏物語』の新しい読みを模索することで、新しい短歌の誕生に、側面から協力したいと思っている。

おわりに……「令和」の祈り

新しい元号が「令和」に決まった。国書である『万葉集』が、初めて元号の典拠となった。万葉ブームも盛り上がっている。

ところが、「万葉仮名（まんようがな）」は大和言葉を漢字で表記した苦心の産物なので、解読がむずかしい。解読の試みは、古く平安時代から始まっていたが、研究が本格化したのは、江戸時代の中期に「国学（こくがく）」が起こってから後である。明治に入ると、正岡子規たちの力で、『万葉集』が近代の日本文化の屋台骨になった。

「国学」以前、つまり、平安時代から江戸時代の中期（元禄あたり）まで、意外なことに、『万葉集』は日本文化にほとんど影響を及ぼさなかった。現在の日本文化の原型は室町時代に完成したと言われるが、そこには『万葉集』の痕跡はない。では、何が日本文化の本流だったのか。

平安時代に書かれた『源氏物語』『古今和歌集』『伊勢物語』の三点セットが、日本文化の主流として、ずっと機能し続けていたのである。源平争乱、南北朝の対立、戦国乱世と続いた混乱の時代に、文化人たちは『源氏物語』から、「人間関係が調和すれば世の中は平和になる」という主題解釈を引き出した。

これが、「和の思想」、別名「源氏文化」である。紫式部が書いた『源氏物語』は、男と女の恋愛を描く風俗小説である。それに対して、源氏文化は、戦乱の時代にあって、調和・和解・融和・平和を祈る高邁な思想だった。

源氏文化は、天下泰平が実現した江戸時代の前期に最高潮に達した。徳川綱吉（つなよし）と柳沢吉保（よしやす）が政治を動かした元禄時代である。彼らは、中国の儒教に詳しく、インド起源の仏教（禅）にも精通していた。それらの異文化を統合する土台として、源氏文化を据えた。徳川三百年の平和は、源氏文化がもたらしたと言ってよい。

だが、ここから国内情勢と世界情勢は激変する。尊皇攘夷の志士たちを動かしたのは、本居宣長（もとおりのりなが）や平田篤胤（あつたね）の国学であり、異文化排除の思想だった。宣長の『古事記伝』（一七九八年完成）は、日本の遅すぎる「ルネサンス＝古代復興」だった。

江戸時代の後期には、開国を迫る列強が相次いで出現した。オランダから知らされたヨーロッパの科学力・軍事力・経済力には、圧倒的なものがあった。

そこで、『源氏物語』で欧米列強と戦えるのか、という根源的な疑問が湧き起こった。柔らかな女性の言葉ではなく、力強い男性の言葉でなければ、外国と対等に戦えない。そこで、『万葉集』や『古事記』などの古代文学が必要となったのである。

明治の文明開化には、ヨーロッパ文明が大量になだれこんだ。『源氏物語』では日本を近代化できない。『源氏物語』では殖産興業・富国強兵を達成できないという焦りが、『万葉集』に実際以上の強いイメージをもたせた。これが『万葉集』の不幸だった。

大伴家に伝わった「海行かば」は、海軍のシンボルとなった。異文化を倒すための戦意高揚を目的とした『愛国百人一首』には、「醜の御楯」となって戦う決意を表明した防人の歌が選ばれた。戦時中のスローガンとして名高い「撃ちてし止まん」は、『古事記』が典拠である。古代復興の立役者である本居宣長の「敷島の大和心を人問はば朝日に匂ふ山桜花」という和歌からは、軍艦や神風特攻隊の名前が付けられた。このように、戦う『万葉集』がクローズアップされるのと反比例して、和を願う源氏文化は衰弱した。

現在、グローバリゼーションとIT化の大波が世界中を覆い、日本を取り巻く内憂外患は多い。だからこそ、「令和」という元号が『万葉集』から命名されたことの意義は大きい。特に、「和」という言葉が重く響く。『万葉集』は、「戦うための武器」から解き放たれ、「和」の『万葉集』へと転換する好機を迎えた。

国内の古い体制や、国外の敵と戦うために『万葉集』を利用してきた近代の悲劇は、もう繰り返すことはないだろう。かつて日本文化の主流だった源氏文化の「和」（平和と異文化統合）の思想と、このたびの『万葉集』の「令和」（美しい和）の理念とは、完全に合致している。

大伴旅人が催した梅花の宴の序文には、中国の漢詩文のアンソロジー『文選』が取り込まれている。旅人は、老荘思想をも受容している。そのうえで、日本語で和歌を詠んだ。これこそ、異文化統合と調和を通して、個人の幸福と、社会の平和を目指す「和の思想」の真髄である。

『源氏物語』と『万葉集』は、今、二十一世紀の日本で、初めて手を取り合おうとしている。蘇った源氏文化と、新しくなった『万葉集』は、協調して平和な日本文化を作ってゆけるだろう。「令和」の思想が、活力に満ちた新しい世界を作り出す種子となってほしいと、切に祈る。それが、新しい短歌を生み出すことだろう。

本書は、全三十八章と、序章・終章から成る。

本論と言うべき三十八章のうち、三十六章は、ながらみ書房の『短歌往来』に、「短歌の近代」というタイトルで、三年間三十六回（平成二十六年一月～二十八年十二月）にわたって連載したものに、全面的な加筆を加えた。連載の時点では、及川隆彦氏と佐佐木頼綱氏のお世話になった。お二人には心から感謝したい。

それ以外の初出は、以下の通りであるが、こちらも大幅な改訂を施している。

序章　『現代短歌』平成二十九年三月
31　『短歌現代』平成十七年三月
33　『楽市』二号・三号　平成三年四月・七月
終章　『波』平成二十九年四月
おわりに　『西日本新聞』平成三十一年四月二十五日

私は「文学」に志して以来、『源氏物語』、前衛短歌、歴史・時代小説、三島由紀夫、本居宣長などについて発言してきた。

それらを貫いて存在している私の問題意識は、何だったのか。まさに、それが本書のテーマである「日本の近代を問い直す」ことだった。

平成という時代が終わり、新しい「令和」の時代が始まる。現代の直面する文化的な難問と向かい合うために、この時期に本書をまとめておきたかったのである。

本書は、花鳥社の橋本孝氏のお力添えで、完成することができた。橋本氏とは、笠間書院の時代から、お世話になり続けている。中でも、「コレクション日本歌人選」で、『塚本邦雄』と『竹山広』を出していただいたことは、いくら感謝してもしたりないほどである。

その橋本氏が、花鳥社を興された。『古今和歌集』には、「花鳥の使い」という言葉がある。また、『源氏物語』の優れた注釈書に、『花鳥余情』がある。「和歌文化＝源氏文化」を象徴する「花鳥」を社名とする花鳥社から、和歌と短歌の本質に迫ろうと試みた本書を刊行できることを、私の大いなる喜びとする。これからの花鳥社の歩みと共に、私自身も新たな構想で文学の本質へ向かって進んでゆきたい。

二〇一九年六月

著者

島内景二（しまうち・けいじ）

一九五五年長崎県生
東京大学文学部卒業、東京大学大学院修了。博士（文学）
現在　電気通信大学教授

主要著書

『塚本邦雄』『竹山広』（コレクション日本歌人選、笠間書院）
『源氏物語の影響史』『柳沢吉保と江戸の夢』『心訳・鳥の空音』（いずれも、笠間書院）
『北村季吟』『三島由紀夫』（共に、ミネルヴァ書房）
『源氏物語に学ぶ十三の知恵』（ＮＨＫ出版）
『大和魂の精神史』『光源氏の人間関係』（共に、ウェッジ）
『文豪の古典力』『中島敦「山月記伝説」の真実』（共に、文春新書）
『源氏物語ものがたり』（新潮新書）
『御伽草子の精神史』『源氏物語の話型学』『日本文学の眺望』（いずれも、ぺりかん社）
歌集『夢の遺伝子』（短歌研究社）
『楽しみながら学ぶ作歌文法・上下』（短歌研究社）
『短歌の話型学　新たなる読みを求めて』『小説の話型学　高橋たか子と塚本邦雄』（共に、書肆季節社）

和歌の黄昏(たそがれ) 短歌の夜明け

二〇一九年九月三十日　初版第一刷発行

著者……島内景二
発行者……橋本 孝
発行所……株式会社 花鳥社

https://kachosha.com
〒一五三-〇〇六四 東京都目黒区下目黒四-十一-十八-四一〇
電話　〇三-六三〇三-二五〇五
FAX 〇三-三七九二-二三二三

装釘……宗利淳一
組版……江尻智行
印刷・製本……モリモト印刷

ISBN 978-4-909832-08-5 C1092